Thea Pretorius   Februarie 1996.

Dalene Matthee

Susters van Eva

Tafelberg

Tafelberg-Uitgewers Beperk,
Waalstraat 28, Kaapstad
© 1995 Dalene Matthee
Alle regte voorbehou
Skildery vir omslag deur Teresa Williams
Eerste uitgawe 1995
Tweede druk 1995

ISBN 0 624 03426 7

It is not for nothing that kings are anointed with oil, for it is a symbol of spiritual transformation. This is the oil that women need to keep ever ready in their lamps . . . the inner wholeness of men would, I believe, become less difficult if we women could remember to play our part. Irene Claremont de Castillejo

*Twee polisiemanne het vroeg die oggend van 17 Maart uit die
dorp vertrek om die 43-jarige Jessie de Waardt bo in Groot-
berg-se-Kloof op die plaas Kliprug in hegtenis te neem.*

1

Jessie is besig om die voorstoep te vee. Toe sy opkyk, sien sy
die motor onder in die Kloof op kom, die strepie stof wat al
langer word. 'n Blinkkopslang wat geruisloos nader seil – wat
prooi soek.

Die pluk aan 'n snaar. Trillings wat rol oor doringbos, renos-
terbos; oor kliprant, windpomp, jakkalsdraad. Binne-in haar
vasslaan.

Sy weet.

Al het sy gedink hulle sal nie meer kom nie.

Sy loop die huis binne en sluit die voordeur. Elke ding wat
gedoen moet word, is lankal bedink en bereken vir ingeval.

Kamer: diksoolskoene, warm baadjie, een kombers, rewol-
wer en 'n kussingsloop. Groet kamer. Groet mure witgeverf oor
ou plakpapier. Groet bed waar hel en hemel amper vyf-en-
twintig jaar lank een matras moes deel.

Trek gordyne toe.

Die motor staan onder by die eerste afdraaipad, by die uit-
hangbord wat sê: *Uilkraal, Karel de Waardt.* Karel is nie by die
huis nie, net Louise is. Ná Uilkraal raak die pad in die fontein-
kloof se draaie weg waar hulle nóg stadiger sal moet ry.

Kombuis: Brood, pakkie suiker, twee blikkies vis, blikkie sop,
bliksnyer, lepel, kondensmelk. Pakkie jellie. Genoeg kos vir die
res van jou lewe. Groet swart Dover-stoof, tafel, stoele, deurge-

loopte linoleum waarop pienk rose op plekke nog om die rande rank.

Trek gordyne toe.

Badkamer: Tandeborsel. Tampax. Groet gevlekte bad op ysterpote.

Sitkamer: Niks. Groet heilige ou geelhout-en-stinkhout-jonkmanskaste, tafeltjies, muurkassies, banke en hoërugstoele. Cecelia en Louise sal dit oor julle kom uitbaklei; die res kan Sofia vat. Los oop die gordyne dat julle spoke kan sien wie sit waar.

Tweede slaapkamer: Plastiekreënjas. Groet kis onder hekeldoek. Groet naaimasjien op tafeltjie voor venster: mag 'n roes jou tref en flenters vreet.

Trek gordyne toe.

Die motor kom die fonteinkloof se hoogte in 'n stofwolk uit en luier by die tweede naambord. Goue letters op dik kiaat om 'n vet merinoram: *Arendsnes-Stoetery: Cecelia de Waardt en Rolph Hurter.* Cecelia het nie haar nooiensvan gelos nie.

Van hier af moet haar tydsberekening fyn wees. Eers as hulle by Kliprug se grenshek stilhou, kan sy wegkom, anders sien hulle haar van die pad af.

Sy sluit die agterdeur en hou die sleutel in haar hand. Groet huis. Groet elke klip aan sy lyf. Groet duisend jaar se leef. Groet peperboom, peerboom, aalwyn in die blik.

Wag.

Die motor se dreuning kom nader. Wanneer hulle begin spoed verminder vir die hek, begin sy hardloop: oor die werf, langs die leë hoenderhokke op; oor die klipbank, verby die windpomp – sy weet presies waar om te trap sodat die huis tussen haar en die pad bly. Sy haal die voetpad wat sy self uitgetrap het, wat tussen die klippe deur teen die skuinste uit klim om haar tot bo by die rooikranse te neem waar sy eers sal moet skuil. Hoër op teen die voet van die berg, voor die kranse die lug in skiet, lê 'n stuk bossieveld waar hulle haar weer van onder af sal kan sien.

2

Die kombers se punt haak aan 'n doringbos, sy ruk dit in die hardloop los en slinger terselfdertyd die agterdeur se sleutel ver die klip-en-bossie-veld in. Sy móét die skeur in die onderste kranse haal voor hulle om die huis geloop kom.

Sy sal haar nie laat vang nie.

Ysterklippers maal onder haar voete uit. 'n Laksman tjê-tjê-tjê ergerlik van sy bos af. Sê nou hulle kry die voetpad en haar spore? Sê nou hulle het 'n bloedhond? Sy klim die laaste ent met lang treë en hoor 'n motordeur toeklap. Nog een. Sy haal die kranse en skuur tussen rotswand en kersbos deur tot in die skeur. Staan doodstil dat haar asem eers bedaar, trek dan versigtig 'n loerplek in die takke voor haar oop.

Dis hartseerder as wat sy gedink het dit sou wees. Grootberg-se-Kloof lê soos 'n hoefyster van oos na wes tussen die berge. Die pad kom van die oop kant af in: 'n doodlooppad wat sewe kilometer ver geleidelik klim en kronkel tot bo in die draai voor Kliprug se huis, waar die bergkom keer dat geen ryding verder kan nie.

Padlangs gekom.

Voetlangs uit.

Twee mans loop om die huis; die een gaan klop aan die agter-deur, die ander een loer van venster tot venster. Die eerste een draai om, bespied die wêreld en begin in die rigting van die hoenderhokke loop. Wink vir die ander een.

Haar mond word droog, sy voel haar lyf gereed maak.

Verby die hoenderhokke kom hulle . . .

Nee! Sy steek haar hand in die sloop en voel waar die rewol-wer is. Hulle sal haar nie vang nie, sy het dit gesweer.

Daar is 'n ander beweging. Waar die voetpad agter die hokke om die rotsknol swenk, staan 'n uitgegroeide bobbejaanman-netjie 'n ent voor die twee polisiemanne. Eers toe die enkele, vreesaanjaende *bôgom* diep uit sy keel die lug in galm, spring hulle om en hardloop wild in die rigting van die huis en die motor.

Dis ou Bitterbek. Sy ken hom al jare.

2

Cecelia het ook die motor sien kom.

Sy staan agter in die dekkingskamp en hou die twee stoet-
ramme in hulle kraaltjies krities dop. Sy sal hulle nog tien mi-
nute gee om te rus. Vier van die tien bronstige stoetooie wat die
oggend uitgevang is, moet nog gedek kom. Veertig is die vooraf-
gaande dae gedek; honderd-en-vyftig wei nog in die onderste
lusernkamp waar saadlose koggelramme met getuigde mer-
kers voor die bors die vrugbares uitruil, opklim en die rooi kol
gee vir laatmiddag se uitvang en die tweede dekking van die
dag.

Sy hoor die motor bo by die grenshek stilhou en keer 'n
storm van gedagtes. Heeltemal sonder simpatie is sy nie, maar
reg is reg: moord is moord. Elkeen moet verantwoording doen
vir sy dade.

"Miss Cecelia," sê die werker wat saam met haar in die kamp
is, onrustig, "is dit dan nie die polieste se kar daar bo by Klip-
rug se hek nie?"

"Hou jou by jou werk, Johannes." Voor die son sak, sal die
wêreld gons. Dis onafwendbaar. Miskien kan broer Karel sy
invloed gebruik om dit uit die koerante te hou.

"Dit ís die polieste!"

Sy ignoreer die mededeling en sê: "Ek is glad nie tevrede
met die nuwe ram nie. Is jy seker hy kry soggens sy koring-
kiemolie?"

"Ja, miss Cecelia. Hy beginne al beter regkom, was net dom,
het nie ooi geken nie. Lyk my hulle kry nie die hek oop nie." Hy
lag.

"Ek sal nie lag as ek jy is nie." Hóm moes sy al twee keer laat
aankeer vir skaapsteel. Die eerste keer het hy by sy ouers, Hen-
rik en Sofia, in die huis weggekruip; die tweede keer op die
noordelike berge. Elke keer het sy met gesonde verstand die
regte afleidings gemaak en gesê waar hulle hom kan gaan
soek. Gisteraand laat, toe die polisie bel om haar die skok-
kende uitslag van die patologiese ondersoek mee te deel, het
sy hulle presies gesê waarheen om vanoggend te kom.

Sy draai weg en sit die boek in haar hand op die klipmuur agter haar neer. Sy moet vir Rolph 'n boodskap lande toe stuur; hy moet afkom huis toe om die werksmense bymekaar te roep en in te lig voor verkeerde stories begin rondlê en Arendsnes se naam in die gedrang kom.

Dis warm. Die lug is vol skaapgeblêr. In die kampe teen die voetheuwels van die berge, aan háár kant van die Kloof, wei haar 2 000 kuddeskape: hamels in die hoogste kampe, die res laer af. Haar pa het altyd gesê geld groei nie aan bome nie, dit groei op 'n skaap se rug en jy noem dit wol.

Mits jy die droogtes kan oorleef.

Toe sy aan 'n stoetery om die huis begin dink, het Ses haar broederlik kom waarsku dat dit 'n ryk man se speletjie is wat sy wil aanpak.

"Los dit, Cecelia, bepaal jou by jou kudde."

Waarmee hy eintlik erken het dat sy as vrou as skaapboer geslaag het – maar nie die vermetelheid moes hê om verder te oortree nie.

Teen die hange van die oorkantste berge wei haar ander broer, Karel, se troppe. Sy skape is nie swak nie, maar dit hinder haar dat sy plaas so agteruitgaan. Sy voorman, Adam, is gewillig en betroubaar, maar dis nie dieselfde as jou eie hand nie.

Daar bo staan Kliprug en vergaan.

Sy wonder of hulle 'n vrou boei as sy in hegtenis geneem word . . .

Die somer was bloedig soos gewoonlik. Alles wag vir Maart se reën waarvan daar nog geen teken is nie. Die bietjie donderweer wat Desember en Januarie uitgesak het, het haar gronddam aangevul, maar vir die veld was dit skaars 'n goeie pis werd. Die hitte het dit net so weer opgeslurp.

"Daar ry hulle nou deur, miss Cecelia."

"Bring uit 'n ooi."

Een arm om die ooi se nek, ander hand op die kruis: stoot, sleep, stoot, sleep. Die ooi stoei, maar hy kom met haar. Vinnig en met 'n kennersoog bekyk sy die bou, maak die vag oop, bepaal die wolkwaliteit; lees die nommer op die oorplaatjie en kies die oudste van die twee ramme: Beethoven. Johannes los en maak die ram se kraaltjie oop. Sy vat self die ooi se kop vas en swaai haar gatkant om vir die ram wat sonder meer uitkom en die ooi kom klim. Hy werk sterk en vinnig. Die ooi staan stil.

Drie minute.

Die ram stap terug na sy kraaltjie toe en begin vreet.

Vier hande werk nou saam aan die ooi: tang, ponsgaatjie deur die linkeroor – die ooi probeer haar kop losruk – die groen kleurplaatjie word deurgehaak, 'n skewe oorbel in die sagte haartjiesoor. Dan word sy gesleep-stoot na die aparte kraaltjie vir die klaargedekte ooie: die groen oorbelle is Beethoven se ooie; die rooies Bartok, die nuwe ram, s'n.

Sy draai om en skryf die ooi se nommer in die boek en teken die ram se naam teenoor haar aan.

Die motor staan bo voor Kliprug se huis. Hulle sal haar seker toelaat om iets in te pak. Rolph moet toesien dat die meubels so gou as moontlik hier na die stoor gebring word. Kosbare goed waarvan Jessie nooit die waarde besef het nie.

Die volgende ooi wat uitgebring word, stoei nie, sy kom gelate.

"Miss Cecelia, dink miss Cecelia nie ons moet haar by Bontrok in sy kraaltjie inneem in plaas van hom laat uitkom nie?"

"*Bartok!* Hoeveel keer moet ek dit nog sê?"

"Hy's dalk net skaamram."

"Se gat, maar ons kan probeer."

Die ram klim die ooi met minder gesukkel; maar hy werk nog steeds met 'n traagheid wat haar tot ergernis en ongeduld dryf.

Sy weet dis nie net die ram nie. Dis alles. Die lusteloosheid wat besig is om aan die pit van haar bestaan te knaag: haar entoesiasme. Die gretigheid waarmee sy nog altyd vir haar regte as mens en haar ideale baklei het! Iewers in die lewe kies jy 'n doel. Dit bepaal jou bestaan; jou vreugde, jou teenspoed, jou uithou, jou waagstukke, jou oorwinnings – jou resultaat: jou Suid-Afrikaanse langsterkwol-kampioenmerinoram wat jy vroualleen bo-oor elke obstruksie in jou pad geteel het. Die eerste en enigste vrou in die land wat dit nog reggekry het.

Jou Julius Caesar.

Maar helaas is selfs 'n kampioenram net só lank bruikbaar. Vyf jaar, as jy gelukkig is. Dan hang hy geraam teen 'n muur langs banier en roset. 'n Dooie trofee.

Om haar huis wei sy nageslag: van die beste merino-stoetvee in die land. In haar kampe teen die hange, die res van sy saad: haar kudde. Die top. Maar iets het iewers weggeraak. Sy's besig om 'n dop te word waaruit die passie gekalwer is, omring van 10 000 morg aarde waaraan sy vasgegroei is, getroud met 'n man in lewenslange wapentuig van stilte gehul: saaiboer, filosoof, lank reeds ram sonder drif.

Toe loop maak sy van haar 'n gek oor een wat ag jaar jonger is as sy. En voel agterna, op ag-en-veertig, soos 'n ooi op pad na die kraal van die ou ooie wat wag om geslag te word.

Trap dood, maan sy haarself, jou trots drup nog bloed.

Alfred Visser wás niks en ís niks. Die enigste tyd wat hy iets was, was toe sy dit van hom gemaak het.

Jessie de Waardt het geweet wat sy doen. Mag hulle haar ver hiervandaan gaan toesluit en haar ewig daar hou.

Haar woede verspring na die oggendnuus: Drie soldate in 'n landmynontploffing dood op die grens. Een vermink.

Iewers op daardie selfde grens lê twee jaar van haar enigste seun, Carljan, se lewe vermors. Kind gemaak van De Waardt-murg. As sy hom moes afgegee het vir iets waarvoor sy haar eie lewe sou gee, was dit 'n ander saak. Maar twee jaar van angs en bitterheid moes sy deur vir 'n onnosel regering wat 'n swart vloed met papierwette probeer stuit! Dink hulle kan almal tot gerustheid sus terwyl biljoene der biljoene rand in die proses verdwyn, maar die boer moet eers tot op sy knieë geslaan wees deur ramp of pes voor minimumhulp na sy kant toe geskop word.

Carljan wil kom boer. Hy's nou eerstejaar op universiteit,

landbougraad sal hom drie jaar neem om te voltooi. Dan moet daar genoeg grond wees.

Arendsnes kan nie drie boere dra nie.

Die huisprobleem is egter nie Carljan nie. Dis Jalia. Haar eens pragtige dogter wat 'n perd selfs beter as Linette van Karel en Louise kon ry. Rye trofeë. Slim kind op skool. Ag maande op universiteit, toe kry sy 'n senuwee-instorting van 'n oordosis heiligheid en nou sit sy by die huis en Bybelversies onderstreep. Wagtend op die Oordeel.

"Daar kom die kar nou terug, miss Cecelia!"

Dié gemors ook nog.

Begin en einde lê skielik vas teen mekaar: dis soos gister dat Ses met Jessie in die lorrie van die Kaap af hier aangekom het. Geel slierte hare wat oor die gesig waai en aan dikgesmeerde lipsel kleef; oë groen geverf, dik gemaskara. Bloedrooi bloes waaronder twee kaal tiete bult. 'n Regte Kaapse slet en Ses sê: "Dis Jessie. Ons is gister getroud." As hy gesê het hy't die maan langs die pad uit die lug sien val, kon die Kloof nie meer van skok gesidder het nie.

Goddank, hy het nie met haar geteel nie.

Maar vyf-en-twintig jaar lank moes die teef om Ses se onthalwe daar bo in die kliphuis verdra word. Nou's dit verby. Al wat oorbly, is om Louise te gaan bel en Jalia te gaan sê. Hulle weet nog van niks.

En Kliprug. Want wat Ses besiel het om aan die einde die plaas aan háár te bemaak, weet niemand. Almal raai. Want al die jare was dit uitgemaak dat Carljan Ses se grond erf. Sy en Karel het die beste regshulp gekry en die testament betwis, maar misluk. Soos met elke aanbod en pleidooi wat tot Jessie gerig was.

"Dis De Waardt-grond. Wees redelik, ek sal jou goed uitbetaal."

"Nee."

"Die minste wat jy kan doen, is om my binne te nooi sodat ons die saak behoorlik kan bespreek."

"Loop."

8

Wat nou?

Veronderstel sy kry vyftien jaar? Selfs twintig. Doodstraf is onwaarskynlik, 'n knap advokaat en versagtende omstandighede behoort die tou van haar nek af te hou – ongelukkig.

Wat intussen van Kliprug?

Of sal sy *nou* bereid wees om te verkoop?

"Die ou ram is reg, miss Cecelia. Sal ek vir hom 'n ooi uitbring?"

"Ja." Die een wat hy uitvang, is 'n besonder mooi dier. Reguit rug, vierkantig op die bene, mooi kop, goeie ore. "Lees bietjie vir my haar nommer, Johannes."

"Vier-ses-nege."

Sy teken dit aan.

Iewers moet sy begin om haarself weer reg te ruk . . .

Geen vrou in die land het nog 'n kampioen-sterkwolooi geteel nie . . .

3

Sofia kry die kar anderkant die droë loop, 'n kilometer van Uilkraal se uitdraai af.

Sy moes eers die ouvrou versorg en vir haar die bankie uitdra tot onder die peperboom.

"Gaat ons dan nie kerk toe nie, Souf?"

"Dis Donderdag, Ma. Ek moet werk toe." Die ouvrou se kop is nie meer reg nie, foeter die meeste van die tyd agtertoe. Sy't al hoeveel keer vir Henrik gesê om sy ma by die dokter te kry. "Ma moenie val as Ma ingaan nie. Ma se kos is op die tafel. Tarrie het gaan fynhout soek, sy't die twee kinders saam."

"Waar gaat jy?"

"Uilkraal toe, dis miss Louise se dag."

"Sê sy moet vir my iets lekkers stuur."

"Ek sal sê." Die ou skepsel moet al by die honderd trek. Cecelia het haar pampiere. "Dan loop ek nou, Ma."

Sy loop.

Altyd eerste uit die ou viervertrek-kleihuis uit. Dan uit Souf uit en in Sofia in terwyl dit al goeter in haar word. Blyer. Uit die pienk overall en voorskoot uit, die ou bruin skoene. Kopdoek val af, swart krinkelhare word dik en steil en gebob soos Louise s'n. Laat dit elke week doen op die dorp. Loop in haar hoëhakskoene in, trek haar mooi wit rok met die fyn blou strepie aan.

Alles oor die see gekoop. Baie geld gekos. Dinge is duur oor die see.

En koud. Sneeu net waar jy kyk. Nie soos hier waar die son in die somer 'n hoender braai en wintertyd se sneeu 'n paar skimmels op die berge lê nie. Behalwe die jaar toe die sneeu tot hier onder gelê het en oor die honderd skaap van Cecelia geverkluim het omdat sy te vroeg geloop staan skeer het. Mos nie 'n vrou wat haar van ander laat leer nie. Slim. Leer self.

Watse vreemde kar kom dié tyd in die Kloof in op?

Die gaste kom eers môre. Die grootste van die bokamers moet nog uitgeturn word vandag, die pronksitkamer se kopergoed opgevryf en al die fyn goed op die stinkhouttafeltjies afgepak en skoongemaak kom. Duur goed: voële van fyn porselein, jakkalsie van regte silwer met 'n styfsterthondjie agter hom op die voetstukkie. Uitgegrifte glasgoed so swaar soos klip. Meeste oor die see gekoop en saamgebring. Oorle' Oubaas en Oumies in hulle goue raampies. Silwerkandelare. Baie mooi. Drie porseleinvroutjies in wye rokkies, bont porseleinpot wat Ses haar nog gegee het. Glo baie oud.

Kan nie die huisbediendes met sulke goed vertrou nie. Laat val sommer 'n ding, want hulle traak mos nie oor witmense se goed nie. Dan praat die verdomde prediker nog Sondae hulle koppe vol allerhande opsteeksels! Sê ons witmense moet uit onse sondes *getreiter* word. Niemand te gering nie, plaaswerkers, huiswerkers, almal moet help met die struggle, al laat val jy net 'n beste koppie, of 'n hand vol sand in 'n trekker se tenk. Skraap met 'n spyker oor 'n nuwe kar se verf.

10

Staan met die Boek van die heilige waarheid in sy hand en sê God sal nie toereken nie, God sien wie kry die ondermelk en wie die room.

Gelukkig was dit Cecelia se bakkie wat die skraap gekry het. As dit haar dure kar was, was daar moord.

Karel sal nie voor môre terug wees nie. Baie hoë besigheid in Bloemfontein. Sy't al hoeveel keer vir hom gesê om die bome om die huis te laat afkap. Wat help dit jy't die mooie huis en die mooie tuin en g'n mens kan g'n niks daarvan van die pad af sien nie? Wat nie begroei is nie, is berank.

Dis nie een van die Kloof se rygoed nie . . .

Sy's bekommerd oor Karel. Sy hart kom lankal nie meer saam huis toe nie. Nie dat sy dink hy't weer iets onder 'n ander kombers nie, dis al die pampiere en vergaderings wat sy hart na sy kop toe stoot.

Louise kyk jare al vir hom en sy koffer ewe fyn deur as hy by die huis kom.

Nooit gedagte gehad aan Kliprug nie.

Dis die polieste! Jirre? Sy't vir Henrik gesê hy gaat nog in diep kak beland . . .

Die motor ry verby. Stop by Uilkraal se afdraai, ry weer aan. Dalk is hulle op pad Arendsnes toe oor die geraamtetjie wat agter in Geelboskloof gekry is. Op Cecelia se grond. Snaakse besigheid. Henrik sê in die riete, nog ewe 'n pienk gebreide kappietjie op die holoogkoppie. Te aardig.

Natuurlik een van die los meide wat loop voorkind weggooi het. Gedink swartkraai sal nie sien nie, want wie kom ooit in dáárdie wilde kloof? Behalwe Henrik om sy dagga te oes of plantjies in te lê.

Godsgeluk sê Karel vir Henrik die polieste sal wil gaan foto's en voetspore afneem op die plek waar hy die besigheid gekry het. Dit kos hom vinnig vooruitspring om te gaan doodvee. Groot skade.

Sy loop uit Henrik uit. Voor haar wag haar mooiste huis: Uilkraal se dubbelverdieping-grasdakopstal. Vyf slaapkamers, vier badkamers, matte soos watte onder jou voete tot teen die trap op . . .

Maar sy laaik nie die kombuis nie. Haar Arendsnes-kombuis is mooier: alles die spierrewitte teëls.

4

Louise hoor die motor verbygaan, maar steur haar nie daaraan nie. Sy hou daarvan om soggens haar oefeninge in die tuin te doen. Jare al. Op haar spesiale Persiese matjie omdat gras haar laat uitslaan en jeuk.

Sy draai haar rug na die son en hou die soepel swart kurwes van haar skaduwee dop wat oor die geroskamde grasperk val. Min jonger vroue in die dorp of distrik kan spog met 'n figuur soos hare.

Karel haat vet vroue. Selfs ná al drie die kinders se geboortes, destyds, was haar figuur onmiddellik herstel omdat sy gedurende swangertye gesorg het dat sy *geen* gewig aansit nie. Tot op ses maande kon sy haar toestand met gemak wegsteek – behalwe natuurlik vir Cecelia met haar bits bek wat altyd konsuis 'n ooi wat uier maak, op 'n afstand kan uitken.

Een-twee-drie-skop! Een-twee-drie-skop!

Haar skaduwee is aan haar voete vas; soggens se tuintyd is aan die vooruitsig van 'n nuwe dag vas. Nuwe moontlikhede dat iets opwindends sal gebeur om die verskrikking van alleen-wees te besweer.

Goddank vir die naweek wat voorlê. Vir oorslaapgaste. Vir almal wat vir Saterdagaand se onthaal kom. Sy en Mieta moet nog die spyskaarte finaliseer. Twee-uur moet sy op die dorp wees vir haar hare. Doktor Liebenberg en sy vrou moet bo in die bloukamer kom. Baie belangrike man: persoonlike vriend van John Vorster, die Eerste Minister.

Opwindende tye wat voorlê. Karel is deur die Distriksraad

12

genomineer as kandidaat vir die Nasionale Party in die komende verkiesing. Dis so te sê 'n uitgemaakte saak dat hy Parlementslid gaan word!

Uiteindelik.

Probleem. Saterdagaand. Om genoeg tyd ingeruim te kry vir aantrek en vars grimering tussen die middagkoffie en die aankoms van die aand se gaste.

Karel haat dit as gaste se vrouens verveeld rondsit.

Asem in, arms strek! Raak die tone! Asem uit. Asem in . . .

Gelukkig het al die bediendes vanoggend opgedaag. Net Sofia wat laat is, soos gewoonlik. Beteken nie meer veel nie, maar sy is immers betroubaar by die skoonmaak van die kosbaarhede en verder hou sy 'n oog oor die bediendes asof *sy* die huismies is. Geen wonder hulle kan haar nie verdra nie.

Strek! Ontspan. Strek! Ontspan.

Die dokter sê sy ly aan depressie, moontlik gekoppel aan 'n vroeë menopouse. Dis aaklig en onaanvaarbaar en sy't nie 'n woord daarvan vir Karel gesê nie. Sy't vir die sielkundige in die Kaap gesê dat daar sprake was dat Karel gevra sou word om in die komende verkiesing te staan, toe vra hy of sy bang is vir die nuwe rol wat sy dan sal moet speel. Natuurlik nie. Dis 'n droom waarvoor sy jare lank reeds saam met hom gewerk het. Wat hy in elk geval nie sonder haar sou verwesenlik het nie.

Haar probleem is die alleenheid van die afgelope jaar, maar niemand verstaan dit nie! Toe Karel Junior universiteit toe is, was Linette en Bryan nog in die huis. Grootberg-se-Kloof se kinders is nooit in 'n koshuis geprop nie; hulle is elke oggend skool toe gery en middae gehaal: vier-en-veertig kilometer heen en weer, en sy het die meeste van die rywerk gedoen. Nie dat sy omgegee het nie. Baie dae sommer by haar beste vriendin, Bernice, op die dorp die skoolure omgewag.

Toe Linette weg is, was Bryan nog in die huis. Dierbare kind, saggeaard, altyd oplettend. Die een wat sy die meeste gemis het toe hy weg is universiteit toe.

Sy't die sielkundige duidelik laat verstaan dat sy *nie* een van daardie ma's is wat aan kinders wil bly klou nie. Sy't die beste boeke oor die onderwerp gelees.

Haar probleem is die verskriklike alleenheid.

Veral van Ses se dood af.

Strek! Ontspan. Strek! Ontspan.

Karel dien in al wat 'n plaaslike raad is. In hoeveel nie-plaaslike rade en direksies. Hy's voorsitter van die Boerevereniging, voorsitter van die Nasionale Party se distriksraad; bestuurslid van die Kaaplandse Landbou-unie, die Suid-Afrikaanse Landbou-unie, die skoolraad en die Afdelingsraad. Ook in die BKB- en die Vleissentraal-direksie. Sy kla nie daaroor nie. Dis 'n leer wat geklim moes word en waarby sy en die kinders net so baie gebaat het.

Maar dis geen geheim dat *sy* die een is wat vir Karel die sporte poleer nie: toesien dat sy klere reg is; sy kos op die regte tyd voorgesit word; sy koffer gepak is vir wanneer hy moet Bloemfontein toe, Kaap toe, Pretoria toe. Dat sy toesprake getik is. Netjies. Hy haat tik- en spelfoute. Dat Uilkraal bekend bly vir haar onthale. En dat sy te alle tye gereed is vir onverwagte gaste en hulle laat voel asof daar spesiaal op hulle koms gewag is.

Hande in die sye . . . af op die hurke . . .

Sy kan nie altyd en oral saam met Karel gaan nie. Adam is 'n uitstekende plaasvoorman, maar Karel sê die blote wete dat daar iemand by die huis is, maak die verskil.

Karel sê sy moet haarself besig hou. Die kinders sê: Ma moet weer begin tennis speel. Hulle verstaan nie.

Jy kan nie *elke* dag dorp toe gaan nie – al gaan jy die meeste van die dae. En wat is daar in die Kloof te doen? Cecelia boer. Sy't skaars tyd vir 'n mens. Kom jy op Arendsnes, keer Jalia jou vas en hou vir jou biduur.

Draf op die plek, tel die knieë hoog op! Draf, draf, draf.

Die enigste een in die Kloof met wie sy werklik kontak gehad het, is Jessie. Toe Jessie nog haar klere gemaak het. Maar van Ses se dood af weier sy om aan 'n naald te vat, dis amper twee jaar. Maak skaars vir jou die deur oop.

Sy't altyd vir almal gesê haar klere word in Johannesburg ontwerp en gemaak; nie eens Karel weet die waarheid nie. Destyds, toe sy per toeval Jessie se ongelooflike talent ontdek het, het sy skelmpies vir haar die beste naaimasjien en toebehore in die Kaap gaan koop.

Draf, draf, draf . . .

Die rok wat sy vir Saterdagaand se onthaal gaan aantrek, is 'n skitterende geluk wat sy in Johannesburg raakgeloop het. Oor die uitrusting waarin sy môre die Liebenbergs wil ontvang, moet sy nog besluit. Moeilik as jy die vrou nie ken nie.

Voete uitmekaar. Hande langs die sye, sywaarts buig . . .

Sy't haar altyd spesiaal vir Ses mooigemaak.

Sy weet dis futiel om aan 'n dooie te dink, maar sy kan dit nie help nie! Die sielkundige sê daar is niks mee verkeerd nie, dis net dat sy hom nie die waarheid oor Ses vertel het nie. Sy wou nie. Omdat sy wou gehad het hy moet dink dit was regtig . . .

Sywaarts buig . . . sywaarts buig.

Altyd, toe Ses nog geleef het, het hy haar vasgehou en gesê hy's lief vir haar, lief vir haar, lief vir haar. Hulle het saam gereis, gedans, gelééf . . .

Sy moet nog iets bedink vir Sondagaand. Karel wil die laaste tyd net Sondagaande seks hê. Sy moet hom regkry. Hy sê dis deel van 'n vrou se pligte. Dis net dat hy nie meer so jonk is nie, dit sukkel. Sy moet al erger maak of sy lekkerkry, anders haal hy dit nie enduit nie.

Maar immers bly dit 'n manier van kontak maak met mekaar, anders is daar niks. Net bo-oor stoele en tafels praat.

Strek! Raak die tone. Strek!

Sy kan nie vandag bekostig om bedruk te wees nie. Mieta doen wel die kookwerk en die slaaie, maar die nageregte en peuselhappies maak sy self. Karel is vol fiemies. Sy weet presies wat hy wil hê.

Hande op die heupe, bene oop, rol met die bolyf, rol en rol en rol . . .

Die tuin is gelukkig klaar.

Toe sy en Karel getroud is, was hier niks. Net 'n lappie gras waarvan die lote om die rande sommer die veld in geloop het. En berge. Godverlate Karooberge soos reuse plat rotstafels: langes, kortes, skewes, krommes. Aan mekaar vas met klowe en skeure. Van ver af is hulle kastig blou, maar as jy by hulle kom, is hulle bruin. Vaalgroen peperkorrelbossies teen die voethange wat lyk of dit tussen die klippe gestrooi lê. Bo die bossielyn skiet die ontsaglike geelbruin kranse vol swart skaduwees die hemel in, reg rondom die Kloof, sodat jy binne 'n groteske tronk van kransmure woon.

Niks is *groen* groen nie. Die veld is grysgroen, swartgroen. Somertyd slaan polle olifantsgras uit, maar selfs dié bietjie groen word nie lank geduld nie, dan's dit droë, wuiwende geel spookhaarhalms.

Sy het die tuin binne die eerste jaar begin aanlê. Menige boom en struik is skelm geplant om Karel se toorn oor die water te ontduik. Toe boor hulle bokant die huis – daardie tyd nog die ou huis – en kry van die sterkste water in die Kloof. Ses was woedend, want toe droog Kliprug se fontein op. Glo *sy* aar wat raakgeboor is. Twee jaar later het hy gelukkig ander water gekry.

16

Vandag is Uilkraal se tuin die fokuspunt van die Kloof. Selfs al 'n glansartikel in *Garden and Home*.

Háár tuin. Háár skans in die bergtronk.

Dis harde werk om met 'n De Waardt getroud te wees.

Sy voel skielik weer die steekpyn in haar sy. Sy hou niks daarvan nie. Gisteroggend ook. Kan 'n eierstok wees. Histerektomie. Kanker. Asseblief nie.

Verlede jaar toe Karel vir drie weke Amerika toe was, het sy haar gesig laat doen. Junie gaan hy weer. Dan gaan sy haar buuste laat doen.

Dis net aan die geboortevlek op haar maag dat hulle niks kan doen nie! Dik rooi vloek so groot soos 'n bord, wat sy lewenslank geheim hou, wat haar geleer het om só uit te trek dat geen man haar ooit kaal sien nie.

Behalwe Ses.

Die lewe is eenvoudig net nie regverdig nie. Cecelia, wat nog nooit oor wind of weer getraak het nie, kan haar in 'n halfuur se tyd uitvat en grimeer, en as sy in daardie pragtige motor van haar klim, is sy nog net so aantreklik en frappant soos altyd. En Cecelia is nie sóveel jonger as sy nie.

Sy sluit haar program met diep teue asem af. Buk dan en rol haar skaduwee saam met die matjie op.

Bryan se semelbeskuit moet nog gebak en gepos word. Nie 'n eier mag daarin kom nie. Karel Junior het vroegoggend gebel, sy motor het gebreek. Of sy asseblief 'n goeie woord by Pa sal doen. Sy sal haar woorde mooi moet kies. Dis nog nie drie maande van Karel hom moes help om 'n vennootskap in 'n prokureursaak in Bloemfontein te koop nie.

Dis nie maklik om ma te wees van 'n De Waardt se kinders nie. Die bitterste dag van jou lewe is die een waarop jou enigste dogter vir jou sê dit traak nie meer wat jy goedkeur of afkeur nie, jou tyd is verby. Jy kan nie help om saam met Cecelia te wonder of Uilkraal en Arendsnes se dogters nie iewers omgeruil is nie.

Linette het net 'n jaar onderwys gegee. Toe sê sy sy gaan vee liewer strate as om langer binne dié sieklike sisteem haar energie te vermors. Niks kon haar oorreed nie. Die uiteinde was dat Karel vir haar die blommewinkeltjie in Pretoria gekoop het. Met dié gaan dit immers darem goed.

Bryan bring al vreemder wesens huis toe, en saam kom sit hulle kruisbeen onder die bome en mediteer in vodde versier met krale. Al wat sy kan doen, is om te keer dat Karel nie ontplof nie.

Sy hoor die telefoon in die huis lui. Die bediendes sal antwoord.

Gelukkig is daar genoeg laatsomerkleur in die tuin vir die gaste: floksies en gesiggies, vol in die blom. Die Van Wouwbeeldjie van die vrou met die kappie lyk goed by die voëlbakke tussen die dwergsipresse; die twee brons De Leeuw-kraanvoëls staan afgespieël in die visdam. Net jammer so min gaste het die nodige kunskennis om die waarde van die goed te besef.

Die tuin is altyd 'n verskoning om die vroue eenkant te kry. Karel haat dit as belangrike gesprekke versteur word deur 'n sinnelose geklets. *Cecelia* mag natuurlik in die mans se geselskap bly, want skoonsus *Cecelia* is mos al vrou op aarde wat verstand het, wat 'n intelligente gesprek kan voer, wat van alles weet . . .

"Telefoon, miss Louise! Dis miss Cecelia!"

5

"Kan julle nie sien die vrou sit flougeval daar binne nie!"
    "Ek dog sy sit, ant Souf."
    "Sluit oop die kas, gee brandewyn!"
    "Sy drink whisky."
    "Brandewyn, sê ek!"
    "Ja, ant Souf, ek bring."
    "En 'n glas!"
Jissis. "Miss Louise?" Sy maak haar voorkop nat met die was-

lap. Sy was bo in die bloukamer. Toe sy afkom, toe sit sy hier nog net so in die stywe oefeningklere. Morsdood in die oë. Nie een van die ander drie hier onder kom iets agter nie. "Miss Louise?" Mieta sê dit was slegnuus oor die telefoon. "Miss Louise, maak oop jou oë laat ek kan sien of jy asemhaal!" Sy's nie dood nie. Dis anders as die keer toe hulle haar moes Kaap toe vat vir die shocks. Sommer net die middag begin te kere gaan soos 'n mal ding en in die pad af gehardloop. Karel was in die huis, hy't haar laat hardloop. Nes 'n man is: onnooslik.

"Hier's die brandy, ant Souf."

Sy gooi die glas halfvol en hou dit voor Louise se mond. "Drink, miss Louise!" Sy drink.

"Wat het gebeur?"

"Ek moet Karel in die hande kry, hy moet huis toe kom." Sy kry skaars gepraat.

"Hy's in die vergadering in Bloemfontein. Hoe gaan jy hom kry?"

"Ek moet hom bel. Hulle moet hom roep." Sy skuif vorentoe om op te kom. Sy lyk verwilder.

"Is dit weer Linette?" Die meisiekind is al by die tweede man ingetrek.

"Dis Jessie."

Here? "Wat van Jessie?" Moenie laat ek skrik nie . . .

"Die polisie het haar kom haal. Daar's 'n geraamte van 'n kind in Geelboskloof gevind. Die nadoodse ondersoek toon 'n gesplete verhemelte."

Sit die bottel voor jou mond. Drink. Moenie omslaan nie.

"Sofia!"

Sluk, Souf, sluk.

6

Jessie kry die bobbejane op die middag agter op die dwarsberg wat aan die noordekant van die Kloof uitskiet. By die witklip se water. Sy't gedink hulle sal daar wees. Dis droog op die berg.

Ou Henrik het haar die eerste keer van dié water vertel, maar omdat dit 'die bobbejane se heilige geheim' is, wou hy haar nie sê waar dit is nie.

Jare daarna het sy dit self eendag gekry. Per ongeluk. Want nie 'n groener grassie of bossie verraai die plek van die helder poeletjie tussen die klippe op die koppie nie. Sy het daarop afgekom omdat sy die enkele wit klip tussen die bergie bruinswartes gesien het. Die klip waaronder die water uitsyfer, 'n oomblik poel, en net so weer verdwyn.

Daar's baie klipkoppies bo-op die berg. Dassietrone. Bobbejane se sit- en speelplekke. Maar net die een koppie het die watertjie waar hoogstens drie bobbejane volgens rangorde en sonder baklei gelyk kan drink.

Vermoedelik hulle spaarwater. Want solank daar water in die holtes op die klipplate is, kom rus hulle nooit hier op die middag nie. Net wanneer dit droog is.

Die bobbejane is dikgevreet. Die oues dut. Ander soek luis in mekaar se hare. Die groter kleintjies speel en raas; die heel kleintjies drink aan lankgerekte tepels. Ou Oumatjie lê uitgestrek op haar rug in 'n sandkolletjie tussen die nabankklip. Haar dogter soek met vet swart vingertjies haar penshare deur. Twee jong mannetjies tuimel bo-oor 'n kleintjie in die pad van hulle speelgeveg. 'n Wyfie gryp die kleintjie weg en raas met die twee wat op 'n galop laat spaander. Sy het nog nooit gesien dat jong mannetjies dit waag om teë te praat nie, of om te raas as hulle baklei nie. Net die grotes.

Ou Jakob, die hoofmannetjie, sit eenkant op 'n uitstaanklip. Diep beswaard, elmboog op die knie. Hy kyk kort-kort na haar kant toe, maar sy weet hy hou eintlik 'n ander uitgegroeide mannetjie dop; een wat lankal skoor vir 'n uitbaklei om die hoogste plek.

Ou Bitterbek is terug by die trop.

Dankie.

Hy was lank die hoofbobbejaan van die trop. Tot Jakob hom die vorige jaar afbaklei het tot onder. Nou's hy rustig afgetree, sy medaljes die littekens aan sy regteroor en onderlip.

20

Sy gooi haar kombers 'n entjie van die trop af op die sanderige grond oop en stryk die kreukels netjies plat. Van die baadjie maak sy vir haar 'n kussing. Die toegeknoopte kussingsloop sit sy eenkant neer.

Sy's veilig by die bobbejane. Hulle sal haar waarsku as daar iemand kom. Ná die middagrus sal hulle begin terugtrek in die rigting van hulle slaapplek. Sy na hare.

In al die jare dat sy vriende is met die trop, is dít die een ding wat hulle haar nog nooit toegelaat het nie: om te na aan hulle slaapplek te kom. Wie ook al hoofbobbejaan is, wys gou slagtande en jaag jou om. Andersins steur hulle hulle nie aan haar nie.

Sy sien die hoofwyfie nader kom. Susie. Die een met die slim oë. Sy kom tot amper by die kombers voor sy gaan sit en 'n hand om die pappetjie voor haar bors slaan om hom te stut.

Hoekom is jy hier?

Ek is in die moeilikheid. Ek sal by julle moet bly tot vanaand toe. My plan is om in die boesmanskeur te slaap. Môre sal ek besluit.

Wat besluit?

Die groot besluit.

Is jy bang?

Nee. Dis verby.

Sy lê 'n rukkie op haar rug voor sy op haar sy draai en 'n stuk van die kombers oor haar skouers trek. Dis koel. Die aarde ruik na renosterbos – 'n mengsel van kruisement en dennenaalde.

Hulle sê voor jy doodgaan, moet jy eers jou hele lewe sien – van voor af agtertoe, of van agter af vorentoe? Maak nie saak nie. Sy kan in elk geval haar lewe in vyf minute inprop: Eers word jy gebore. Dan raak jy aan die slaap sodat jy stadig wakker gemaak kan word. As dit te vinnig gebeur, sal jy jou mal skrik. Daarom hou party mense aan met slaap. Die geheim is om nie te bang te word as jy begin ontwaak en agterkom 'n stroom is besig om jou saam te sleur en jy weet nie hoe om te swem nie. Moenie panic nie. Spartel. Hier en daar sal jou kop bo die water uit sodat jy kan asemskep. Maar oppas, oral op die walle wag stokke om jou by te kom en weer onder te druk. Hou net aan met skop en slaan . . .

Die kleine handjies het op die water geslaan asof hulle wou keer. God, asseblief, moenie dat ek dit so *sien* nie!

. . . die ergste is die maalgate waar jy die vuil water sluk en sluk en nes jy dink jy kan nie meer nie, staan daar 'n bobbejaan-wyfie op die wal. Jy kyk in haar oë en skielik weet jy jy het die hele tyd verkeerde kant toe probeer swem. Die volgende oomblik *kan* jy swem! Geleidelik word die water al helderder, jou voete begin grond raak. Jy klim teen die wal uit, jy's in die mooiste tuintjie waar jy mag huil en rus en sterk word. Waar jy vir altyd wil bly. Maar dan kom 'n gedierte en stamp jou in 'n stinkende modderpoel.

End van lewe.

Jy wil net 'n rukkie op die berg bly om jou hare te kam en jou gesig te was en die bobbejane te groet.

'n Kelkiewyn skrop tussen die bossies in die sand. In die verte dreun 'n trekker. Rolph het seker begin om sy lande te braak. Al die Kloof se koringlande is bo-op die berge tussen die klipplate langs. Nie groot lande nie, maar al die stukkies saam is baie koring. Die berg is geil. 'n Koringaar pit hier dubbel soveel as op ander plekke, het Ses altyd gesê. Sonder kunsmis.

Ses het nie koring gesaai nie. Net hawer vir sy dorpers.

Die enigste landerye onder in die Kloof is Cecelia se lusern-en hawerkampe vir haar stoetskape.

Sy draai weer op haar rug. Die lug is twee kleure: reg bo haar diepblou, en op die horison langs ligblou. Die windjie waai die son se hitte weg.

Ou Bitterbek lê komieklik op 'n plat rots uitgestrek. Sy kop hang aan die bokant af, sy stert langs hom. Ondeunde klein-tjies, wat oefen om dapper te wees, spring van onder af en terg hom aan die stert en bene. Hy steur hom nie aan hulle nie.

Die meeste van die wyfies sit in 'n kring, bekyk en troetel

22

mekaar se mensgesigkleintjies, speel met hulle, soek die haartjies deur. Gesels die hele tyd. Sy weet hulle bepraat haar.

Aan die begin was sy bang vir die bobbejane. Toe kom sy agter hulle het geen vrees vir haar as sy alleen is nie. Gee net pad as Ses of Rolph of Henrik by is.

Nie een van hulle het nog ooit aan haar probeer raak nie. Die kleintjies sal soms nuuskierig kom mik-mik met 'n handjie, maar dan roep die ma's. Sy wonder hoekom.

Eendag kry sy hulle op een van Rolph se lande. Die koring was net mooi ryp en vir die eerste keer sien sy hoe speel 'n trop bobbejane 'n koringland plat. Eers eet hulle hulle dik. Vryf hande vol korrels uit die are, knap en vinnig. Die wyfies eet ordentlik. Die mannetjies stop in.

Dan begin die spelery. Dit jaag mekaar, dit lag en skree en rol paaie deur die koring. Trek bondels uit die sagte grond. Spring sekelstert in die lug op, val op mekaar. Kleintjies raak in die see van are weg, die wyfies 'swem' komieklik agterna en roep beangs. Eensklaps is dit stil. Jy sien of hoor niks, jy dink hulle het verdwyn. Die volgende oomblik begin die pret van voor af.

Toe sy haar kom kry, is haar skoene uit en rol sy saam.

Die volgende dag het Ses en Rolph twee mannetjies en 'n wyfie geskiet. Die helfte van die koring was verwoes.

Skiet is genadiger as vang in die hokke.

7

"Ek glo nie 'n woord van wat Sofia vir die polisie gesê het nie. Sy was gedrink toe sy hier aankom." Sofia het kom sê Jessie is na een van haar susters toe.

"Maar Sofia drink nie, Moeder." Jalia se gesig is bleek. Sy het die nuus besonder kalm aanvaar – behalwe dat die hele huis binne 'n halfuur met grootskrifnotas beplak was: *Laat die een van ons wat sonder sonde is, die eerste klip optel om te gooi.* Tot agter die toilette se deure.

Dit sal tot môre toe geduld word.

Volgens Sofia het Louise flou geword – wat beteken dat sy moontlik een van haar toneelstukkies opgevoer het.

Die atmosfeer aan tafel is ondraaglik.

Rolph eet, maar sy dink nie hy weet wat by sy mond ingaan nie. Voel hopelik geklik omdat hy destyds toegelaat het dat Jessie hóm ook amper verblind – iewers moet daar in elke man 'n Mister Hyde skuil wat ewigdurend honger na die domste dosies terwyl hul monde saamsing tot lof van die bevryde vrou met meer tussen die bene!

Sy's die dag te perd uit berg toe om van haar kuddevee wat op die stoppellande gewei het, te besoek. Kry hulle oop en bloot styf langs mekaar op 'n klip sit. Toe hulle haar sien, staan Jessie luiters op en stap weg. Asof dit niks is nie. Rolph val plat agter 'n muur van skuldloosheid.

Dit was nie die einde nie. Sy kon dit altyd in die aand aan hom sien as hy van die lande af kom. Sy stiltes was dieper. As hy gepraat het, was dit of sy stem die tafels en die stoele en alles om hom streel. Totaal bespotlik vir 'n man van sy statuur. Al wat sy soms vir hom gevra het, was of die teef nog steeds op hitte is. Dan het hy haar verbaas, geskok en veronreg aangekyk en met dieselfde simpel stem geantwoord: "Daar is niks tussen my en Jessie nie. Ons loop mekaar soms op die berg raak, dis al."

As katte geblaf het, was hulle honde.

Op 'n dag is sy Kliprug toe en het reguit vir Ses gaan sê om sy teef op lyn te sit.

Goed, sy erken sy was miskien 'n bietjie jaloers. Maar die eintlike ding wat vir jare teen haar trots bly swets het, is die feit dat háár man hom aan die laagste klas skuldig gemaak het.

Later het sy dit verwerk. Geweet dit was net 'n kwessie van tyd voor Jessie haar goed sou vat en loop, want sy kon dit nie té lekker onder Ses gehad het nie. Al het sy dit met verwaandheid probeer verdoesel.

Daar was van kleindag af iets in Ses wat 'n mens nooit met sekerheid kon peil nie: 'n taaiheid of 'n hatigheid. Haar oorlede ma het dikwels gesê sy verstaan nie dié kind van haar nie. Karel was haar ma se kind. Ses was haar pa s'n.

Sy het al dikwels gewonder of sy liefde vir daardie eerste meisie van hom nie dalk ernstiger was as wat enigeen vermoed het nie. 'n Verhouding wat in 'n skoolbank begin het. Skoolhoof se dogter, oulike meisiekind. Alles was gereël dat sy in Desember van die jaar dat Ses Australië toe is, haar by hom sou aansluit. Toe raak sy swanger en getroud voor Junie.

Ses het ag maande langer daar anderkant gebly. Toe hy terugkom, het almal gedink hy is oor die skok.

Was hy? Hy't nooit daaroor gepraat nie.

As Jessie miskien die regte leiding gehad het, kon van haar talente ontgin gewees het deur ander as net Louise. Sy's werklik slim met haar hande. Maar ongelukkig is jy wat jy is. Dis jou opstaan *en* jou val. Die slet het altyd in haar gebly.

"Glo jy Sofia se storie, Rolph?"

"Ek weet nie, dit klink vir my baie onwaarskynlik. Sy sou tog vir jou of Louise iets gesê het, sou sy nie?"

"Ek wou net 'n ja of 'n nee gehad het." Sy langdradigheid kan haar soms hewig irriteer.

Toe die polisie op Kliprug kom, was Jessie nie daar nie. Sofia sê sy's Kaap toe, na een van haar susters toe. Hoe? Sy bestuur nie. Ná Ses se dood het sy haarself probeer leer en die bakkie se neus teen die agterste muur in die garage platgestamp. Staan nog net so. Net die deure agter hom toegemaak. Die groot vragmotor het Ses gelukkig nie lank voor sy dood nie verkoop.

Jessie kon oor die nek kortpad dorp toe gestap het, soos haar gewoonte al die jare was, maar nie eens dít het sy die laaste tyd meer gedoen nie. Jalia het die meeste van haar voorrade van die dorp af gebring.

Toe kom Sofia hier aan met die storie. Sy wás gedrink.

Ná die polisie weg is, het sy sersant Volschenk op die dorp gebel en gesê sy glo dit nie, hulle beter die vrou kom soek. Sy is iewers in die berge omdat sy snuf in die neus gekry het, al sweer Sofia hoe hoog dat sy haar 'n week laas gesien het. Al het Henrik ewe hoog kom sweer dat hy vir niemand behalwe Sofia van die geraamtetjie gesê het nie.

Volschenk sê as sy teen die aand nog nie terug is by die huis nie, en as sy nie by haar suster is nie, sal hy môre van sy manne met die hond uitstuur. Die hond is ongelukkig op 'n ander plaas agter skaapdiewe aan. Moenie bekommerd wees nie, mevrou De Waardt, ons sal haar kry. Ek neem aan u kan die naam en adres van die suster aan ons verstrek?

Sofia het 'n vae adres gegee.

"Eintlik, Cecelia," sê Rolph en hou op met eet, "vermoed ek dat daar iewers 'n toevalligheid is, 'n misverstand. Ek vind dit baie moeilik om te glo dat Jessie so iets sou gedoen het."

Sy hou nie van die manier waarop hy dit sê nie. "Hoekom nie?"

"Ek kan nie dink dat *enige* vrou so iets sal doen nie."

"Hoekom nie?" Sy het skielik lus om hom by te kom.

"Omdat dit nie in die vrou se natuur is nie."

"Jy bedoel: omdat die vrou geen verlof van die man het om enige vorm van genadedood toe te pas nie. Dieselfde met aborsie. Sy mag nie self besluit nie."

"Ma doen nou verskriklike sonde."

"Ek probeer net perspektief aan Jessie se kant plaas." Sy sê dit reguit oor die tafel tot by Rolph.

Maar Jalia druk tussenin: "Pa is reg, Ma. Iets rym nie. Jessie het die kind Kaap toe geneem. Ek het haar self die oggend by die bushalte gaan aflaai."

"Het jy haar op die bus sien klim?"

"Nee, maar sy moes tog . . ."

"Moenie naïef wees nie."

8

"Hoe kon jy so staan lieg vir die polieste, Souf?"

"Ek moes hulle met iets gooi om haar kans te gee om weg te kom."

"Jy moet uitbly uit dié besigheid uit, dis 'n lelike ding."

"Wie praat nou? Vir wat het jy nie liewerster die gebeentes

ingespit waar jy dit gekry lê het nie? Kon jy nie gesien het dit het 'n gesplete gehemelte nie?"

"Ek het mos nie gekyk nie."

"Vir wat na Cecelia toe staan hardloop? Jy weet hoe's witmense oor die wet!"

"As ek geweet het . . ."

"Op die end gaan sit jy met jóú gat in die tronk! Dink jy die polieste het nie gesien daar's goed uitgetrek toe hulle loop evidence uitkrap het nie?"

"Van waar die gat water is, tot by my oorlede dagga, is darem gelukkig 'n hele entjie. Hulle was nie tot daar nie."

9

Sy is altyd bang iets verskrikliks kan gebeur as Karel nie by die huis is nie. Dat sy dit alleen sal moet hanteer. Nou hét dit. Meer as 'n uur gesukkel om hom in die hande te kry. Hy sê hy kom so gou as moontlik. Vanaand nog. Niks moet vir eers gekanselleer word nie.

Sy móét op die dorp kom. Sy kan nie met hare wat só lyk 'n krisis tegemoetgaan nie. Sy weet nie hoe sy die motor in die pad gaan hou nie.

Miskien moes sy liewer die donkerblou tweestuk aangetrek het – dit pas meer by die aaklige omstandighede. *Wat het Jessie besiel?* Watse grimering sit 'n mens aan? Teen hierdie tyd lê dit seker al die hele dorp vol. Mense is gewoond om haar met swaar grimering te sien. Miskien moet sy net kleiner oorbelle aansit. Wit oorbelletjies – waar's die wit oorbelletjies?

"Yvonne!"

Die bediendes is heeltemal traag geskrik. Sulke dinge gebeur op ander plekke. Met ander mense. Haar eie hande bewe nog steeds, sy kan skaars die oogomlyner stil gehou kry! Mense dink sy dra vals wimpers, sy dra nie vals wimpers nie. Hulle sê sy lyk soos Elizabeth Taylor.

Toe bel Jalia en sê die polisie het Jessie nie gekry nie.

"Het miss Louise geroep?"

"Gooi vir my nog 'n bietjie whisky in. Baie ys. Maak gou, ek moet dorp toe."

"Ant Souf is terug."

"Sy beter nie voor my oë kom nie. Sê sy moet haar werk klaarmaak."

Hoe kon Jessie so iets aangevang het? Dis nie soos sy is nie.

Karel het eendag 'n onskuldige ou grappie met 'n bobbejaan-tjie gemaak. Hy't gesê hy sal bewys dat ons almal van bobbe-jane afstam. Toe vat hy 'n tou en maak die bobbejaantjie se handjies agter die rug vas – hulle het die wyfie die dag geskiet en die kleintjie huis toe gebring. Toe los hy die dingetjie. En net daar laat vat hy kiertsregop op sy agterpote, nes 'n mens. Reguit veld toe. Miskien wás dit 'n bietjie wreed, maar die bob-bejaantjie het nie seergekry nie en dit was verskriklik snaaks. Toe kom Jessie hier aan en skel Karel sommer voor al die werksmense op die werf uit. "Jy's 'n lae vark!" het sy geskree.

Sy trek die donkerblou tweestuk aan. Dit vertoon definitief meer paslik.

"Hier's die whisky."

"Dankie. Kyk dat die drankkabinet gesluit is en moenie dat Sofia sien waar jy die sleutel sit nie."

"Ant Souf het geskrik."

"Ons het almal geskrik. Sê vir Mieta ek wil niks eet nie. Ek sien nie kans nie."

Karel was só stomgeslaan, sy't gedink die verbinding is afge-sny. Hy het nooit baie van Jessie gehou nie. Altyd gesê sy't 'n goedkoop streep in haar wat té dik loop.

Ses het hel onder haar gehad. Sy het sy gesig eenkeer geklou dat die rowe weke lank in die hale gesit het. Toe Cecelia haar konfronteer, sê sy vir haar: Oppas, jóú oë is volgende.

Cecelia het ook nie tyd vir haar nie.

Die probleem is nie net die kind wat sy in Geelboskloof loop weggooi het nie, dis die vraag wat opnuut gaan kom opstaan om nog méér moeilikheid te maak.

Want wie is die pa? Dít het nog nooit uitgekom nie. Toe die kind elf maande ná Ses se dood gebore is, kon geen groter skok die Kloof getref het nie.

En nou?

Sy neem 'n sluk van die whisky.

Daar was 'n tyd, ná dit rugbaar geword het dat Jessie swanger is, dat sy selfs vir Karel verdink het en byna van haar verstand af geraak het. Moes behandeling kry in die Kaap. Toe sê Karel hy het 'n nare gevoel dat dit Rolph kon wees. Cecelia het die man van die versekeringsmaatskappy, wat van Ses se sake gehanteer het, verdink. Hy was 'n hele paar keer op Kliprug. Die predikant ook. Die bankbestuurder ook.

Die vraag het bly hang oor die Kloof. Toe sy, Louise, dit nie meer kon verduur nie, is sy een aand Kliprug toe met 'n bietjie sop as verskoning, en sy het geklop tot Jessie oopmaak.

Sy was ver heen. Skandelik oor die veertig, maar in die skemerte het sy skaars dertig gelyk. 'n Sekere soort vrou het eenvoudig iets wat net nooit verdwyn nie. Soos die kat in sekere ou wyfiekatte. Karel sê altyd Ses het vir hom 'n lekker lêding loop vat en tot die einde van sy dae in die stekels gebrand.

Jessie het moeg gelyk. Miskien het sy geweet daar is iets verkeerd. Hulle sê 'n vrou weet. Sy het die houer waarin die sop was, in die kombuis gaan leegmaak en toe sy terugkom, trek sy ewe brutaal los: "Jy en Cecelia kan maar ophou wonder. Dis nie Karel óf Rolph nie."

Sy't haar bloedig vererg. "As jy dink dat ek of Cecelia in die minste dáároor bekommerd is, misgis jy jou. Ek ken my man."

Jessie het net daar gestaan. Van altyd af 'n vermetele manier gehad om jou aan te kyk asof jy niks is nie!

Maar die sekerheid was groot verligting.

En dis nie dat sy Jessie nie vandag jammer kry nie. Dis net so onregverdig dat sy hierdie ding óók nog oor die Kloof moes bring. Die De Waardts dink nie hulle is beter as ander nie, hulle het gewerk vir wat hulle bereik het. Cecelia is een van die topmerinotelers in die land. Rolph mag die meeste van sy tyd op die lande deurbring, maar in werklikheid is hy 'n hoogs gekwa-lifiseerde onderwyser. En as Karel nie so bedrywig was nie, het hy lankal sy doktorsgraad in landbou gehad. Sy sê dit altyd vir die mense. Sy self het 'n B.A.-graad. Sy en Cecelia was kamermaats op universiteit. Cecelia het B.Com. geswot, maar toe erf sy die plaas en kon nie klaarmaak nie. Jessie kom uit die agterkant van die stad. Met niks.

Die groot probleem gaan die koerante wees: *Parlementslid se skoonsuster aangekla van moord.* Karel sal eenvoudig aan hulle moet verduidelik dat Ses *nie* sy broer was nie. Stiefbroer. Dieselfde bloed, maar stief.

Cecelia wil nooit hê jy moet dit sê nie. Vir haar was hy soos eie. Eintlik vir Karel ook. Ses se pa was hulle pa, Oubaas De Waardt, se broer. 'n Wiel wat in sy eie spoor omgedraai het, want almal weet dat Ses se eie pa se probleme begin het toe hy té ver onder sy stand getrou het. Hulle was later glo so veragter dat hulle hier onder in die huis waar Sofia en Henrik nou bly, gewoon het. Sewe kinders. Ses was die jongste. Toe die ma sterf, het van die familie van die kinders kom vat. Oubaas vir Ses. Hom wetlik aangeneem. Hy was maar iets soos ses.

Hierdie grimering is nie reg nie!

Sy't die kinders gebel – gevoel dis haar plig, voor hulle dit in die koerant sien. Karel Junior was nie op kantoor nie. Linette was by die werk en het sommer aan die huil gegaan. Dis goed. Sal haar hopelik weer 'n slag laat dink. Van kleins af net die beste gehad.

Bryan het gesê dis Jessie se karma. Sy sê vir hom: Boetie, moenie sulke dinge praat nie, dit maak Mamma bang. Toe sê hy sy moenie bevrees wees nie, hy sal onmiddellik 'n paar van sy vriende bymekaarkry. Hulle sal die een of ander Great Light of the Universal Spirit oor Jessie uitstort.

Dis verskriklik.

10

Die ooi wil nie stilstaan dat die ram haar dek nie.

"Jaag haar terug by die trop." Sy is klaarblyklik nie bronstig nie. Een van die koggelramme moes haar verkeerdelik geklim en gemerk het.

Dis die laaste ooi van die laatmiddagdekking. Cecelia help self om die twee ramme terug te jaag na die ramstal waar hulle eie privaat lusernkamp vir hulle wag; krippies vol spesiale kos, slaapplek onderdak . . .

Sy glo nog steeds dat Jessie in die berge is. Hulle moet haar gaan soek en afbring voor hierdie ding tot 'n goedkoop drama uitrek!

Op Uilkraal sit Louise in praal en as, bel aanmekaar om te hoor of daar nie nuus is nie. Karel is glo reeds op pad terug – seker bang 'n vasgekeerde Jessie kan sy sondes op 'n ongemaklike tyd kom uitbring. Gereeld sy kans afgekyk vir Kliprug as Ses gaan skaap wegbring het Kaap toe.

Die gedagte krap 'n ou woede oop. Waarom loop hulle ewigdurend agter vroue soos Jessie aan? Stront antwoorde is daar baie en net soveel sotte om dit te sluk. Want vra jy 'n man dit reguit, sal hy máák of hy jou die waarheid sê en sy 'mag' behou deur dít wat hy nie sê nie. Omdat hy vermoedelik self nie weet nie.

Sy het Karel dit eendag reguit gevra. Toe word hy kwaad en sê sy moet ophou spioeneer en verkeerde afleidings maak. Altyd pateties onskuldig.

Sy vra weer: Hoekom vroue soos Jessie? Tog seker nie net omdat sy ywerig is om in die bed te spring nie. Is sy makliker manipuleerbaar omdat sy goedkoop is? Of het háár soort die karakterlose, altyd jeugdige pienkwang-engeltjies vervang wat die man ewiglik bedroom het, om uiteindelik agter te kom hulle bestaan nie? Is dít waarom hulle vandag so dikwels die 'slimmer' sussies soos Louise trou en agterna bly hunker na die Jessies?

Die meeste mans sê hulle aanvaar en verwelkom die vrygevogte vrou. Die vraag is: wat lieg hulle in hul harte? Waar laat dit die vrou wat skynheiligheid en lafhartigheid verafsku?

Sy het wel simpatie met die man wat nog steeds die Amaso-
nes van die Emansipasie vrees, wat nog nie agtergekom het dat
selfs dié verskynsels al minder rondvlieg nie . . .

"Miss Cecelia," sê Johannes toe die ramme op hulle plek is,
"ek wonder sommer maar. Die wetsmanne is so slim. As hulle
miskien vir miss Jessie 'n goeie pleiter uit die Kaap kan laat
kom?"
"Pleit help min as die getuienis verdoemend is. Kom, ons
moet 'n draai gaan maak by die ooie. Daar's 'n koggelram wat
nie sy werk ken nie. Dit was die vierde ooi wat verkeerd gemerk
is."
"Gaan moeilik wees om hom uit te vang."
"Toemaar, die ooie sal hom uitwys." 'n Ooi wat nie bronstig
is nie, sal spook as sy geklim word. Behalwe die een wat jy af en
toe kry wat beneuk is, al is sy vuurwarm. Háár stuur jy slagpale
toe.

Dis die mensramme wat die *Jessies* op 'n afstand uitruik. Van
hulle drome en paradokse maak, maar dit selde waag om met
een te *trou.*
Hoekom Ses dit gedoen het, is saam met hom in die graf.
En wee die vrou wat dit waag om haar te bevry van die mag
van die man en vir haarself te dink. Wat iets bereik sodat dit vir
alle vroue bereikbaar kan wees – wat van die man niks weg-
neem nie, eerder tot hom byvoeg. Wee haar, want dis vir háár
dat die grootste ontnugtering wag as die eerste tekens van
haar eie herfs haar tref: wanneer sy nie meer so maklik met
haar lyf 'n ram kan bekom nie en die man se wraak haar in die
kamp van die prul-ooie jaag.
Die Jessies word nie gewreek nie.

Arendsnes was haar ma se grond. Kliprug en Uilkraal haar pa
s'n. Almal het geweet sy gaan Arendsnes erf. Skaapplaas by
uitstek. Maar *Ses* is Australië toe gestuur om daar vir 'n jaar na
'n landboukollege te gaan. Nie sy nie. *Karel* kon gaan landbou
swot. Nie sy nie.

Vir haar is daar drade gespan. Omdat sy meisiekind was. Ses en Karel kon saam met Pa gaan jag, met die vragmotor saam dorp toe gaan, Kaap toe gaan. Sondagoggende op die stoep by hom sit en gesels soos grootmense: die boerdery bespreek, die politiek, die bure, die sterre, die maan, die son.

Sy moes haar ma help koekies bak, vir haar poppe klere brei. Stukkies uit die Kinderbybel voorlees. Van Abraham en Isak, Daniël by die leeus, Moses, Jesus – almal maar net Oubaas De Waardt in ander klere, maar *sy* kon nie by hom kom nie.

Net by haar ma: Oumies De Waardt, die sagmoedige.

"Hoekom sê Ma nie Pa moet vir Ma leer motor bestuur nie?"

"Jou pa is bang ek verongeluk sy mooie kinders."

"Pa, hoekom kan ek nie ook agter op die vragmotor ry nie?"

"Jy's 'n meisiekind."

"Ma, hoekom kan ek nie gaan swem nie?" As dit reën, kom die fonteinkloof af en maak die lekkerste poele.

"Jy menstrueer."

"Pa, hoekom mag ek nie op Phantom ry nie?"

"Meisiekind ry nie op 'n hingsperd nie."

"Ma, hoekom werk, werk, werk Ma net altyd?" Sy was in matriek, alles was aan die oorlog maak in haar. "Ma is slegter af as die bediendes. Húlle gaan smiddae huis toe en Sondae is hulle vry. Alles in hierdie huis draai om Pa en Karel en Ses, en Ma laat dit toe. Ma bederf hulle."

"Dis 'n vrou se plig, Cecelia. Jy sal sien as jy die dag getroud is."

"Ek sal nie 'n hel trou as ek moet slaaf vir 'n man nie."

"Die Woord sê . . ."

Die Woord sê, die Woord sê, die Woord sê. Oumies De Waardt se swaard teen haarself.

"Pa, is dit waar dat ek eendag Ma se grond erf?"

"Ja."

"Hoekom klink Pa vies?"

"Dis nie soos jou ma dit wou gehad het nie, dis soos jou oorlede ouma se testament bepaal."

Ouma Celly se portret het in die eetkamer gehang: 'n vrou wat jou *gekyk* het. Fyn gesig omraam van bossies los grys krulle wat skynbaar nie in die bolla op haar kop wou bly nie. Sterk mond, baie durf. Dit was moeilik om te glo dat haar ma dáárdie vrou se kind is – behalwe soms.

Soos toe sy, Cecilia, van die universiteit af by die huis was en geweier het om saam te gaan kerk toe. Verlos wees van verpligte kerkbywoning was een van die wondere van volwassenheid. Die volgende Sondag weier sy weer.

"Is jy siek?" kom vra haar ma in die kamer.

"Nee, Ma."

"Dan kom jy saam." Oumies De Waardt staan soos 'n stuk staal.

"Hoekom moet ek?" Parmantigheid was iets wat jy kon waag om op jou ma uit te haal, nie op jou pa nie.

"Omdat dit jou plig teenoor God is."

"Van wanneer af is kerkbywoning 'n ticket hemel toe, Ma?"

"Ek het dit nie gesê nie. Trek jou aan, ons gaan kerk toe."

"Dis sonde om uit plig kerk toe te gaan, Ma!"

Die stuk staal begin gloei. "Die vrou, Cecilia, *het* 'n plig, want dis háár taak op aarde om toe te sien dat die man nie verheiden nie! As *sy* die dag beginne verheiden, sleep sy alles agter haar aan hel toe!"

Dit was so goed jy vind uit jou ma glo nog aan Vader Krismis.

'n Jaar later, toe sy die grond erf, het Karel en haar pa op haar toegesak, skynbaar oortuig dat sy gretig sou wees om te verkoop. Die plaas was taamlik verwaarloos. Oubaas De Waardt was teen daardie tyd self nie meer gesond nie en het meesal in die huis op die dorp gebly. Ses het nie belang gestel in Arendsnes nie, maar prontuit kom sê wat hy van 'n vrou dink wat in 'n man se broek wil klim. Waarvan die sotlike gevolg was dat sy tot hierdie dag toe nog nooit saans aan tafel verskyn het in iets anders as 'n rok nie. As dít dan belangrik is.

Sy het haar goed op Stellenbosch gaan haal. *Professor* Van der Merwe se beeldskone poedelhondjie, Louise, was toe reeds tjankend agter Karel aan.

Die Maandagoggend het sy begin 'boer'. Van grensdraad tot grensdraad geloop terwyl 10 000 morg grond onder haar voete groter as die aarde self geword het. Alles hare.

Die man wat gesê het 'private property is theft', het jammerlik seker nooit 'n kluit besit nie; hy en sy napraters sal nooit weet hoe dit voel om op 'n stoel te sit wat jy nie by 'n ander hoef te gaan leen het nie.

Toe sy die aand in die groot huis lê, was daar die wonderlikste gevoel van krag in haar. Verbysterend. Sóveel dat sy instinktief geweet het dit sou haar kon verpletter as sy dit nie op 'n manier beheer nie.

Sy het presies geweet wat sy wou doen: boer. Met merino's. So goed soos enige man. Sy was jonk. Onervare. Vol onnodige opstand. Eers ná baie jare het sy besef dat sy dit net so goed en *beter* kon doen.

Haar pa en Karel het die plaas kom stroop van alles wat hulle s'n was en lank 'n wind van vyandigheid deur die Kloof laat waai.

Haar erfgoed het een ou trekker en 'n ewe afgeleefde vragmotor ingesluit. Nie 'n skaaplam nie. Maar 'n bietjie kapitaal.

Sy het met kuddevee begin. Die eerste troppie merino's wat sy aangekoop het, was 'n jeugmisdaad. Nuuskieriges het oor haar grensdrade kom loer om te kyk wanneer haar uitverkoping gaan plaasvind.

Dit het lank geneem om agter te kom dat die monde wat haar die breedste uitgelag het, die meeste onrus in die oë had. Onder dié wat kom hulp aanbied het, was die bliksems wat kom sê het sy moet haar ramme meer mielies voer, meer mieliemeel. Wanneer die ramme dan te vet en te lui was om 'n ooi behoorlik te klim, was dit húlle wat eenkant die lekkerste gekry het – en môre die pret voortgesit het deur teen haar op die veevendusies te bie sodat sy nie kon koop nie. Of hopeloos te veel betaal. Wat kaartjies om haar nek kom hang het: mannetjiesvrou, blêrrie fool, onnooslike merrie. Feminis – die woord wat sy die meeste haat: voorwerp ontneem van lewe, gekastreerde iets.

Maar sy't geleer.

By Ses, by Samuel en Henrik. Uit die beste boeke. By die skaap-en-wol-deskundiges. By Karel en haar pa. Die wind het gaan lê. Hulle het begin om anders na haar te kyk. Die spotters moes al harder spot. Hoe dieper haar wortels in die aarde in gebeur het, hoe stewiger het sy gestaan. Kennis. Selfvertroue. Selfrespek. Ondervinding. Sy't nie langer gehuiwer om haar mond oop te maak tydens boerevereniging-vergaderings nie; om te eis dat sy as *boer* gerespekteer word. Dat hulle luister as sy praat – nie minagtend rondskuif op hulle stoele nie!

Net soms was sy genoodsaak om die vrou se oerwapen te gebruik om deur drade te breek.

Toe die stil, beskeie Rolph Hurter aan haar deur kom klop, het sy geweet dis tyd om te trou. Iets wat die een of ander tyd afgehandel moes kom, want sy wou kinders hê. Om kinders te kry moes jy getroud wees. Naïef. Maar só staan dit gerieflikheidshalwe in jou kop ingeteel. Later, wanneer dit te laat is, besef jy dat die huwelik maar net nog 'n verroeste slagyster is om die vrou in gevangenskap te hou.

Rolph was in sy hart 'n boer wat as gefrustreerde onderwyser 'n bestaan moes maak. Toe hy by haar begin kuier, het die waarskuwers van oral af kom fluister: Oppas, hy soek boerplek.

Rolph het hulle self stilgemaak. Hy het by sy pa geld geleen en 'n deel van Arendsnes by haar 'gekoop' en so aan haar die kapitaal besorg vir haar eerste vyftig stoetooie en een stoetram.

Rolph het gesaai en gemaai. Geleer om sy eie masjinerie na te sien. Knap. Geleidelik het hulle vasgevang geraak in 'n gebondenheid waaruit die liefde verdwyn het en twee kinders gebore is.

"Miss Cecelia . . ."

"Wat is dit, Johannes?"

"Hulle sal haar darem seker nie hang nie, sal hulle?"

11

Sy's lank voor donker by haar slaapplek. By die boesmangrot aan die westekant van die dwarsberg, nie verder as 'n kilometer van die skeure in die kranse waar die bobbejane slaap nie.

Sy's gerus. Niemand kan haar van onder af sien nie. Die naaste plaashuis lê ver onder op die uitgestrekte vlakte tussen 'n trossie bome. Min mense weet in elk geval dat die langwerpige skeur in die rotse eintlik die ingang tot 'n grot is. Lyk soos 'n skaduwee. Was altyd haar baken as sy van die dorp af gekom het, want onder die skeur moet jy skuins begin opwaarts klim vir die maklikste roete tot bo op die nek. Oor die nek en af in die klofie, en jy staan voor Kliprug se agterdeur.

Henrik het vir haar gesê dis die ingang tot 'n boesmangrot. Met tekeninge en al. Dat jy van bo af daar kan kom as jy jou trap ken.

"Maar jy bly weg daar, miss Jessie, dis 'n gevaarlike plek. Johannes van my en Souf het gesien hoe 'n man sy arm daar morsaf val. Been deur die vleis, bulk soos 'n bees."

Sy's die eerste keer in die oggend daar af. Omdat die son aan die ander kant van die berg was, was dit skemer in die grot, en sy kon die tekeninge net dofweg uitmaak. Die volgende keer het sy gewag tot die son in die weste sit. Toe val die lig tot agter. Helder. 'n Olifant; bokkies op fyn pootjies wat teen die kranswand uitspring; dunlyfmannetjies met pyl en boog.

Geheim wat diep weggesteek is.

Sy's nie honger nie. Miskien word 'n mens nooit weer honger nie.

Miskien is dit tóg goed dat jou lewe eers by jou verbykom. Sodat jy kan sien waar jy bly staan het toe jy moes gehardloop het. Gehardloop het toe jy moes gestaan het. Gelag het in plaas van gehuil het. Of andersom. Die verkeerde pad gevat het omdat jy in jou eie duisternis nie kon sien nie.

Miskien is die laaste taak voor jy doodgaan om jouself te vergewe . . .

Vir wat? Omdat jy wakker geword het? Omdat jy geleer het om te swem?

Sy soek nie vergiffenis nie. Van niemand nie.

Sy wil net 'n rukkie hier bo bly om haar hare te kam – om net sy te wees.

Sy het die berg stukkie vir stukkie begin verken. Sommer om weg te kom van dít wat sy nie verstaan het nie: Man. Huis. Kloof. Selfs Cecelia en Louise en ou Sofia.

Eers was sy net nuuskierig oor wat 'n mens sou sien as jy die klofie agter die huis uitklim tot bo by die nek wat soos 'n halfmaan op sy rug tussen die een berg en die ander berg lê. Hoë berge met eienaardige plat toppe.

Ses het gesê jy kan ver sien as jy bo op die nek staan. Sy wou sien hoe ver is ver.

Die Kloof het haar nooit vasgedruk soos vir Louise nie; haar eerder veilig laat voel, want die Kloof is nie só nou nie. Dis vry en stil. Die stad was nooit stil nie; nooit donker nie. Nie regte donker met regte sterre nie. Die maan het meestal verbygegaan sonder dat jy dit weet.

Die Kloof was waar Ses was. Sy was binne-in Ses. Saam was hulle binne-in 'n rotskasteel, binne-in 'n huis van klip, binne-in 'n droom – binne-in 'n stroom wat haar saamgesleur het, sy het nie geweet waarheen nie.

Sy en Ses was seker so drie maande getroud toe hy weer moes Kaap toe met skape vir die mark. Helfte syne, helfte Cecelia s'n. Sy't aanvaar sy gaan saam. Toe sê hy sy kan nie.

Hoekom nie?

Sommer nie.

Alleen moes sy onder die sinkplaatdak slaap wat naglank soos 'n spookplek klap en kraak. Toe die dag breek, wou sy net *buite* wees.

Toe klim sy die klofie agter die huis uit.

Ses sê daar was vroeër 'n fontein, maar hulle het hom ondertoe doodgeboor vir Louise se tuin.

In die begin vat dit jou meer as 'n uur tot bo. Later ken jy elke plek waar jou voete moet trap en gaan dit gouer. Die laaste stuk is klouter. Dis net bosse en klippe en dissels wat jou bene krap en aan jou rok vassit – die volgende oomblik is jy bo en jou asem slaan weg.

Alles is blou en helder tot in die verste ver. Veld en koppies so ver jy kan sien. Nog meer berge op die horison langs. Die wonder wat jy in die oneindigheid ontdek, is die *dorp* waarvan 'n punt agter 'n kop uitsteek soos lewe in die niks.

In 'n oogknip meet jy vir jou 'n kortpad uit tot daar en bêre dit in jou kop soos 'n reddingstou om aan vas te hou.

Trou was nie soos jy gedink het dit sou wees nie.

Toe Ses weer moet gaan skape wegneem, steel sy die nag tien rand uit die banksak in sy kas en slaap daarmee in haar hand tot sy moet opstaan om sy koffie en sy padkos te maak.

Toe dit lig word, rol sy die voetpad oop. Oor die nek, deur die veld, oor baie drade, verby sewe windpompe, een ribbok, drie skilpaaie, pikswart miere met klapperbossade soos groot vaalgroen hoede in hulle kloue, 'n miskruier, en baie skape. Vier uur tot op die dorp sonder stop.

Hy wou haar wéér nie saamneem nie.

Hoekom nie?

Ek wil nie hê die mense moet sien ek het 'n hoer by my nie.

Jy sink tot op die bodem waar die water jou maal en woede jou terugbring boontoe om jou vergelding te beplan. Maar dan kom hy terug en klim uit die ontsaglike vragmotor met die moeg en die stof van die manste man aan hom. *Jou* man. Jy sê vir jouself: Iewers in hom is alles wat ek wil hê. Móét hê. Ek sal hom vergewe en aanhou graaf tot ek daarby uitkom en dit opeet en alles sal regkom.

Jy glo nog poppe het derms.

Sy't van altyd af geweet daar is 'n bietjie slegheid in haar. Nie diep en weggesteek soos vrotpit in 'n appel nie. Anders. Soos toorkrag in hekse en feë. Soos jasmyn se geur in die maanskyn. Wat woon in 'n kamertjie onder haar hart se punt; as sy dit wou proe, moes sy klein stukkies in haar mond sit vir seuns om te kom eet.

Jy word groot, seuns word mans. As jy te veel op jou tong sit, is dit bitter en word jy naar.

Algaande leer jy die mengsel se geheim: 'n tikkie guitigheid en stuitigheid, goedhartigheid, plesierigheid; baie liefde, 'n bietjie kul – wys die helfte, belowe die res. Durf. Sagtigheid. 'n Ietsie weglaat vir die een, bysit vir die ander. Dis aspris, maar nie heeltemal nie. Dis die nektar in jou lyf vir die mannetjies-mot se tong wat jou moet kom wakker soen, anders bly jy dood.

Leef was wondertyd. Liefde woon in elke man. Tussenin, wanneer jy die een wegstoot en vir die volgende een wag, is jy hol van binne.

Daar was baie mannetjiesmotte wat jy moes proe omdat jy een gesoek het wat anders is – aan wie jy jou vir ewig sal kan heg.

Ses was die mooiste, die beste. Beter as 'n droom.

Die straat was amper te nou vir die groot vragmotor met die twee lae skape op. Die kinders van die buurt het uitbundig te kere gegaan oor dié verskynsel; saamgedraf, aan die relings gehang, geskree en gelag.

Hy't stadig gery. Soos een wat adres soek. Toe hy stilhou, was die kinders by: "Oom, poef die boonste skape nie op die onderstes nie?"

"Oom, hoe ver het oom gery?"

"Oom, hoeveel gears het oom se lorrie?"

Sy het by die voorhekkie gestaan, haar ma was besig om die sypaadjie te vee. Die man het uitgeklim en reguit na hulle toe aangekom: lank, sterk gebou, rooibruin hare. Die mooiste mond. Blou oë. Iemand waarop die son klaarblyklik baie geskyn het, en voor hom uit het 'n krag geloop soos van dié wat in berge woon, in gevaarlike plekke en diep water-strome.

Dis hoe sy dit nou onthou. Toe was hy net die ongelooflikste man wat nog ooit die soetigheid in haar lyf laat roer het. Omdat hy anders was. Ouer. Soos die ou dik boek wat haar pa eendag op 'n vendusie gekoop het. Niemand het daarin gelees nie; dit lê net op die kassie. Vol geheime. Wagtend. Alles wat sy wou weet en hê, was in die boek. Sy moes net haar hand uitsteek, dit oopslaan en daarvan begin eet.

Maar hoe? Wanneer?

"Ek soek na meneer Meyer, die stoffeerder. Hy restoureer ook ou meubels."

"Dis my pa. Sy werksplek is agter die huis." Met haar oë het sy hom genooi: Ek het baie soetigheid, as jy dalk daarvan wil proe . . .

Maggie Meyer, haar ma, het ook geweet. Mens kon dit aan die manier sien waarop sy bly glimlag het: geheimsinnig, tevrede. Twee van haar vier dogters was reeds na haar wense en drome getroud. Selfs bo dit.

"Julle is nie vir Cherrystraat nie," het sy altyd gesê. "Julle is vir boontoe. Wag maar. Ma sal julle hier uitstoot."

Sally, Angeline, sy, Christine.

Met 'n ou naaimasjien en die fynste hand het sy hulle die mooiste aangetrek.

Sally het gaan verpleeg en 'n dokter uit die voorstes gevang. Cherrystraat het haar al minder gesien.

"Los haar, ek het julle gesê sy's nie vir hier nie."

Angeline het in die kantoor van 'n groot ingenieursaak gaan werk. 'n Skot het op haar verlief geraak, hulle is getroud en woon in Glasgow.

"Wys my waar dit is op die almanak."

"Die landkaart, Ma."

"Wys my."

Sy was tevrede. Al die koeverte van Angeline se briewe word in die kombuis opgeplak sodat die mense kan sien dis nie van hier nie. Die seëls.

Toe was dit haar, Jessie, se beurt.

"Vat die pad wat Sally gevat het," het haar ma voorgestel. "Kry vir ons 'n spesialis. Ek en jou pa raak nie jonger nie."

Sy het gaan verpleeg.

"Die man se naam is Ses de Waardt," het haar pa kom sê. "Uit die Karoo. Hy't van my gehoor, maar eers kom kyk na my werk. Ek sê vir hom: Jy kan maar kyk, meneer. Hy bring skape Kaap toe vir die mark. Volgende keer bring hy 'n paar goed wat ek vir hom moet regmaak."

Sy was bang dis te lank na 'volgende keer' toe. Wie sê die geluk is weer aan haar kant om die dag vry te hê?

Maar dit was – toe hy minder as 'n maand later met twee ou stoele en 'n bank terugkom. Kosbare goed, sê haar pa, die man het kennis.

Drie maande later is hulle getroud. Stil. Voor die landdros, met 'n sikspens in haar skoen vir geluk.

"Die eerste dag toe ek jou gesien het, het ek geweet ek gaan met jou trou."

Haar ma was 'n kloekende hen wat haar derde kuiken ook in 'n swaan sien verander het. Toe hulle groet, het sy gesê: "Jessie, my kind, ek het altyd geweet jy's nie vir Cherrystraat nie."

Sy't nie geweet Cherrystraat loop deur die hemel nie.

12

"Souf, jy kan nie heelnag buite staan nie!"

"Ek kom, Henrik."

Die nag is pikgatswart. Net bo by Arendsnes brand nog lig.

Die skape slaap teen die donker hange; af en toe blêr een weemoedig die donkerte in saam met die getjier van die verdomde krieke in hulle eindeloosheid. Windpompe klaag soos bliklyfspoke, al suiende die water uit die aarde uit.

Karel is terug. Sy kar is lankal verby.

Jessie sal op die berg gaan wegkruip het. Waar anders? As sy tog net iewers skutting het vir die nag. Sy sal nie vuur maak sodat jy kan sien waar sy is nie. Sy's nie dom nie. Henrik sê die polieste was weer by die huis. By Cecelia ook. Hulle kom so vroeg as moontlik met die hond. Jessie is nie by haar suster in die Kaap nie. Dié sê sy het in jare nie van haar gehoor nie; nie eens geweet haar man is dood nie.

Die een in Johannesburg kon hulle nie opspoor nie.

Die wet is te slim vir dïe mens. Nooit gedink hulle sou die suster só vinnig op 'n ruik van 'n adres kry nie. Bliksemse hond is net so slim. Dalk nog die einste een wat Johannes die slag agter in die boesmangrot gaan vaskeer het. Stukkend gebyt, klere van sy lyf af geskeur, want dis sleg daar teen die skuinste. Een van die poliesmanne val sy arm af, die ander een moet hom gaan help, hulle vergeet van die hond. Eers toe Johannes skree, roep hulle die wrede ding van hom af.

Here, asseblief, as hulle haar met die hond gaan haal, moenie dat hy haar verskeur nie. Moenie dat sy dit in die kop kry om van 'n krans af te spring nie. Amen.

Samuel van Mieta is van die kranse af. Bobbejane aangejaag die oggend vir die skuts. Henrik was ook onder die aanjaers, maar Samuel het naaste aan die afgrond geloop. Of hy weggekyk het en of sy voet gegly het, weet niemand nie, maar hy's daar af. Morsdood. Pap.

Jessie sal wegbly van die afgronde af. Sy ken die berge, dis haar dwaalplek. Sy't kom verwilder hier in die Kloof. 'n Ander soort wildigheid as wat in haar was toe Ses met haar hier aangekom het. Toe was sy stadswild. Gepaint soos 'n flerrie. Louise paint ook, maar nie só nie. En met 'n lyf aan haar. Cecelia het self 'n lang lyf, maar nie só nie. En wanneer Cecelia 'n rok dra, trek sy immers 'n onderrok ook aan.

Die derde dag is sy uit Kliprug toe om te gaan kyk hoe lyk die vrou wat Ses de Waardt uiteindelik gevat het. Dosyne gehad, maar nie een ooit vir lank nie. In toue agter hom aangeloop. Party skaamteloos.

Sy kom die môre daar, Jessie staan voor die agterdeur. Skone kind nog amper. En onbehoorlik. "Jy kan nie 'n dundoekrok staan aantrek met niks onder nie!" praat sy haar aan.

"Maak oop jou oë, ou vrou, ek het 'n panty onder aan!" Astrant. Maar mooi. 'n Bos hare wat tot agter haar blaaie hang, so geel soos 'n gerf boesmangras in die winter. Swarte oë, witte tande. Lange rooie naels, lange bene. Sy was amper so lank soos Ses.

Later, toe die hare begin uitgroei, sal dit uitkom dat sy mooitjies donkerder hare het. Die paint het ook nie lank gehou nie, maar toe's sy eintlik mooier.

Sy vra vir haar: "Waar kom jy vandaan?"

"Kaap. Kom in, wil jy koffie hê?"

Slaan amper dood neer. Nog nooit in al die jare het Cecelia of Louise háár ingenooi vir koffie nie. Brekfistyd kry jy jou kos en jou koffie in die kombuis en jy eet op die agterstoep. Agtermiddag kry jy weer koffie.

"Watse klas witmens is jy?"

"My naam is Jessie. Wie's jy?"

"Sofia Baartman. Ek het gekom kyk hoe jy lyk, ek het Ses gehelp grootmaak. Hoe oud is jy?" Louise het gesè sy moes probeer uitvis.

"Negentien."

"Dan sien my oë nou wat my ore gehoor het, dat 'n ou ram loop suiplam vat het."

Ses was dertig.

Met die terugloop het sy hom by die hek gekry en hy sê sy hoef nie meer Dinsdae op Kliprug te kom aan die kant maak en was en stryk nie. Hy't nou vrou. Sy vra vir hom: Van wanneer af laat ek my deur jou uit die pad stamp? Skaam jou. Dinsdag is Kliprug se dag en so sal dit bly. My Krismis-skaap wil ek hê en jy moet vir haar geld gee sodat sy vir haar 'n onderrok kan loop koop.

Sy't nie gehou van die kyk wat hy haar gegee het nie: soos een wat lag met sy mond en gryns met sy hart.

Altyd 'n rou plek in hom gehad. Want slaan 'n spyker deur 'n kind se hart, en die gat bly altyd daar sit.

Dit was toe. Nou's dit nou.

Jessie gaan haar nie laat vang nie.

Dís wat haar gemoed so aan plooiens het.

"Souf!"

"Ek kom, Henrik."

44

13

Karel is kort ná tienuur by die huis.

Nog voor hy in die lig is, weet Louise hy's onstuimig. Sy't onsigbare voelers wat sy bui van ver af al bepaal sodat sy haar blitsvinnig kan instel vir wat hy sal nodig hê. Dis een van die redes waarom hulle nooit rusie maak nie.

"Naand, Louise."

"Naand, skat, jy lyk gedaan." Besorgdheid, whisky, kos.

Sy wag tot hy terugkom van die badkamer af voor sy vir hulle skink. Sofia moes in die whisky ook gewees het, die bottel kon nie sóveel gesak het nie!

"Kom sit en ontspan eers voor jy eet, Karel."

"Dankie. Hoe gaan dit hier?"

"Dis moeilik om te sê."

"Jessie kon nie 'n slegter tyd gekies het nie!" trek hy los.

"Ek stem saam." Sy gaan sit oorkant hom in die sagte room-kleur leerstoel, kruis haar bene stadig en vou die diepblou sa-tyn van haar japon versigtig om hulle sodat net genoeg uit-steek.

"Die Kloof kan nie nou 'n skandaal bekostig nie, Louise! Waar word sy aangehou? Gaan hulle borg toestaan?"

Die ding tref hom dieper as wat sy verwag het. "Karel, skat, ek is bevrees daar is ander verwikkelinge. Ek wou jou nie weer gebel en gepla het nie. Die probleem is Cecelia wat altyd sorg dat ek die laaste is om ingelig te word oor enigiets. As Jalia nie gebel het nie, sou ek self nog nie geweet het nie."

"Wat?"

"Jessie was nie by die huis toe die polisie daar kom nie. Volgens Sofia is sy Kaap toe, na familie toe."

"Wie glo dít? Sy was jare lank nie in aanraking met haar familie so ver ek weet nie."

"Hulle kon gehoor het sy't geërf."

"Waar's sy nou?"

"Cecelia is oortuig sy kruip op die berg weg."

"Sê jy vir my die polisie het haar nie *gekry* nie?"

"Nee. Hulle kom môreoggend met 'n bloedhond."

Hy sit sy glas neer en staan op. "Hoekom eers môre? Hoekom was hulle nie reeds vanmiddag daar nie?" Hy's kwaad. "Teen hierdie tyd trek sy al onder in die Karoo!"

"Cecelia sê dit kan in 'n aaklige drama ontwikkel."

"Presies! En op 'n tydstip dat ek dit die allerminste kan bekostig! Wat sê Cecelia, is hulle seker van hulle feite? Omtrent die oorblyfsels."

"Ek dink so."

"*Ek dink so* beteken niks!"

Hy skree altyd op haar as hy gefrustreerd is. Gelukkig kan sy 'n bietjie huil, haar ooggrimering is reeds verwyder. "Cecelia het my niks gesê nie. Jalia sê daar is nie twyfel daaromtrent nie: dis Jessie se kind se geraamte." Sy het 'n tissue by haar, maar sy vee haar oë aan haar japon se mou af. Dit ontstel Karel soms as sy ontroer is.

"Ek is jammer." Hy gaan sit en tel sy glas op. "Ek kan net nie verstaan hoe 'n vrou haar eie kind kan vermoor nie. Maak nie saak onder watter omstandighede nie! Die mediese tegnologie is vandag só gevorder, hulle sou baie kon gedoen het. Neem ons eie Bryan as voorbeeld. Die skok was destyds vir ons net so groot, maar daar loop hy vandag amper sonder gebrek."

Gebore met 'n misvormde voetjie. Vyf operasies. Sy sal nooit vergeet nie hoe Sofia, met die gevoelloosheid van haar soort, die dag kom sê het dit loop in die De Waardts se bloed. Die een oupa het glo 'n armpie gehad . . .

Hoekom klim die duiwel haar skielik weer op? Het Jessie gelieg toe sy gesê het dis nie Rolph of Karel nie? Vir wat moes Karel die voetjie ophaal?

"Hoor jy wat ek sê, Louise?"

"Jy's reg, skat, dis vreslik. As jy voel ons moet liewers die naweek afstel . . ."

"Ons kan nie."

"Dis nie dat ek nie kans sien nie. Alles is gereed. Die Liebenbergs se kamer, die kos – nog 'n whisky?"

"Asseblief. Die probleem gaan wees om dit uit die koerante te hou."

"Cecelia sê ook so." Hoekom is Karel so senuweeagtig? Sy staan op en stap na die drankkabinet toe. "Jy weet hoe's mense, jy sal dit nie kan keer as hulle wil skinder nie."

"Miskien sal dit die beste wees om haar vir eers te los waar sy ook al is. Tot ná die naweek. Ek sal sersant Volschenk bel. Hulle moenie die hond bring nie. Sit liewer 'n man op diens by Kliprug se huis. As sy op die berg is, sal sy die een of ander tyd afkom om skoon klere en kos te kry. Ek neem aan julle het seker gemaak dat sy nie *in* die huis wegkruip nie?"

"Nie so ver ek weet nie. Cecelia het niks gesê nie, en Jalia . . ."

"Julle het nie in die *huis* gekyk nie? Dis die eerste dêm plek waar julle moes gekyk het!"

"Ek was nie naby nie, skat. Jalia was laat vanmiddag daar, sy sê alles is toe. Net die sitkamer se gordyne wat oopstaan. Dink jy nie sy sou die gordyne toegetrek het as sy in die huis is nie?"

"Miskien. Kan 'n bluf ook wees."

"Cecelia sê sy's seker Jessie kruip iewers op die berg weg."

Hy vat die glas by haar. "Dankie. Ek is bevrees ek gaan 'n ding sê waarvoor God my moet vergewe."

"Wat?"

"Ek hoop sy spring van 'n krans af voor sy ons almal nog verder in die modder in afsleep!"

"Karel!" Sy skrik. Sy't nie gedink hy sou só ver gaan nie. "Jy bedoel dit nie regtig nie, skat, dis te vreeslik."

"Jammer, Louise. Dis hoe ek voel."

"Ek verstaan, maar . . ." Hoekom wil hy nie hê Jessie moet van die berg afkom nie?

Hy staan op en stap telefoon toe. "Ek moet sersant Volschenk in die hande kry."

"Dis laat, hy sal al slaap. Cecelia sê hulle gaan vroeg kom met die hond."

14

Cecelia weet Rolph lê ook wakker.

Sonder 'n woord staan sy op, trek haar kamerjas aan en loop deur die donker huis na haar studeerkamer toe. Skakel die lig aan, soek 'n sigaret. Dis vyf voor twaalf.

Haar kop voel of dit in 'n spasma is. Hoe harder sy anderpad probeer dink, hoe meer duiwel haar verbeelding Kliprug toe, bergop, Geelboskloof toe . . .

Sou Jessie die kind eers doodgemaak en toe in die watergat gegooi het?

Hoekom kom roer hierdie ding aan goed wat veronderstel is om in die vergetelheid te rus? Of is jy uiteindelik maar net 'n ophoopsel van alles wat agter jou is? 'n Komeet wat nie weg- kom van sy sleepsel nie.

Dis gekke wat sing: *All your yesterdays are dead*. Jou 'yester- days' gaan nie dood nie. Hulle wag binne-in jou vir 'n nag dat jy nie kan slaap nie; vir 'n kind se geraamtetjie om op jou eie grond te kom lê.

Sy was nege maande lank mislik toe sy Jalia verwag het.

Van die oomblik dat die kind gebore is, het sy geskree. Dag en nag. Dit was Augustus, die ooie was aan die lam. 'n Jakkals het onder haar hamels gemaai. Rolph was aan koring oes. Van haar skape het tussen Karel s'n beland omdat die vervloekste bobbejane weer die drade platgery het. Haar enigste bediende het geloop. Haar borste wou bars van die melk. Die kind het net 'n rukkie gedrink, dan skree sy eers weer. Slaap net 'n rukkie, dan skree sy eers weer. Nie dokter, apteker, of al wat 'n raat is, het gehelp nie.

En in jou lê 'n woord gebêre wat wag tot jy op jou moegste is: wiegiedood. Dit beteken: *Druk 'n kussing oor die skree sodat dit asseblief net end kry*!

Die oomblik voor jy dit doen, gee jy pad uit jou lyf. Jy wil dit nie sien nie. Jou hande doen dit alleen. Vinnig. Dan is dit stil. Godswonderlik stil.

Sekondes. Dan kom jy tot jou sinne, ruk die kussing weg en sleep die skuld vir ewig saam.

Want die dag sal kom dat jy sal vra: Hoe ver terug kan 'n kind onthou? Vir altyd sal jy wonder of dáárdie dag een van Jalia se gisters is.

Sonder om 'n antwoord te kry.

Sielkundiges kom speel met raaisels en plak etikette op swere wat die mens te papbroekig is om self gesond te dokter.

Jalia het gedurende Pinkster van haar matriekjaar die heilige kleed omgehang en aangekondig dat sy 'n maatskaplike werkster gaan word. Ag maande ver die kursus in, die Sondag ná kerk, volgens haar kamermaat, het sy net skielik 'n kussing oor haar gesig gedruk en begin gil.

Toeval? Op die helderte van die dag is die antwoord ja. In die donker, nee.

Die sielkundige het gereken dis omdat sy haar die ellende van die wêreld waarmee sy te doen gekry het, te veel aantrek. Kon nie objektiwiteit bereik nie; haar hart verhard nie. Daarom is aanbeveel dat sy 'n rukkie huis toe kom – 'n rukkie wat nou meer as drie jaar duur.

Jy sê niks. Want iewers vreet 'n skuldgevoel wat jy probeer stil deur vir haar 'n nuwe motor te koop, tikmasjien, mooi klere, 'n toer na die Heilige Land. Geduld, as jy voel jy kan haar skud!

Hoeveel is in 'n kind ingeteel? Hoeveel is met die oë gesien? Met die ore gehoor? Hoe ouer Jalia word, hoe meer aard sy na haar ouma De Waardt. Die manier van loop. Van dinge doen. Van onderdanig wees aan God en mens en land en wet. Asof sy haarself vasketting in martelaarskap.

Gelukkig was Carljan 'n maklike kind. Vandag 'n pragtige jong man. Soms 'n bietjie wild, maar niks ernstigs nie, alhoewel dit die rede was waarom sy besluit het om hom eers vir sy weermagopleiding te stuur. Dat hy 'n bietjie getem kon word voor hy universiteit toe is.

Carljan het eintlik 'n sterk pa nodig gehad. Een wat hom nie net kon vasvat nie; een wat hom verstaan het. Nie 'n pa wat wil filosofeer oor alles nie, wat in stiltes gaan skuil as sy buie hom beetkry nie!

"Hinder dit jou nie dat jou seun so baie wegloop Kliprug toe, na Ses toe nie?"

"Ek sien daar niks mee verkeerd nie, Cecelia."

Skoolvakansies het hy saam met Ses gaan skaap wegneem Kaap toe. Saam gaan bobbejane skiet. Wanneer dit skeertyd was op Arendsnes, het Ses hom kom leer om wol te klas. Nie sy pa nie. Eintlik was Carljan die seun wat Ses moes gehad het. Wat sy altyd gedink het Jessie hom nie kon gee nie, maar sy het haar misgis, want kort ná Ses se dood was sy swanger. Op een-en-veertig!

So lief soos sy vir Ses was, is daar twee dinge waarvoor sy hom nie kan vergewe nie. Dat hy Jessie oor die Kloof gebring het, en dat hy Carljan Kliprug ontneem het.

Oor Carljan lê 'n ander klip in haar.

Hy was in standerd nege toe hy die middag laat by die dekkingskraal aankom en oor die muur kom kyk hoe die ramme werk. Haar kampioen, Julius Caesar, was in die kraal.

Sy't op sy gesig gesien hy raak opgewerk. Dis normaal. Veral as jy jonk is. Sy het in elk geval nog altyd 'n baie openlike verhouding met haar kinders gehad; dinge soos seks en paring is nie op Arendsnes onder dekmantels gebêre nie. Onnodige inhibisies en bekrompenhede is aanplaksels waarvan ontslae geraak moet word voor jy onder die skyn van vroomheid versmoor en alles wat opgepot is op verkeerde plekke uitbars. Soos Rolph wat die stuipe wou kry omdat sy kaal voor die kinders loop; wat alles wat nie op die gebruiklike plekke ingesteek word nie, as boos beskou – en toe op die berg met 'n slet gaan heul.

Sy sien die dag Carljan staan en kwyl oor die muur van die dekkingskamp. Maak agterna 'n grap daarvan: "Nou kan jy sê jy't gesien hoe werk 'n kampioenram."

"Dis wragtig 'n ram daardie, Ma."

"Ek stel voor jy bêre dit as 'n voorbeeld vir die dag as jy 'n tweebeen-ooi moet klim."

"Wel, as hulle vir my een soos Jessie van oom Ses vashou, sal ek werk dat dit bars."

Sy was op die oomblik blind van woede. Voor sy kon keer, het sy hom deur die gesig geklap. "Loop soek jou petuurs!" het sy vir hom geskree. "Nie ou ooie wat jou ma kon gewees het nie!"

Die tweede klap het sy hom gegee oor die spotlag wat hy nie van sy gesig wou haal nie.

Agterna het sy besef sy het die verkeerde ding gedoen. Die insident het vervaag, maar die sleepsel het gebly. Jy probeer dit uitwis op allerhande maniere: duurste leerbaadjies, beste hoëtroustel, motor aan die einde van matriek. Die ou patroon.

"Ma?"

Jalia staan in die deur, bultend onder die wit handdoekstof-kamerjas wat styf om haar gegord is. Die kind is besig om al meer gewig aan te sit; sy't haar al hoeveel keer daarop gewys dat dit 'n goeie ooi pas om breed van agter te wees, nie 'n jong meisiekind nie.

"Hoekom slaap jy nie, Jalia?"

"Ek kan nie. Ek bly aan haar dink. Aan Jessie. Ons moet vir haar bid, Moeder! Sy's verlore."

Sy gaan haar nie beteuel kry nie. "Sy is, ja. Maar hulle behoort haar môre te kry."

"Ma weet dis nie wat ek bedoel nie. Ons het nie genoeg vir haar gedoen nie. Ek het nie genoeg vir haar gedoen nie. Sy was so onbereikbaar, ek kon nie by haar uitkom nie!"

Die kind is besig om histeries te raak. "Dis eenuur in die nag, Jalia. Sit haar uit jou kop en gaan slaap."

"Ek kan nie. Sy wil nie weggaan nie. Sy roep na my, sy't my nodig!"

Bly kalm. "Twak. Jessie het nog nooit na enigiemand geroep nie. Dis jy wat jouself hoor roep."

"Ma verstaan nie. Ma het nog nooit verstaan nie."

"Nee. Want ek het nog nooit gesien dat jy iets in 'n mens se keel kan afkry as hy nie wil sluk nie. Net in 'n skaap s'n."

"Hulle gaan haar tronk toe stuur. Weet Ma hoe 'n verskriklike plek is dit?"

"Jessie is nie 'n kind nie, sy't geweet wat sy doen."

"Dis die duiwel wat van haar besit geneem het."

"Moenie my geduld in die middel van die nag kom beproef met stront nie, Jalia!"

"Ma!"

"Jy's alewig doenig met die duiwel!" Sy wou dit nie nou gesê het nie, maar sy wou al lankal. "Die mens, Jalia, is veronderstel om ten volle te leef. Kanse te waag. Te wen en te verloor. As jy vir alles eers oor jou skouer moet kyk om te sien waar die duiwel is, sal jy nooit tot leef kom nie!"

"Moeder, moenie . . ."

"Hou op om jou oor Jessie de Waardt te kwel, kwel jou oor jouself."

"Moeder is wreed."

"Wreed is relatief. Die lewe is harde feite. Hoe gouer jy dit aanvaar, hoe gouer sal jy weer kan begin leef."

"Ek lééf, Moeder. Ek leef vir Hom wat aan die kruis vir ons gesterf het. Vir Moeder, vir Jessie, vir almal!"

"Waaroor is jy dan so bekommerd?"

"Ons moet bid dat sy sal terugkom sodat sy eers gered kan word."

"Gaan *jy* haar red?"

"Ma spot!"

"Nee. Ek wil net nie hê daar moet verwarring wees oor wie se wil nou eintlik hier ter sprake is nie: joune of God s'n."

15

Sy word wakker. Nog voor haar oë oop is, weet sy die berg is toe onder die mis. Sy hoor dit aan die stilte, aan die gedrup. Sy ruik dit aan die bossiegeur wat opslaan tot in die grot.

Sy maak haar oë oop. Die skreef is 'n wit waas. Sy's veilig. As hulle dalk 'n bloedhond op haar spoor wou sit, kan hulle dit maar los. Dit sal te nat wees.

Dankie, mis.

Nou kan sy 'n rukkie langer op haar berg bly. Haar bobbejane groet.

Sy trek die reënjas onder haar reg en die kombers hoog om haar nek op.

Sy't gedink sy ken die berg – tot die dag toe die laatsomer se dik mis haar hier bo oorval het. Sy't geloop en geloop, sy wou nie erken sy is verdwaal nie. Nie voor sy 'n tree van 'n afgrond af haar lam geskrik het nie.

"Jy gaan nog jou nek breek teen daardie kranse!" het Ses baie met haar geraas.

"Ek sal nie."

Ook nie nou nie.

Sy sal nie spring nie.

As die mis nie ooptrek nie, sal sy nie saam met die bobbejane kan loop nie. Sy sal by die grot moet bly.

Sy sit regop en steek haar hand in die kussingsloop om die pakkie jellie te soek. Sy's honger. Sy skeur die binneste sakkie oop en steek haar tong in die soetsuur korreltjies in. Die mis maak dit ligter in die grot, sy kan sien. Haar oë kon nog altyd goed sien in die donker.

Dikwels, wanneer dit maantyd was en Ses skape gaan wegbring het, het sy laatmiddag op die berg kom wag vir die maan. Veral in die somer. Maanlig is koel ná 'n dag van doodbrandson. Maar nooit het sy dit gewaag om in die maanlig kortpad huis toe te vat en teen die kranse af te klim nie. Te gevaarlik. Dan het sy met die trekkerpad afgekom oor Cecelia se grond, maar altyd wyd om Arendsnes se huis geloop.

Cecelia.

Sy en Cecelia het mekaar van die eerste dag af in die oë gespoeg. As sy jou wou doodkyk, het daardie grysblou oë van haar in twee stukke ys verander en jy staan soos voor die kwaaiste hondeteef. Jy weet as sy net 'n ruikie van vrees aan jou kry, vreet sy jou op. Jy ken haar byt. Al was jy nie bang vir haar nie.

Sy't Cecelia gehaat. Veral vroeër. Omdat sy in Kliprug se huis kon instap en jou wegvee asof jy nie bestaan nie. Dan maak Ses van sy beste wyn oop, skink twee glase wat hulle sit en skommel en snuif en proe en bepraat asof dit 'n gebottelde wonderwerk is! Hulle gesels oor skape; argumenteer met hoë woorde oor die politiek en raak 'n bietjie dronk, terwyl *sy* in die kombuis kwaad word en agterna die vuil asbakke skoonmaak en die leë bottel weggooi.

Nou kan Cecelia Kliprug maar gaan vat. Haar merino's injaag en bo-oor Ses in sy graf loop. Hy't met dorpers geboer. In krale. Nie 'n merino in sy veld toegelaat nie; altyd gesê waar húlle kaal vreet, kom neem renoster- en harpuisbos oor waaraan geen dier 'n bek wil sit nie. Vreet jou plaas die helfte kleiner. Met Cecelia gestry oor haar stoetery. Gesê sy wil te veel manipuleer; edel goed teel op landjies lekkerbekkos om die huis, kunsmatige voeding – enigiets om meer wol in die bale te kry. Sy vergeet die nageslag word kudde wat in skraalveld wei; kla as hulle swaarkry, swakker lam.

Sy hoor die eerste voël, die dag is aan die breek.

Tog het sy meer van Cecelia as van Louise gehou. Haar dikwels beny. Die manier waarop sy loop: regop, met die sekerheid dat daar niks is wat sy nie uit haar pad kan skop nie. Die vreesloosheid waarmee sy 'n perd ry. Haar slim tong wat soos 'n mes kan sny. Haar geld, haar vryheid – al was sy getroud.

Cecelia het haar en Rolph eendag op die berg betrap. Maar wag eers maande voor sy dit vir Ses gaan sê. Die middag toe sy by die huis kom van die berg af, het hy haar geslaan tot sy op haar knieë voor hom soebat, en haar die berg belet.

Trou is soos doodgaan. Net op 'n ander manier.

As jy instap, is jy Jessie Meyer – teken hier – as jy uitstap, is jy Jessie de Waardt. Nooit weer dieselfde nie. Jy klim in 'n lorrie met 'n kop vol drome wat jy vir jouself gelieg het omdat jy nie die waarheid geweet het nie. Omdat jy nog geslaap het. En gedroom het van die saligheid om getroud te wees met die wonderlikste man op die aarde.

Jy val nie met 'n plof uit die hemel nie, jy daal stadig neer.

Van Cherrystraat af is sy in 'n kliphuis in 'n kloof gesit waar sy aan die lewe gehou is sodat sy rondgestamp kon word. Om te kyk hoeveel uithou in haar lyf is. Hoeveel keer sy kon neerslaan en opstaan. Hoe lank sy onder die water kon bly sonder asem. Hoeveel keer sy sleggesê kon word. Hoeveel keer sy genaai kon word.

Sy wou nie gehuil het nie. 'n Traan loop by haar mondhoek in. Sy proe dit saam met die jelliekorreltjies en lag vir haarself.

Is jy jou eie noodlot? Beplan jy dit self?

Daar was iets verkeerd met Ses.

'n Mannetjiesmot met twee gesigte: een van 'n mens, een van 'n gedierte. Die mens-een het nie baie uitgekom nie, net af en toe, en dan was hy die boek vol slim blaaie waarna sy met alles in haar gegryp het. Maar nes sy begin lees, spring die gedierte voor haar in en as sy nie vinnig genoeg voor hom wegkom nie, klap hy haar weg.

Só het sy dit later vir haarself uitgedink.

Haar ma het altyd gesê omdat Sally die oudste is, kry sy eendag die trousseau-kis. Blink imbuia, bal-en-klou. Haar ma se trots in die gang, met 'n hekeldoek oor, waarop haar versameling rooi blompotte gestaan het. Toe wou Sally nie meer die kis hê nie. Toe sê haar ma dan kry Angeline dit. Maar dit was te swaar om saam Glasgow toe te vat. Toe kry sy, Jessie, die kis. Plus die hekeldoek en twee van die potte.

Die kis het agter op die lorrie saamgekom.

Kliprug se huis is vierkantig; as dit nie vir die sinkdak was nie, sou jy mooi moes kyk om hom te sien, want hy's van dieselfde klip gebou as die kranse agter hom. Die een sykant en die voorkant is omhein met 'n stoep: 'n dak op pilare.

Toe sit Ses die kis op die systoep. Sy sê vir hom haar ma se kis kan nie dáár staan nie. Hy sê hy wil die ding nie in die huis hê nie. Sy voel 'n bietjie sleg, maar sy sê vir haarself: Aag, dis niks.

Dit was in elk geval so wonderlik om op 'n plaas te wees, om en om die huis te loop en te dink dis alles joune ook, want dis jou man s'n. Jou eie, eie man in wie jy vir ewig kan woon en wat jy sonder ophou kan liefhê. Wat jou liefhet.

Wat is 'n ou simpel kis nou?

En al die berge rondom. Die kranse, opmekaar gestapel van kolossale lae plat rots. Vol swart skaduwees. Dwarssplete. Skeure. Donker inhamme. Nêrens sien jy 'n plek waar 'n mens sal kan uit tot bo nie.

Hoe kom 'n mens bo-op die berge?

Daar's 'n paar plekke.

Is daar grotte?

Hier en daar.

Waar kom die son op?

Onder by die voetenent van die Kloof.

Hoekom blêr die skape so?

Skape blêr.

In die nag ook?

Hier en daar.

Hoekom het jou suster en jou broer vaal skape en jy witter skape met swart koppe?

Myne is dorpers.

Hoekom staan hulle net so in die krale?

Sommer.

Kom hulle nooit uit nie?

Net as hulle slagpale toe geneem word.

Haar ma het vir haar 'n mooi wit nagrok gemaak. Fyn katoen met kant om die laag uitgesnyde hals. Op die rand van die kant langs het sy geborduur met blou dat dit soos druppels lyk. Baie fraai. Met pêrelknopies tot in die middel.

"'n Man hou daarvan om los te knoop. Maar jy moenie hom laat sukkel nie, daarom maak Ma die knopies klein."

Toe sê hy sy moet die ding uittrek. Toe trek sy dit uit. Toe wil die soetigheid nie kom nie, want hy kyk haar aan of sy iets is wat hy gekoop het en nie meer tevrede mee is nie.

Hy sê: "Gaan lê op die bed."

Die volgende oggend skop hy een van die kombuisstoele onderstebo.

"By hoeveel mans het jy geslaap?" vra hy.

"By nie een nie." Sy's bang hy sien hoe klop haar hart.

"Moenie nog kom staan en lieg nie!"

"Ek jok nie," lieg sy. "Ek sweer. Ek het 'n operasie gehad, gaan vra my ma. Sy sal jou sê."

"Julle is almal fokken Eva se susters!" Dis al wat hy gesê het. Toe loop hy by die agterdeur uit.

Sy trek die reënjas aan en gaan uit in die mis. Sy kan skaars drie tree voor haar sien; dis 'n wolk wat om haar vou, dis sag en heerlik.

Vreemd, die dag toe sy Ses verlaat het, was die mis ook toe op die berg.

Eers moes sy haar kans afwag om geld gesteel te kry vir 'n buskaartjie. Toe haar koffer gaan versteek in die klofie en wag vir die regte dag en tyd om weg te kom. Hy moes niks agterkom nie – behalwe dat sy weg is. En spyt kry. Baie. Want godweet hoekom, maar sy was nog steeds lief vir hom. En in haar hart het sy nog steeds gehoop dat hy vir haar ook lief is. Ten spyte.

Hulle was drie jaar getroud. Sy was nie meer bang vir hom nie, sy't al begin terugbaklei. Om hom te wys. Vir haarself te sê: Ek is 'n *mens*, ek sal my nie so laat skop nie. Sy't haar ma se kis teruggesleep in die huis in, dit met die hekeldoek toegegooi in die hoek van die spaarkamer. 'n Klein oorwinning. Want hy't niks gesê nie.

In elke brief aan haar ma het sy geskryf hoe goed hy vir haar is, hoe goed dit met haar gaan. Voor Cecelia en Louise het sy altyd gesorg dat sy vrolik en gelukkig lyk. Hulle moes nie weet nie.

Net vir ou Sofia kon sy nie aanhou lieg nie.

"Wie slaap dan nou in die ander kamer?"

"Hy't my uitgejaag."

"Kyk dat jy terugkom in sy kooi."

"Nie voor hy my vra nie."

"Ses sal nie vra nie."

"Dan moet hy maar alleen slaap."

Sy kon haar so erg vir Sofia. Altyd dinge gewéét en jou dan daarmee gegooi: "Oppas, as 'n kooi eers koud geword het tussen man en vrou, kom hy swaar weer warm. Jy's dom."

"Ses is 'n klip! Wanneer gaan jy my begin glo?"

"Hulle is maar almal klippe. Jy moet hom saf maak."

"*Hoe?*"

"Moenie jou so teësit nie. Onse pyn is wat ons goed maak, nie onse lekkerkrye nie."

Rolph sou dit baie later eendag op 'n slimmer manier sê.

Sy is dieselfde aand terug na die ander kamer toe. Ses het sonder 'n woord met haar liefde gemaak. Mooi.

Daarna het sy 'n lang ruk probeer om alles te doen soos hy wou hê, gedink dit sal dinge tussen hulle beter maak.

Moenie so hard lag nie.

Sy lag sagter.

Moenie vir jou kom staan en hardkoppig hou met my nie; in hierdie huis is *ek* baas!

Ja, baas.

Dis die laaste brood wat ek van die dorp af bring. Jy moet kyk dat daar brood *gebak* kom.

Ek weet nie hoe nie.

Sê Sofia moet jou leer.

Gedink as sy hom beter leer ken; kon weet wat in hom aangaan. Hoe sny jy iemand oop? Soek deur die sakke van sy baadjies, sy broeke; deur sy laaie, elke papier. Op die solder. Oral.

By Cecelia. Was Ses stout toe hy klein was? Het hy baie meisies gehad?

Cecelia is te slim vir jou, sy weet jy snuffel, jy maak van jou 'n gek voor haar.

By Louise. Wat so mooi sag praat; so vol geheime lyk. Wat die mooiste huis het, wie se pa 'n professor was.

Wat kan ek jou van Ses vertel? Hy hou daarvan om in Uilkraal se swembad te kom afkoel. Altyd Sondae by my en Karel kom eet. Wat het jy nou weer gesê doen jou vader?

Stoffeerder, skrynwerker.

Hoe interessant. Vieslik sarkasties.

Hy restoureer ook ou goed.

Soos jy natuurlik weet, is Ses 'n kenner van antikwiteite. Hy het daardie pragtige Imari-vaas vir my as geskenk gegee – die tikkies groen daarop getuig van die besonder hoë kwaliteit.

Jy weet nie mooi na watter vaas sy verwys nie. Daar staan so baie rond.

Sy kry Ses nie by een van hulle nie.

"Práát met my, Ses! As ek nie weet wat jy dink en hoe jy voel nie, weet ek self nie wat om te dink en te voel nie! Kan ek nie deel wees van jou lewe nie."

"Al wat julle bliksemse vroumense wil doen, is om 'n man se derms uit te ryg sodat julle kan kla as ons dood is."

Eendag kwes Karel 'n bobbejaanwyfie in die pens. Op die berg. Hy het Rolph die dag gaan help bobbejane verwilder uit die koring.

Henrik sê die wyfie hol 'n ent, dan gaan sit sy en ryg 'n stuk van haar derms met haar vingers uit. Hol 'n ent. Gaan sit en ryg nog 'n stuk uit. So hou sy aan en aan, die derms sleep later tussen haar bene.

"Dis verskriklik. Hoekom skiet hulle haar nie dood nie?"

"Te ver. Laaste wat sy gesien is, is sy derms en al teen 'n krans af. Seker maar gaan doodgaan iewers."

"Hoekom het sy haar binnegoed so uitgehaal?"

"Torring waar die pyn is."

Anderdag is Ses weer gaaf. Bring vir haar lekkers van die dorp af. Sê die kos was lekker. Vertel haar van skape. Leer haar van die veld. Watter wolke reën bring. Van die bobbejane wat vir

Henrik eendag bo van die berg af tot onder op Arendsnes in die skuur in gejaag het.

Maar altyd het sy die gevoel gekry dat hy haar dophou soos 'n kettinghond wat hy nie vertrou nie. Dan lê sy nog stiller, trap nog sagter; lek sy hande, krap sy rug, sit 'n ekstra soetigheidjie op haar tong . . .

Maar niks was regtig nie. Of waar nie. Ook nie sy nie. Dit het haar opstandig gemaak en blindelings laat byt.

Sy kom by die huis, hy vra: Waar was jy? Op die berg. Het ek jou nie daar belet nie? Ja. Wat loop soek jy dan nog daar? Om- dat dit lekkerder is as hier by jou. Omdat jy varker as 'n vark is, en omdat ek jou haat!

Jy maak self die deur vir die duiwel oop.

Die nagrok.

Sy moet nog oor die nagrok lag. Toe het sy gehuil.

Een oggend kom Cecelia te perd op Kliprug aan. Lank voor sy haar en Rolph op die berg betrap het. Ses was nie by die huis nie.

"Ses saai hawer," sê sy vir Cecelia. Sy nooi haar nie binne nie.

"Ek weet." Slangwyfie piets, piets met karwatsie teen haar rybroek en kyk af uit die hoogte. "Rolph verjaar Saterdag. Ek wil die aand 'n paar mense oornooi vir ete. Vir jou en Ses ook. Maar jy trek jou behoorlik aan, jy kom nie met uithangtiete daar aan nie – mans val nie meer vir daardie ou truuk nie."

"Jy sal verbaas wees."

"Moenie jou sletmaniere in die Kloof uithaal nie! Ek wil my nie Saterdagaand vir jou skaam nie."

"Vir wat kom nooi jy my dan?"

"Om Ses se onthalwe."

Toe Ses die aand by die huis kom, sê sy vir hom van die uitnodiging. Dat sy geld vir 'n rok nodig het, of hy haar asse- blief sal dorp toe neem. Hy antwoord haar nie. Net soos hy haar in die meer as 'n jaar dat hulle getroud was, nie 'n sent gegee het nie.

"Jy moet dat Ses jou betaal," sê Sofia.

"Vir wat?"

"Al is dit net vyftig sent of 'n rand."

"Betaal vir wat?"

"Krismis en verjaardag kan jy verniet gee."

"Wat?" Sofia maak seker 'n grappie.

"Jy weet wat. Maar onthou: eers betaal en niks op skuld nie."

"Ek glo dit nie. Wil jy vir my sê jy laat die stomme Henrik *betaal*?"

"Wys my die winkel waar jy verniet kan gaan lekkergoed vat soos jy wil. Man wil dit in elk geval meer hê as jy."

"Hoe kan 'n vrou haar man geld vra?"

"Om hom respekte te leer. Sodat sy nie môre-oormôre agterkom sy's verniet hoer en vir sy straf haar bene toeknyp nie."

Die Saterdagaand trek sy die nagrok aan. Sonder bra. Sonder onderrok. Haar jas bo-oor.

Dit was 'n fees.

Baie mense. Vernames uit die dorp en distrik. Elke keer as Ses of Cecelia of Louise haar probeer vaskeer, ontglip sy hulle. Party wil haar doodkyk; dié wat net gewoonweg wil kyk, gee sy genoeg kans. Karel kyk skelm, haal asem soos 'n bees. Een waardige ou oom wat wou vat, tik sy op die hand dat hy skater. Hy was 'n bietjie dronk. Sy ewe waardige ou vrou lag agter 'n hand met vingers vol ringe en fluister in haar oor: Ek weet nie of dit jou nagrok of jou aandrok is nie, hartjie, maar dis pragtig. Rolph staan in die hoek, die wyn is in sy oë.

Meer as 'n jaar se hel het die wonderlikste vergelding gevind, al het sy geweet sy's in die moeilikheid en self 'n bietjie dronk.

Middernag, toe die koets se wiele uitval en Ses weier om haar in die bakkie te laai, loop sy sing-sing deur die donker huis toe. Lekker. Miljoene sterre loop saam met haar: groot blinkes, klein blinkes. Trosse. Naguil hou haar dop. Krieke. Jakkalse. Ystervarke. Allerhande goed. Elke keer as die bang aan haar hakskene byt, sing sy net mooier en bly aan die oomblik van malle oorgawe klou.

Hy't haar op die stoep ingewag: 'n groot swart skaduwee. Krag wat uit gevaarlike plekke kom, is bloedig koud. Toe hy haar aan die hare beetkry en die huis in sleep, het sy geskree dat die Kloof weergalm.

In die kombuis het hy haar op 'n stoel gesmyt.

"Sit!"

"Ses, asseblief."

"Sit, en bly stil!"

Hy het binnetoe geloop en teruggekom met die Bybel en dit voor haar op die tafel neergegooi. "Maak oop. Sagaria vyf."

"Ekskuus?"

"Jy't gehoor."

Haar hande bewe. "Ek weet nie waar dit is nie."

"Soek!"

Sy kry dit. "Sagaria hoeveel?"

"Vyf. Lees. Vers sewe en ag. Hardop."

"'En meteens word daar . . .'"

"Harder!"

"'En meteens word daar . . .'"

"Harder."

"'En meteens word daar 'n looddeksel opgelig, en daar was 'n vrou wat binne-in die efa sit. En hy sê: Dit is die goddeloosheid . . .'"

"Stop. Weer."

En weer. En weer. En weer. Soos 'n sweep wat in jou hand geprop word waarmee jy jouself moet gesel. Weer en weer.

"Asseblief, Ses . . ."

"Wat is die vrou?"

"Sy's . . . sy's . . ."

"Sê dit!"

"Die goddeloosheid." Die woord is in jou, om jou die hele kombuis vol. In Ses se oë. Jy maak jou mond oop om vir jouself te keer. Hy skree jou dood:

"Jy sien, Jessie, die dag toe Eva geskape is, het Satan gejuig! Dít is die waarskuwing wat al eeue lank deur heilige ná heilige tot die man gerig word. Maar ons luister nie. Sy's die duiwel self, 'n tweedragsaaier, 'n liegter, 'n skelm! Calvyn het gesê sy's 'n gevaar vir die man, sy's vuil en sy's bandeloos. Sy's jy!"

Hy staan gebukkend oor die tafel, hy hamer met sy vuis op die hout wat jy die oggend wit geskrop het. Jy knyp jou oë toe, hy moenie sien jy huil nie.

"Hóór jy my, goddelose vrou?"

"Ja." Ek is nie goddeloos nie.

"Hou op met huil! Dis te laat."

Die haat en vuur wat by sy mond uitkom, skroei jou met lekkende vlamme.

Dit was die eerste keer dat sy Ses de Waardt regtig gesien het. Dat hy sy hand vir haar gelig het om haar deur die gesig te klap: eers die een kant, toe die ander kant. Weer en weer.

Toe hy moeg was, het hy kamer toe loop.

Sy het buite voor die agterdeur in die koel naglug gaan huil tot haar bors en haar kop te seer was om nog te huil. Tot niks in haar oor was nie.

Net die Godloosheid.

16

Die huis maak haar benoud vanmôre. Tarrie se twee kleingoed is ál onder die voete, en die ouvrou kry nie haar sit nie.

"Ma moet Ma se pap kom eet, ek moet loop."

"Hulle gaat haar die swartrok gee."

"Moenie so praat nie!"

"Vat hulle ge-eskort Pretoria toe met die trein."

Hier moet sy uit. "Tarrie! Staan op en kom gee die kinders kos. Ek moet vort!"

"Waar gaat jy dan, Souf?"

"Dis Vrydag, Ma. Dis miss Cecelia se dag."

"Ek dog haar dag is Maandag."

"Maandae ook."

"Sê sy moet vir my iets lekkers stuur."

"Ek sal sê."

"Trek hulle 'n swartrok aan. Word heeltyd opgepas oppie trein, mag nie eers alleen lêwentrie toe gaan nie."

"Die mis is toe op die berg, hulle sal haar nie kry nie."

Sy sukkel tot amper by Uilkraal se afdraai om uit Souf te kom.

Dan eers word haar hare steil en dik en kort geknip soos Cecelia s'n. Lig, met 'n mooi rooi skynsel. Laat knip meeste van die tyd in die Kaap, die goed hier op die dorp knip te old-fashioned. Sal maar jeans moet aantrek vandag, daar moet skaap gewerk word. Bloubont hemp. Regte lap. Nie 'n nylon-ding aan haar lyf nie. Dra nie eers 'n nylon-onderrok nie, net van linne wat sy in die Kaap koop. Baie duur.

Daar's 'n koeligheid in die lug; die wêreld het 'n skaduwee-tjie oor.

Dankie, Here, vir die mis wat jou hand oor haar kom gooi het.

Rolph moet vir Karel Junior bel. Vandag nog. Hy moet vir Jessie kom lospleit. Cecelia sal hom nie bel nie. Nooit 'n hart gehad vir Jessie nie, haar van die eerste dag af uit die Kloof gewens. Jessie was jonk en moedswillig, wou nie haar mond hou nie. Darem minder na mekaar gepik soos hulle ouer ge-word het. Meer uit mekaar se pad gebly.

Jalia kan nie vanmôre eers wil kerk hou nie. Die brood moet geknie kom. Rolph eet nie brood wat uit 'n ander se hand kom nie. Koek vir die naweek. Sondag se hoenderpastei. Vrydae is die kombuis hare; Fya moet uit, sy moet binnetoe. Cecelia weet dit.

Een ding kan Cecelia by Louise gaan leer, dis om 'n huis mooi te maak. Op Arendsnes word nie getraak nie. Staan soos dit staan. Al die jare al. In Rolph se kantoor is dit boeke van die dak tot op die vloer. Hoe daar in een mens se kop kan plek wees vir soveel blaaie, weet sy nie. In Cecelia se kantoor is dit amper net so erg. Behalwe dat die een muur net die ene skaap- en perde-portrette is. En bekers en linte. Nie 'n portret van 'n kind nie.

Hoe verstaan jy dit?

Cecelia is goed en gaaf. Haar werksmense het die beste

huise in die Kloof, maar die Here help die een wat 'n voet in haar pad sit. Of 'n ding van haar vat. Laat kom sommer die polieste. Maak nie saak of dit wit of bruin is nie. Soos die slag met die gesin armeblankes wat sy hier op die plaas gehad het. Die man was goed met skape. Steel die seun die Sondag Rolph se bakkie om vir sy meisie op die dorp te gaan kuier. Cecelia laat hom vang. Onder ouderdom. Die ma kom pleit. Cecelia sê hy's 'n misdadiger, misdadigers moet gestraf word. Magistraat gee hom vier houe met die kats.

Sy sal nie vir Jessie genade soek nie.

Jalia is 'n botsel so reg na haar ma. Preek albei ewe graag. Een 'n goeie Godgewyde, die ander 'n doodslaner van onregsvure. Van die Here kan jy nog verstaan, maar die onregding is nie altyd so lekker nie. Te baie woorde.

"Sofia, julle bruinmense sal nie vorentoe kom in die lewe voordat die bruin *vrou* nie opgehef word nie. Voordat sy nie besef dat sy as *mens* moet ontwikkel nie. Haar voet neersit en sê: Ek wil nie meer 'n verwaarloosde, afgeskeepte mens wees nie. Dís wat die wit vrou vandag besig is om te doen, en kyk waar staan sy al."

Wat weet jy? "God het die wit vrou van meel gemaak, die bruin vrou van modder."

"Hoe durf jy so 'n stelling maak? God het niks te doen met waarvan ek praat nie. Die *man*, Sofia, het gesorg dat ons in die kombuis bly, die *man* het gesorg dat ons uitsluitlik ons lewens aan *sy* begeertes wy. Nie aan ons eie ontwikkeling nie!"

"Man is 'n dom ding, hy laat nie op sy kop trap nie." Ses sê die vrouens fok alles op.

"Dis tyd dat die bruin vrou haar oë oopmaak en weier dat haar talente langer misken word. Ook die bruin man moet geleer word om die vrou as sy gelyke te aanvaar!"

Is ek jóú gelyke? Sal jy my aan jóú tafel laat eet? "Sal maar neuk, die gelykheid."

Kom Stefaans se meisiekind van die Kaap af met 'n pot goed wat mens aan jou hare sit om dit te straighten. Sy koop die pot. Tarrie lees die instructions en help haar, die hele liewe Sondagmiddag. Toe die son sak, toe's haar hare reguit. Te wonderlik. Maandagoggend loop sy Arendsnes toe in haar eie skoene, sonder kopdoek, oorbelletjies aan wat Linette haar gegee het, bietjie lipstiek van Tarrie s'n. Henrik sê: Souf, jy kan nie so gaan werk nie, dis nie behoorlik nie. Sy sê: En hoekom nie? Hy sê hy weet nie.

Cecelia staan in die kombuis, uitgevat, reg om in haar kar te klim en te ry. Haar mond val oop.

"Sofia?" sê sy.

"Môre, miss Cecelia."

"Het jy vir 'n spook geskrik? Wat gaan aan met jou hare?" Sy lag. "Waar's jou kopdoek?" Sy lag. "Jy lyk te aardig vir woorde, mens!"

"Ek het net gekom sê dat ek nie vandag hierdie huis se beddegoed sal kan aftrek en die vuil wasgoed was nie. Ek is op pad." Sy's so kwaad, die woorde sê hulleself. Cecelia trek moer, sy wil weet op pad waarheen. "Dorp toe. Ek gaat vir my 'n ordentlike werk by ordentlike mense soek."

Toe loop sy huis toe. As sy daardie dag 'n slang langs die pad gekry het, sou sy hom getrap het dat sy derms spat. Simpele blêrrie witgat. Ooipoes.

Stuur Jalia drie keer om te kom psalm. Vierde keer moes sy self kom en kom pleit om Sofia Baartman terug te kry.

Tarrie het ook eers op Arendsnes gewerk. Toe gaan werk sy op die dorp en toe moet sy 'n kleintjie kry.

Cecelia preek nie vir Tarrie nie; sy preek vir háár, Sofia.

"Julle *dink* nie vir julleself nie! Hoeveel keer het ek nou al geboortebeperking onder die aandag van die vroue gebring? Selfs suster Vermaak laat kom om julle toe te spreek. Wat help dit?"

"Die vroue sê die birds control pille maak hulle siek."

"Dan moet hulle dit vir die klinieksuster *sê*, sodat sy 'n ander soort kan gee. Praat met die vroue, Sofia, hulle sal na jou luister."

Help nie. Hulle luister na die prediker.

Laat vang Cecelia die slag Johannes vir skaapsteel.

Die dag toe hy uit die tronk kom, toe sien sy dit lê dik in hom opgehoop. Johannes was daardie tyd nog nie getroud nie, bly nog in die huis by haar en Henrik. Wou die vleis dorp toe vat vir die meisie se pa.

"Ek gaat haar terugkry, Ma."

"Los dit, die Woord sê ons mag nie wraak nie."

Hy sê dit traak nie.

Dis einde Februarie, amper dektyd vir die ooie. Hy loop so wragtig ramstal toe en skop een van Cecelia se nuwe ramme op die knaters dat die stomme dier daar onkapabel staan toe hy moet ooie klim. Cecelia skel die telefoon warm tot bo in Bloemfontein oor die sleg ram wat aan haar geverkoop is.

Johannes lag, hy maak of hy van g'n niks weet nie.

Die polieste se kar staan voor die huis. Kwylbekhond se kop steek by die venster uit. Rolph en Karel en twee polisiemanne staan by die tuinhek.

"Môre, Sofia." Rolph groet eerste. "Ons wag net vir jou."

"Vir wat?"

"Die vermoede bestaan dat Jessie in die huis is. Ons wil hê jy moet saamgaan Kliprug toe."

"Vir wat?" Sy wys nie sy skrik nie. As Jessie in die huis is, is sy vas . . .

"Om verskeie redes," sê Karel en kom nader. "As sy nie in die huis is nie, moet jy vir ons vasstel of daar enige van haar persoonlike goed weg is. Jy's die enigste een wat sal weet."

"Ek krap nie in ander se goed nie."

"Dis onder polisietoesig. 'n Lasbrief is uitgereik."

"Hoe gaan julle miskien in die huis kom?"

"Jalia sê sy steek die agterdeur se sleutel in die aalwynblik weg as sy nie by die huis is nie."

Hulle help haar agter op die bakkie. Rolph dryf. Karel sit langs hom. Polieste se kar kom agterna.

Cecelia is in die dekkingskamp. Sy knik met die kop toe hulle verbykom.

Die sleutel is nie in die blik nie. Hulle klop, hulle roep by die vensters.

Here, moenie dat sy in die huis wees nie, dan's sy vas.

Karel maak die kombuisvenster se skuiwer met sy knipmes oop. Die een poliesman klim deur. Hy roep van binne af hulle moet omkom voordeur toe, daar's 'n sleutel.

Hulle soek die huis deur. Jessie is nie in die huis nie.

Sy vee die sweet met haar voorskoot van haar gesig af.

"Kyk of daar van haar goed weg is, Sofia," gee Karel die order.

Sy maak die kaste oop. Hulle pas haar op. Sy vat haar tyd, sy laat hulle rondtrap. Laaikas se laaie. Spaarkamer se kas. Jessie se oorle' ma se kis.

"Hoe lyk dit, atta?" vra een van die poliesmanne.

Ek is nie jou atta nie. "Vier rokke, onderklere, skoene, baadjie en die bruin soetkys." Ek skuld julle nie die waarheid nie.

Die waarheid is in haar lyf, in haar hart wat by haar keel wil uit: Die rewolwer wat altyd onder die bed gelê het, is weg.

Om wat mee te maak?

"Miss Cecelia?"

"Aarde, Sofia, ek dog jy's lankal huis toe! Dis amper donker."

"Ek wou net iets gevra het." Cecelia sit agter haar lessenaar.

"Wat?"

"Hoe 'n draadloos werk."

"Ekskuus?"

"Daar's dan nie drade nie – ek meen, van een draadloos na 'n ander. Maar almal speel dieselfde."

"Dit werk met golwe. Radiogolwe."

"Wat waar is?"

"In die lug. Jy kan maar sê dis soos drade in die lug, jy kan dit net nie met die blote oog sien nie. Hoekom wil jy weet?"

"Is daar van hierdie drade tussen mense ook?"

Cecelia lag. "As jy dit nou vir meneer Rolph gevra het, sou hy gesê het ja, en 'n mens noem dit telepatie. Wat natuurlik louter twak is. Die lewe het my geleer dat dit veel veiliger is om te glo wat jou oë kan *sien*."

"Miss Cecelia sê dan 'n draadloos speel met goed wat jou oë nie kan sien nie?"

"Dis 'n ander saak. Dis wetenskaplike feite."

"O."

"Ek vermoed jy het iewers iets gehoor en die kat aan die stert beetgekry. As jy dink jy kan Jessie met jou gedagtes probeer bykom, gaan jy teleurgesteld wees."

"Ek het g'n so iets gedink nie."

"Gaaf. Sodra die mis opklaar, moet hulle haar gaan soek."

"Waar?"

"Ek sê nog sy's op die berg."

"Hond sal nie nou meer help nie."

"Dit besef almal. Intussen gaan ek Stefaans snags bo by die huis laat slaap, die polisie stem saam – vir ingeval sy afkom om kos of iets te haal. Hulle doen dit altyd."

"O. Dan sê ek maar naand."

"Naand, Sofia."

Sy's halfpad in die gang af, toe roep Cecelia haar terug. "Moenie 'n dom ding in jou kop kry nie. Los Jessie uit. Dis 'n saak vir die gereg."

"Ek het maar net gewonder hoe twee draadlose dit regkry om dieselfde te speel."

17

Kort voor vieruur die middag drink sy 'n kalmeerpil.

Karel is nog in die badkamer. Hy was dorp toe met 'n slagskaap vir sersant Volschenk.

"Skat, jy sal nou moet begin klaarmaak!" gaan roep sy by die badkamerdeur.

Die Liebenbergs kan enige oomblik opdaag. Sy weet nie wat dit met haar is nie, maar sy het nog nooit met soveel teensin kuiermense ingewag nie! So min kon traak of sy op haar beste vertoon of nie.

Sy's bang. Sy kry sulke steekpyne in haar kop. 'n Breingewas? Hoekom voel sy so deurmekaar? So of sy nie beheer oor haar denke het nie; of iets in haar botstil gaan staan het en sê: Ek loop nie verder nie.

Hulle moet Jessie gaan soek, sy moet kom sê wie's die pa. Sy,

Louise, moet weet, al wil sy nie weet nie. Sy's 'n sak waarin alles deur die jare net ingeprop is; dit voel vir haar sy het te vol geraak – sy gaan oopbars en alles gaan uitkom. Sy weet nie wat alles nie.

Soos toe haar ouma Van der Merwe op sterwe gelê het. Die wonderlikste, saggeaardste vrou. Geliefde weldoener. Al haar kinders laat leer uit 'n winkeltjie wat sy op die plaas bedryf het. Ander gehelp. Mense het van ver gekom om haar te groet. Tot swartmense. Sy kan onthou hoe jammer sy vir haar oupa was wat so gebroke langs die bed gesit het. Toe haar ouma egter begin yl, kom die vreeslikste woorde uit haar mond vir twee dae lank; vervloek haar ou man, skree na hom met 'n krag wat niemand gedink het nog in haar kon wees nie! Sê vir hom sy gaan hemel toe, maar hy gaan hel toe om te brand vir alles wat hy haar op aarde aangedoen het. Beskuldig hom van die verskriklikste dinge. Dat hy met swart vroue gelol het. Sy eie broer se beeste gesteel het . . .

Sê nou dit gebeur met haar? Sy wil Karel nie vervloek nie, sy's net bang sy bars oop en goed kom uit wat sy nie wil hê ander moet sien nie.

Karel sê Jessie is vort. Cecelia hou vol sy's in die berge.

Sy dink sy moet net weer 'n draai in die gastekamer gaan maak. Besig bly.

Trappe op. Trek 'n kussing reg, 'n kleedjie. Kyk of die bedlampies se gloeilampe brand. Trappe af.

Probeer om nie so aanmekaar aan Jessie te dink nie!

Sitkamer. Kyk hoe mooi is alles. Die vertrek waarop sy die trotsste in die huis is: perfekte dekor vir wanneer die voordeur oopgaan. Roomkleur plafon, sagte blou mure, massiewe leerstel in room met blou-gestreepte strooikussings. Die tweede stel het sy weer eens in room gekies, maar hierdie keer van fluweel en met 'n glimpie pienk daarin om saam te vloei met die dofpienk volvloermat. Drie los Persiese matte. Witraamglasdeure wat oopskuif na die tuin. Twee groot vensters omtooi van ryk roomkleurige drapeersels; gordyne sierlik teruggebind. Haar beste 'juwele' om die vertrek mee af te rond: skilderye, lampe, ornamente, tafeltjies, los antieke stoele . . .

As sy net 'n klein gaatjie kon maak waardeur sy vir Karel die waarheid kan sê – al weet sy nie die volle waarheid wat sy hom wil sê nie. Net iets. As 'n ballon tot barstens toe opgeblaas is en jy laat 'n bietjie van die lug uit . . .

Karel haat dit as sy vir hom uit 'n tydskrif iets wil voorlees. Daar was 'n artikel oor huweliksprobleme waarin hulle sê hoe twee mense jare lank getroud kan wees en nog steeds in verskillende wêrelde leef. Sonder om mekaar werklik te ken.

Agterna tref dit haar skielik dat sy en Karel *nie* in verskillende wêrelde leef nie. Hulle leef net in syne. Sy het nie 'n plek van haar eie nie. Die enigste plek wat sy gehad het, was by Ses, al was dit 'n droom. Dit was *iewers* waar iemand haar verstaan het.

Karel sê daar mag nie 'n woord voor die Liebenbergs laat val word oor Jessie nie. Bygevoeg dat die vrou van 'n parlementslid in die eerste plek moet leer wat om *nie* te sê nie.

"Wat van môreaand se gaste, skat, dié wat van die dorp af kom? Jy weet hoe maklik 'n ding uitlek." Hy maak haar dood as hy weet sy't vir Bernice gesê. Sy moes met *iemand* praat.

"Sersant Volschenk reken ons behoort dinge te kan stilhou tot hulle haar opgespoor en aangekla het. Hy't belowe om nie voor Maandag op die berg te laat soek nie. Ek dink nie sy's daar nie, maar om Cecelia tevrede te stel sal dit gedoen moet word."

"Natuurlik." Sy kon haarself nie keer nie, sy gooi 'n klippie in sy rigting: "Wat ek nie verstaan nie, is waarom 'n man van *jou* aansien bang is dat 'n vrou van *Jessie* se soort hom kan skade aandoen."

"Ek is nie bang dat sy *my* as persoon kan benadeel nie, maar sy bly my oorlede broer se vrou. En ek bly Karel de Waardt. Spreeus pik na die hoogste, rypste vye aan die boom. Uit die aard van my posisie – en die feit dat ek op die drumpel van die Parlement staan – het ek heelparty afgunstige vriende en kennisse wat my nie die verwantskap sal *wil* spaar nie. Jy weet hoe mense is."

As dit Karel se kind was, sou hy nie so kalm en saaklik daaroor gewees het nie.

Of sou hy?

Hulle sal Maandag op die berg gaan soek. Dis nog lank na Maandag toe.

Sy gaan maak 'n draai in die eetkamer. Witraam-glasdeure wat oopskuif op die swembadpatio met die hoë wit muur as agterdoek waarteen haar houertuin vrolik in kleipotte en halwe vate blom. Malvas, impatiëns, magrietjiebosse. Haar skerm aan die suidekant van die huis waaragter die werfrommel van stukkende implemente versteek is. Die skaapkampe teen die dorre hange.

Koel blou water maak rimpels in die swembad, die water waaruit Ses gekom het.

Dit was 'n warm dag. Hy het haar nie in die eetkamer sien staan nie. Seker gedink daar is niemand by die huis nie; alles was toe teen die hitte. Karel Junior en Linette was al in die skool – Karel was dorp toe om hulle te haal. Bryan was 'n baba.

Ses was vir haar Karel se stillerige, besonder aantreklike broer wat stokalleen bo in die kliphuis gewoon het. Net so oud soos Karel. Nooit lank met 'n meisie uitgegaan nie. As Karel of Cecelia hom gevra het wanneer hy eendag vir hom 'n vrou gaan vat, het hy gelag en gesê hy soek 'n kaalvoet een. Sodra hy haar kry, vat hy haar op die daad.

Sy't hom hoor stilhou. Geweet hy's terug van die Kaap af, dat hy net gou eers kom afkoel in die swembad, soos hy dikwels gedoen het. Sommer in sy kortbroek.

Sy wou hom gaan nooi om 'n koeldrank te kom drink. Toe sy om die eetkamertafel kom, sien sy hy klim uit die water. Kaal. Nat. Die ongelooflikste groot voël. Sy staan, sy kan nie roer nie. Op daardie oomblik brand hy in haar lyf in. Die wonderlikste drif skiet deur haar terwyl sy haar eie asem hoor jaag. Hy trek hom aan. Sy maak haar oë toe, sy wil hom vir altyd in haar hou.

Sy het.

Hom nooit weer laat weggaan nie. Net soms wanneer Karel of die kinders al haar aandag kom wegsteel het.

Sy't haar mooigemaak vir hom. Hom bederf. Genooi vir ete. Oral met hom saamgegaan. Saans. Bedags. Saam uit berg toe met die trekker as hy gaan ploeg. Dan hou hulle piekniek daar bo. Saam Kaap toe.

Altyd Parys toe: hand aan hand langs die Seine af waar die kunstenaars woon.

Saam met Karel in Parys was nie dieselfde nie. Dit was November, die meeste skilders het al opgepak vir die winter en die bome se blare het dood op die sypaadjies gelê.

Ses was lief vir haar. Altyd gesê hy kan hom nie die lewe sonder haar voorstel nie. Of die Kloof. Sy kon met hom oor alles praat, hy't verstaan, en altyd so mooi met haar liefde gemaak — sodat sy nie seerkry nie.

Toe gaan hy dood.

En net die regtigheid bly agter.

"Louise!"

Sy hoor Karel roep en loop terug kamer toe.

By die deur kry sy weer die steekpyn in haar kop. Sy skrik. Daar is definitief iets verkeerd.

Hy staan met die handdoek om sy lyf, sy voete het nat spore gemaak op die mat. Groot, vet pens. Yl swartgrys hare plat teen sy kop; sy gesig lyk kaal en gepof sonder bril. Grys snor. Toe hy jonger was, het hy van die kant af effens na Clark Gable gelyk.

Sy klere lê reg op die bed. "Louise, jy weet ek hou nie van hierdie hemp nie. Ek wil die wit een hê wat ek in Amerika gekoop het."

"Ek bring, skat."

Die hemp se fleur is af. Hy dink sy weet nie dis omdat die snit groter is as sy ander hemde s'n nie. Sy hou sy dieet dop, maar as hy van die huis af weg is, eet hy soos hy wil en kom gee háár die skuld dat sy hom te vet voer.

"Ek dink ek sal Fritz Liebenberg môreaand vra om die tafel-gebed te doen."

"Goeie idee, skat, hy ís die eregas."

"En hou tog die vroue eenkant sodat ons mans 'n kans kry om rustig te gesels."

"Ek doen dit mos altyd vir jou."

"Dankie. Ek weet ek kan op jou staatmaak."

Ek wil nie meer op staatgemaak wees nie. Ek is moeg, ek wil weet of jy Jessie se kind se pa is. Sy soek die regte hemp, sy dink dit in sy gesig. Dit laat haar beter voel. Nog. Ek wens hulle drink al jou whisky uit en eet jou kos op en sê agterna hulle wil jou nie meer as verteenwoordiger in die Parlement hê nie. Om-dat jy nie jou vrou waardeer nie, omdat jy gesê het jy wens Jessie spring liewer van die kranse af.

En omdat jy 'n simpele ou dingetjie het.

Omdat jy my wou verkoop het toe jy gedink het dit kan tot jou voordeel wees!

Sy sal hom dit nooit vergewe nie.

Dit was een van Uilkraal se grootste onthale ooit. Karel was daardie tyd kandidaat vir die Afdelingsraadsverkiesing en al-mal wat kon help stoot, was genooi. Toe lê 'n adjunk-minister by haar aan, wil aanmekaar sy hand by haar borste insteek. Sy gaan sê dit later vir Karel. Hy lag en sê: Gee hom maar iets, hy kan vorentoe vir my baie beteken.

Toe hy sien hoe geskok sy is, sê hy hy het net 'n grappie gemaak. Hy weet mos hy kan haar vertrou.

Sy't al baie by Cecelia gaan kla.

"Moenie 'n man eers bederf en dan wil kla nie, Louise. Ek het jou gewaarsku, ek het jou gesê my ma het hom bederf. Die eerste ding wat jy uit sy kop moes gekry het, is dat jy nie 'n voortsetting van sy ma is wat alles van hom opgevreet het nie. Speen hom."

"Dis maklik vir jou om te praat, Rolph is nie so nie."

"Omdat ek hom nie so gemáák het nie! As jy nie van die begin af op jou regte as vrou staan nie, grawe jy vir jou 'n gat sonder boom."

Sy weet nie wat beteken 'vroueregte' nie. Karel haat feministe.

"Wat sê Sofia, Karel, wat is alles weg uit die huis?"

"Klere. En 'n koffer."

"Waar dink jy kan sy heen wees?"

"Die bankbestuurder sê hulle sal dophou waar sy geld trek. Sy behoort sonder kontant te wees, want sy het lanklaas geld getrek."

"Miskien is sy tog maar op die berg." Sy wag dat hy iets moet sê, maar hy sê niks. Hy knoop sy das. "Jy sê Cecelia gaan Stefaans bo by Kliprug se huis laat waghou?"

"Ja. As sy op die berg is, is die moontlikheid groot dat sy in die nag sal afkom om kos of iets te haal."

Ek was nog nooit op die berg nie. Ek wil ook daarheen gaan. Sommer wegkruip. Nie omdat ek gemoor het nie, sommer omdat ek moeg is van goed wees, wonderlike gasvrou wees, goeie vrou, goeie ma. Om Louise de Waardt te wees.

Wie anders?

Hoekom is sy skielik weer bang dat dit Karel se kind kan wees? Hoe? Hy het amper nooit op Kliprug gekom nie, hy het nie eens van Jessie gehou nie. Vanoggend nog gesê Jessie het nooit getraak of sy die De Waardts se naam weggooi nie, omdat sy self nooit 'n naam gehad het nie.

Sofia het gesê dit loop in die De Waardts.

Is dit dan Rolph se kind?

Rolph is nie 'n De Waardt nie . . .

Hoekom wil sy dit nie glo nie? Hoekom bly een simpele insident haar nog steeds treiter? Karel sê die aand hy ry 'n bietjie oor na Rolph en Cecelia toe. Hy was nie lank weg nie, toe daag hier mense op van die dorp af en sy bel Arendsnes toe. Karel haat dit as sy agter hom aanbel soontoe. Hy sê as dit nie dringend is nie, kan dit wag. Dis dringend, die man sê sy kind word in die skool deur 'n onderwyser gemolesteer. Karel is voorsitter van die skoolkomitee.

Karel is nie by Cecelia nie.

Sy wag, sy bel weer. Nog nie daar aangekom nie. Dis nie 'n volle drie kilometer tot op Arendsnes nie, as hy geloop het, kon hy al daar gewees het. Sy sit met 'n man en sy vrou wat half histeries is, terwyl sy iets wil oorkom van kommer, maar sy wil nie dat hulle dit agterkom nie. Lieg die een verskoning ná die ander vir hom: dat hy nog by een van die plaaswerkers langs sou gegaan het, by Henrik en Sofia. Dat Sofia tog so baie kan praat.

Oomblikke later draai sy motor by die hek in. Hy was nou wel nie 'n volle uur weg nie, maar tot vandag toe weet sy nie waar hy was nie. Hy was nie op Arendsnes nie en die pad loop by Kliprug dood. Hy kom vat háár woorde en sê hy het Henrik langs die pad gekry en hulle het gesels. Sy vra vir Sofia of Henrik laat by die huis gekom het, sy sê hy't dronk gelê.

Karel sê Sofia lieg. "Jy weet hoe opsetlik sy kan lieg as dit haar pas. Jy weet ek en sy het woorde gehad oor die treksel familie wat sy van die dorp af in die huis aangehou het en waarvan ek ontslae moes raak! Dis my huis, op my grond. En ek weet nie waaroor al hierdie bohaai gaan nie, ek stel ook nie verder belang nie!"

"Ek het nie bohaai gemaak nie, skat, ek wou maar net weet. Jy't gesê jy gaan Arendsnes toe."

Sy het die onrus weggestoot, vir haarself gesê sy's laf. Karel haat histeriese vroue wat hulle emosies laat oorborrel. Hy hou van koel, knap vroue.

Sy is 'n koel, knap vrou.

"Het ek nie nou 'n motor gehoor nie, Louise?"
"Ek sal gaan kyk."

Dis die Liebenbergs. Net so 'n motor soos Cecelia s'n. Net wit.

Sy kry nie haar gebruiklike gulheid vir spesiale gaste opgetower toe sy hulle groet en welkom heet nie. Daar is nie krag in haar nie. Sy probeer vergoed deur vir die vrou te sê sy hou van die uitrusting wat sy aanhet. Bietjie gekreukel – materiaal is nie van 'n goeie mengsel nie; skoene moes een skakering donkerder gewees het.

Sê vir die man hy lyk besonder goed ná die lang rit. Hy lyk pê. Praat, praat, praat. Lag, lag, lag. Waar's Karel? Sê hy moes net gou 'n belangrike oproep maak. Los die koffers, die personeel sal dit na die kamer neem. Uitpak en alles. Waar bly Karel? Hoekom kleur die vrou nie haar hare nie? Sy sal baie jonger lyk. Kom binne, kom binne, maak julle tuis. Wys waar die gaste-badkamer is. O, hier's Karel! Skat, ons gaste het aangekom.

Sy sien die vrou se oë vlugtig deur die vertrek gaan. Opsom. Dis moeilik om te sê of sy beïndruk is of nie.

Tee? Koffie?

Ek wens julle het nie gekom nie, ek wens julle het langs die pad verongeluk . . .

Wie het dit gesê? Dis nie sy nie, sy sweer!

18

Voor sonop is sy uit die huis en op pad na haar skape toe. Die lug is skoon en fris, maar die tekens vir 'n warm dag is reeds daar.

As Jessie vannag afgekom het huis toe, sou Stefaans al kom sê het . . .

Sy loop verby die ramstal se kamp waar die twee ramme kop aan kop vreet. Verby die ooie wat reeds gedek is, tot onder waar Johannes en Willem besig is om die nag se gemerktes tussen die trop ongedektes uit te vang. Nege van hulle.

"Môre, miss Cecelia."

"Môre, môre."

Sy klim deur die draad en loop tussen die ooie in, die eerste stap van die plan in haar kop: Nasionale kampioen-sterkwolooi. 'n Uitdaging wat die ou drif in haar roer en haar gerusstel met die wete dat die vuur nog warm in haar smeul. Sy sal haar nie laat inhaal deur 'n minwerd-bestaan omdat dít is wat sy veronderstel is om uiteindelik te aanvaar omdat sy 'n vrou is nie!

Trou. Meid. Ma. Hekel en brei.

Sy sal begin deur haar vyf-en-twintig beste stoetooie uit te soek. Die room. Almal wat ooilammers het, sal op van die beste

weiding geplaas en opgepas word. Tot hiertoe was die uitsoek-
kampe vir die ooie met ramlammers. Dié met ooilammers is
veld toe gejaag omdat sy nie genoeg lusern- en hawerkampe
het nie; genoeg water vir nog kampe nie. Sy moes die ramlam-
mers oppas omdat húlle die ramme word wat kopers gulsig
opraap, wat 'n groot deel van haar inkomste beteken. Sy sal
dus nog steeds nie haar ramlammers kan veld toe stuur nie.

Rolph sal eenvoudig 'n plan móét maak vir nog kampe.

Sy sien nie uit na vanaand se ete op Uilkraal nie. Maar hulle sal
vir Karel se onthalwe moet gaan.

Die son se eerste strale begin oor die bergkranse sprei; die
skurwe wande verkleur en word 'n sagte, warm rooi. Oggend-
kleure meng met oggendklanke: skape blêr, suikerbekkie sing
agter uit sy keel, 'n haan kraai. Willem skel op 'n befoeterde ooi.

Die hawerkampe is groen tapyte – haar stoet se winterkos.

Dis vreemd om skielik skerper na die ooie te kyk; die kennis
in haar kop om te keer van ram na ooi. Hoe langer haar oë oor
die stuk of honderd-en-twintig ooie om haar dwaal, hoe meer
besef sy dis 'n klaargedekte tafel.

Wat wag vir 'n vrou.

Die oomblik van genieting stuit teen die werklikheid wat
soos 'n onafwendbare onheil oor alles hang: *Jessie*. Sonder
beswaar van gewete sou sy verkies het dat hulle haar lyk
iewers kry, maar gesonde verstand laat haar pleit dat sy niks
oorkom voor Kliprug se lot nie bepaal is nie!

As Jessie iets moet oorkom, kan dit katastrofiese gevolge hê,
want so ver soos wat sy en Karel gister kon vasstel, het die
vroumens nie 'n testament nie. Die bankbestuurder sê hy het
ná Ses se dood uit sy pad gegaan om haar te adviseer in ver-
band met beleggings en die noodsaaklikheid van 'n testament,
maar sy het nooit daarop gereageer nie. Al waarin sy belang
gestel het, was om 'n motor te koop.

Verbeel jou.

Karel was by die bestuurder van die versekeringsmaat-
skappy waar Ses ook van sy sake gedoen het. Die man is nuut

78

op die dorp, hy wou niks sê nie. Dis in elk geval die mees onwaarskynlike plek waar daar 'n testament van haar kan wees – tensy sy voorganger vir meer as net besigheid op Kliprug gekom het.

Hoekom is hy in elk geval so skielik weg?

Kliprug is De Waardt-grond. Weliswaar die kleinste van die drie plase: 4 000 morg, maar nog nooit het sy Kliprug se bougrond en water só nodig gehad nie.

Nog nooit het sy gevoel sy kan 'n polisieman aan sy nek loop gryp en hom skud sodat hy iets moet *doen* nie! Volschenk sê dis onwaarskynlik dat sy hier naby wegkruip, want sy het van haar goed saamgeneem. Maar net om seker te maak, sal hulle Maandag op die berg kom soek.

Hoekom vertrou sy nie vir Sofia nie?

Altyd die manier gehad om vir Jessie op te kom: dat sy nie so sleg is nie; dat sy nog moet leer van plaasgewoontes. Gereeld slim skimpe aangedra Arendsnes en Uilkraal toe: hoe goed Jessie regkom met die brood se bak, die vleis se opsny, die kos se kook; vryf die vloere op haar knieë, kap self die hout vir die stoof en die geiser . . .

"Sofia, as 'n vrou vir haar 'n vloerlap omhang, moet sy nie kla as sy vir een gebruik word nie."

"Ek het nie gesê sy kla nie."

"As sy nie kla nie, is sy dommer as wat ek gedink het. Vroue wat van hulself martelaars maak, is fyn skelms en simpatievrate. Glo my. As Jessie dink iemand gaan haar jammer kry, maak sy 'n fout."

"Sy't nie 'n lekker dag onder Ses nie."

"Ek het nie gesê sy moet hom vat nie."

Sy vertrou nie vir Sofia nie.

Jessie het niks daarvan gedink om by Henrik en Sofia aan huis te gaan kuier nie. Al plek in die Kloof waar sy eintlik ingepas het.

"Ons meng nie op sosiale vlak met ons werksmense nie,

Jessie," het sy haar gaan aanspreek. "As jy dit wil doen, kan jy dit in die Kaap gaan doen, nie hier waar daar volgens sekere standaarde geleef word nie. Ek en my man het self goeie bruin vriende, maar dis mense van ons eie klas."

"Ek dog dis vir die show."

"Ek sal nie jou brutaliteit duld nie!"

"En ek sal kuier waar ek wil!"

Altyd 'n verleentheid.

Maar op 'n dag moes selfs Sofia erken dat Ses nooit met haar moes deurmekaar geraak het nie. Dat dit beter sou wees as hy haar los.

Egter nooit opgehou om Jessie te beskerm nie. Die moontlikheid is groot dat sy meer weet as wat sy sê. Die polisie moet haar kom kortvat.

Kliprug.

As Jessie sonder testament iets oorkom en die grond val na háár gespuis van 'n familie se kant toe, is dit nag in die Kloof.

Die enigste familielid van haar wat ooit hier was, was die suster wat die slag uit Johannesburg hier aangekom het. Christine. Glo die jongste van vier. Met twee snotneuskindertjies en die luiste lummel van 'n man: dieselwerktuigkundige sonder papiere om dit te bewys, bereid om vir kos en blyplek te werk.

Sy sê vir Rolph: Ek ken sleg as ek sleg sien.

Maar Karel is in een van sy Broeder-buie. Hy sê vir Ses: Dis 'n mede-Afrikaner, gee die man 'n kans; daar's genoeg werk in die Kloof en op die omliggende plase.

Karel laat maak vir hulle een van sy arbeidershuise reg. Louise hang haar ontfermingsmantel om, dra gordyne en huisgoed aan en geniet die nuwe rol van Samaritaan.

Nie vir lank nie.

Drie maande, toe jaag Ses hulle weg. In die eerste skaduwee wat soggens ná tien oor die lummel val, gaan lê hy om te suip en te slaap.

Karel het hulle gaan wegbring bushalte toe. Geld gegee om in die Kaap mee te kom.

Sy was in Bloemfontein by 'n ramveiling.

Die ooie is mooi en vol in die vag. Die voorsprong wat sy bo baie ander telers het, is die bloed wat deur hulle vloei: Julius Caesar s'n. Uit hóm het haar topskape gekom.

Sy merk ten minste twintig besonderse ooie met die eerste deurloop op. Bo, onder die klaargedektes, is nog. Almal lekker breed van agter om maklik te kan lam. Bene mooi vierkantig onder die lyf . . . reguit ruê; lang nekke met mooi gevormde koppe. Sodra sy haar eie seleksie voltooi het, sal sy hulle laat uitvang en die fyner punte bekyk: wol, spene, ore.

Vir die finale seleksie sal sy die skaap-en-wol-deskundige inroep – en Ses mis. Daar is nie 'n oog wat 'n ram of 'n ooi só fyn kon uitsoek soos hy nie.

Behalwe toe hy dit vir homself moes doen.

Ses was by toe Julius Caesar die oggend aangekom het.

Sy sien die middag tevore die ooi sukkel om te lam, maar besluit om haar die gebruiklike vier-en-twintig uur kans te gee.

Die volgende oggend sien sy die ooi gaan dit moontlik nie haal nie. Sy lê. Probeer orent kom, maar sy is te swak. Blêr nie meer nie, steun net. Sestandooi wat die vorige jaar sonder probleme gelam het. Van dieselfde ram. Goeie ram, een waarvoor sy 'dubbel' betaal het, want sy teler was net so geil soos sy ramme.

Sy stuur Johannes om Ses te roep.

Sy bly by die ooi. Probeer haar help, maar die lam se kop is teruggedraai.

Mensvrou, diervrou, geboorte bly ewig 'n aaklige, vernederende ervaring. Jou uur van magteloosheid teen die sadistiese, genadelose natuur.

Instink laat jou soog, laat jou troetel. Werklikheid straf jou lewenslank. Jy is die een wat geboorte skenk aan die man se oomblik van erotiese ekstase.

Dierma trek spene weg van kleintjies wat self kan vreet en stap aan. Mensma laat suip en suip.

Ses het die ooi een kyk gegee en gevra: "Het jy jou mes by jou?"

"Ja."

"Goed. As ons vinnig werk, kan ons die lam red. Sny af haar keel."

Die een wat bo sny, moet vinnig werk; die een wat onder sny, moet weet wat hy doen.

Toe Ses die pap, nat dingetjie in die lug hou, sê hy: "Hier's jou kampioen. Sy naam behoort Julius Caesar te wees."

Haar enigste ram wat nie na 'n komponis vernoem is nie.

19

Die bobbejane wei tydsaam in die rigting van die witklip se water.

Sy wil hulle aanjaag, want sy's dors! In haar haas om van die huis af weg te kom, het sy vergeet om 'n bottel vir water te vat.

Sy kan dit nie waag om vooruit te loop nie; bobbejane weet ver, hulle moet kyk dat sy nie vasgekeer word nie. Moontlik het hulle met opset die roete water toe só gekies dat die oostelike kant van die berg, waar die enigste menspad boontoe kom, dopgehou kan word. Dis ook al of posisies binne die uitgespreide trop gedurig bly verskuif, of hulle haar opsetlik in die middel hou waar die wyfies wei.

Hulle is stiller as gewoonlik. Jakob Hoofbobbejaan praat gouer as die kleintjies te woelig raak. Selfs die skoorsoekers onder die uitgegroeide mannetjies is die ene vrede – wei rustig op die rand van die trop.

Susie loop saam met Jakob. Die kleintjie voor haar bors is vermoedelik syne. Solank sy by Jakob is, pes ander wyfies haar minder om die dingetjie te wil vat en bekyk. Nuuskierigheid oor mekaar se babas het haar, Jessie, al baie pret verskaf.

Water. Sy't gisteroggend 'n holtetjie van haar reënjas gemaak en 'n bietjie misreën opgevang, maar dit was nie genoeg nie.

Die bobbejane is tydsaam. Loop, sit, graaf, eet. Klippe omkeer: hier 'n tor, daar 'n kriek. Oë skerp, reaksies rats. Geluk is 'n skerpioen. Vlytige hande graaf agter wortels en knolle aan: trek uit, vee skoon, skil af, spoeg uit, sit en smul behaaglik. Soek-soek verder. Wintertyd se lekkerkos, uintjies, lê nog wegge-steek in die aarde, geen spriet bo die grond om te verraai wáár nie.

Halfgroot kleintjies waarvan die gesiggies al bruin is maar die ore nog pienk, aap met aandag die grawery na: as 'n ander jou plek by die tiet gevat het, moet jy leer om jou eie maag vol te kry!

Oumatjie keer 'n klip om. Die naaste mannetjie gryp haar tor en vreet dit klaptand voor haar op. Sy sê niks. Pluk 'n grashalm en gaan sit gedwee daaraan en peusel.

Sy's nie honger nie, net dors. Voordag die blikkie vis oopgesny en die helfte daarvan by 'n stukkie brood geëet. Die res van die vis in die beker uitgeskep.

Later, toe sy die bobbejane hoor kom, het sy net haar baadjie en die rewolwer in die kussingsloop gesit en uitgeklim tot bo waar hulle vir haar gewag het.

Ou Bitterbek is nie in die trop nie; hy loop soms dae lank alleen.

Henrik sê hy het nog nooit 'n alleenloperwyfie gesien nie. Altyd net mannetjies. En dis g'n waar dat hulle uit die trop geskop is nie. Hulle loop omdat hulle gatvol is vir vroumense, kleintjies en jong grootbekmannetjies. Hulle is nie gevaarlik nie. Raak net 'n bietjie doof en hoor jou nie aankom nie; skrik hulle vrek as jy hulle betrap en maak sommer of hulle jou wil bykom.

Eendag kom Ses van die berg af. Hy't gaan kyk of hy nie 'n bok kry om te skiet nie. Niks.

Hy sit op die stoep en maak sy geweer skoon. Sit by homself en lag.

"Wat's so snaaks?"

"Jy sal my nie glo nie."

"Wat?"

"Ek en 'n bobbejaan het vandag 'n speletjie gespeel."

"Jy jok."

"Amper 'n uur lank."

"Het jy 'n bobbejaan geskiet?"

"Hou op om altyd vir die blêrrie goed te keer!"

"*Het* jy?"

"As ek jou sê, is daar nie 'n storie nie."

"Sê dan die storie." Ses was in 'n goeie luim.

"Anderkant die ronde land kom ek deur die renosterbos, probeer 'n bok opjaag. Ek is later by die platkop."

"En?"

"Kyk ek op. En wie lê lekker uitgestrek, pens in die son, half-pad teen die kop uit – skaars vyftig tree van my af?"

"Wie?"

"Daardie ou uitgeskopte mannetjie wat Cecelia se pampoene so van die dak af gesteel het."

"Die een wat sy in die been gekwes het, ja." Die bobbejaan was daarna vir lank terug in die trop, die wyfies het die wond skoongehou.

"Toe ek die geweer lig, lig hy sy kop en skrik so groot, hy val bo van die lys af in 'n dwarsskeur in. Ek val plat agter 'n klip. Hy's vas. Watter kant toe hy ook al probeer vlug, sou voor my geweer in wees. Ek lê doodstil. Ek weet hy's te nuuskierig, hy gaan die een of ander tyd loer om te kyk wat van my geword het. Ek wag. Ek loer oor die klip, en ek sien daar kom sy kop. Ek lig die geweer, maar hy sien die beweging en koes weg. Ek wag. Seker tien minute, toe sien ek daar kom sy kop weer. Ek skiet. Dis mis."

"Sies, Ses."

"Nou raak hy skelm. Loer nie elke keer op dieselfde plek uit nie. Nes sy kop uitkom, mik ek; nes ek mik, duik hy weg. So hou dit aan. Ek besluit: só kan dit nie aanhou nie, ek gaan nou vir hom bôgom – blaf soos hy blaf as hy verveeld raak met 'n ding. Ek blaf. Ek staan op, skree vir hom ek gaan huis toe, ek stel nie meer belang nie. Ek loop 'n entjie weg. Toe ek omkyk, sit hy halflyf agter die klip uit en kyk my ewe agterna. En weer is hy wragtig te vinnig vir my! Die skoot klap agter sy skuilplek teen die kranse vas."

"Jy't vir hom gelieg."

"Die volgende oomblik staan hy oop en bloot. 'n Goeie klip sou hom kon doodgegooi het. Hy kyk my onder daardie oogbanke van hom uit, ek kan die wit van sy oë sien. En ek sê vir myself: die bliksem weet my geweer is leeg. Ek laai, ek wil kyk wat hy doen. Hy staan. Toe ek aanlê, draai hy sy rug op my en gaan sit."

"Het jy hom geskiet?"

"Ek skiet nie 'n man in sy rug nie."

"Sou jy hom geskiet het as hy weer omgedraai het?"

"Nee. Maar as ek hom môre kry, sal ek hom looi."

Ses.

Dit was die goedheid in hom wat hom *nie* die bobbejaan laat skiet het nie, waarna sy ewigdurend bly honger het. Wat haar aan hom laat vasklou het. Laat bly glo het dat as sy lank genoeg kon uithou, kon paai, kon pleit, kon skree en skel, sal hy oopbreek en vir haar goed word. Haar vashou. Vir haar lief wees.

Niks het gehelp nie.

Sy was dom, die meeste was nog droom.

Eenkeer in die middel van 'n nag gooi hy jou met die Bybel. Jy staan voor 'n agterdeur, jy staar die duisternis om jou in terwyl jy stadig begin wakker word en weet jy't 'n siekte. Die boosheid.

Jy maak die huis aan die kant, kook die kos, bak die brood, lap, stop, gaan lê vir hom wanneer jy moet, maar die hele tyd het jy die siekte. Dis in sy oë. Dit wil nie weggaan nie.

Jy loop Arendsnes toe, jy wil gaan kyk of Cecelia ook die siekte het. Die hele wêreld om haar huis is vol skape. Haar kudde van by die 2 000 is uit die veld gebring, en hulle is besig om die wol om die ooie se gatte uit te knip en met gifwater te was teen die brommerwurms wat al in party se afknipwol krioel. Twee mans wat knip, twee vroue wat was.

"Is daar iets wat jy wou gehad het, Jessie?" vra Cecelia vanaf haar hoë hoogte. Die sweet loop strale onder haar hoed uit en sleep toutjies hare langs haar gesig af. Dis warm.

"Ek het sommer aangekom. Ses is dorp toe."

"Soos jy kan sien, is ons besig om te mikskeer. Ek het nie tyd vir gesels nie."

Klinknaelbroek, geel moulose hemp. Haar maer, bruin ge-
brande arms is seningrig van die krag waarmee sy help vang en
vashou.

Niemand sou dit waag om 'n bose siekte in *haar* te plant nie.

Jy loop aan Uilkraal toe.

Louise is in 'n toestand. Sy staan voor die spieël, sy het die
mooiste rok aan, maar sy trek en pluk só dat dit lyk of sy dit van
haar af wil skeur.

"Jessie! Wat 'n verrassing!"

"Ek het sommer 'n entjie geloop, Ses is dorp toe."

"Jy weet nie hoe bly ek is hier kom *iemand* aan vir wie ek
hierdie knoeispul kan wys nie! Kyk hier! Jy het nie 'n idee
hoeveel ek vir die materiaal betaal het nie, dis ingevoerde stof.
'n Vrou op die dorp het dit vir my gemaak – ek sal liewer nie
haar naam noem nie, Karel haat 'n geskinder – maar ek kan dit
nie aantrek nie, dit bly aan die een kant skeeftrek. Sofia het dit
al twee keer met 'n nat lap gestryk!"

"Sal nie help nie. Die regterkantse paneel is teen die sterk-
draad geknip, nou trek dit bak."

"Hoe weet jy dit?"

"Mens sien dit."

"Werklik?"

"Ja."

"Kan daar iets aan gedoen word?"

"Het jy nog van die materiaal?"

"'n Hele stuk."

"Naaimasjien?"

"'n Oue in die pakkamer. Nog Karel se ma s'n gewees."

Sy het die pant uitgetorring, 'n ander een geknip en ingesit.
Toe sit die rok perfek.

Terwyl sy dit doen, is Louise so vriendelik; gesels, laat tee
aandra, koeldrank – laat jou voel soos 'n bediende met wie sy
baie in haar skik is. Vertel van die kinders wat so slim is op
skool. Van Karel wat in *nog* 'n komitee benoem is; hoe hy haar
op die hande dra; wat hy haar alles gee; hoe wonderlik dit is
om 'n goeie man te hê – seker maar baie soos Ses, neem ek aan?

Seker. Is hy darem goed vir jou, Jessie? Baie. Sy vertel van die vlerk wat hulle gaan aanbou, dat Ses gerus Kliprug se huis ook 'n bietjie kan laat opknap.

Ag nee wat, dis nie nodig nie, ek hou van die huis soos dit is, lieg jy. Sy dink jy weet nie sy probeer uitvind of dit regtig so sleg gaan op Kliprug soos sy en Cecelia hoop nie.

"Ons was nog altyd baie geheg aan mekaar hier in die Kloof. Nie soos so baie ander families nie. Ek sê altyd dis iets broos en spesiaals wat ons moet oppas. Een verkeerde woord, selfs persoon, kan alles bederf."

"Wat bedoel jy?"

"Hoe belangrik goeie verhoudinge is. Karel sê heeldag: goeie verhoudinge met mekaar in hierdie land is al oplossing vir ons probleme."

"Ek verstaan." Sy dink jy's onnosel.

"Onthou dat ek jou die stinkhoutstoel wys wat Ses vir my gegee het. Ek moes nou weliswaar baie mooi vra . . ." Giggel-giggel. "Een van ons voorste parlementslede het my al baie geld daarvoor aangebied – kom gereeld by ons aan huis. Nie dat ek eers sal oorweeg om dit te verkoop nie. Ek sê net ander-dag vir Ses hy moet jou saambring as hy kom kuier, vir wat los hy jou altyd so alleen by die huis?"

Wanneer kuier Ses so danig op Uilkraal? "Ek hou van alleen."

"Liewe aarde, maar jy's knap met jou hande! Ek dink ek moet jou vra om vir my iets te maak, ek het juis nog so 'n pragtige stuk materiaal wat ek verlede jaar in Parys gekoop het . . ."

Louise praat soos 'n opwenpop. Sy's mooi soos 'n pop. Maar sy is nie boos nie.

Net jy is.

Dis in jou tong en jou naels wat al skerper inslaan in die onmens met wie jy saamleef in 'n kliphuis vol ou goed wat ruik na oumenspoep in 'n Kloof wat al nouer om jou word en jou uiteindelik jou wegloop laat beplan.

Bevryding is wanneer die bus wegtrek, jy jou oë toemaak en agteroor sit.

Pikswart kraaie vlieg saam en skater vir jou by die venster. Hulle weet dis 'n stokou storie wat jy leef. Jy loop nie regtig nie. Jy loop in die hoop dat Ses de Waardt berou sal kry. Jou sal mis. Jou sal kom soebat.

Terug Cherrystraat toe is vyf uur lank. Deur verlate vlaktes waar rooibruin kranse opskiet soos susters van die berge van waar jy vlug. Die wêreld verander geleidelik tot sandveld, ander plantegroei; klein dorpe, groot dorpe, stop vir opklim en afklim. Toilette vol ontsmetdampe. Terug op die bus.

Jy's nie regtig meer in die bus nie. Jy's nêrens nie. Die oomblik van bevryding is verby. Dis bang se beurt. Kammadurf het jou voete dorp toe laat loop, jou op die bus laat klim. Jy wil hê die bus moet stilhou, jy wil afklim. Jy wil die veld in loop, jy wil hardloop tot by 'n plek waar jy kan huil en iemand jou vertroos.

Bid.

Sofia het gesê: Jy sal óf jou goed moet vat en teruggaan na jou ma toe, óf jy sal moet bid dat die Here met Ses se gal begin werk. Só kan dit nie aan nie.

Ses het haar die middag gestuur om die pypsleutel wat Cecelia geleen het, te gaan haal. Hy kon nie los nie, die windpomp staan, die skape is sonder water. Sy loop, sy gaan haal die ding. Sy sê vir Cecelia: Vat my terug, dis warm. Cecelia sê sy kan nie, sy moet na 'n siek ram gaan kyk.

"Ek hoop hy vrek," sê sy vir haar.

"Ek kan aan geen rede dink waarom Ses jou nog duld nie," spoeg die feeks.

Dis 'n hele ent Kliprug toe. Die duiwel het baie tyd om jou warm te maak. Sy neem die pypsleutel vir Ses, hy sê nie eens dankie nie. Sy kom by die huis, sy sit die kos op, die son is amper onder. Hy kom by die huis, hy vra: Hoekom is die kos nog nie op die tafel nie? Sy gooi hom met die kastrol in haar hand, hy stamp haar dat sy bo-oor 'n stoel val. Die stoel breek, 'n sport druk in haar sy.

Toe Sofia die volgende oggend inkom, sit sy by die tafel. Sy huil van seer, sy kan nie op nie. Sofia sê: Jy sal óf jou goed moet vat . . .

Die bus neem jou terug na jou ma toe.

Teen hierdie tyd, troos jy jouself, is hy lankal terug van agter die berg af waar hy by 'n man twee dorperramme gaan koop het. Jy sien hom by die huis kom, sy voete stamp-stamp skoonvee op die matjie voor die agterdeur; hoor hom oor die onderdeur roep: "Is daar koffie, Jes?" Merk op die stoof is koud. Dis vreemd. Badkamer toe, was hande. Roep: "Jessie!" Waar kan sy wees? Gaan kyk in die kamer.

Nou sal hy skrik. Jy het die kas se deure aspris laat oopstaan. Kas is léég. Wat jy nie in die koffer kon kry nie, het jy in die kis in die ander kamer geprop.

Nou begin hy soek of daar nie dalk 'n brief is nie. Niks. Jy's net *weg*.

20

Cherrystraat was 'n rok wat nie weer wou pas nie.

Alles is nouer: die straat, die kamer, die bed.

Jou ma huil, sy sê: My kind, mans is maar so, wat God saamgevoeg het . . .

God het nie vir my en Ses saamgevoeg nie, Ma! Wat God saamgevoeg het, sou gelukkig gewees het. Ons is aanmekaargegom op *papier*.

Net die helfte van jou. Daar is een long, 'n halwe hart, halwe derms, een arm, een been. Jy loop, maar net een voet raak aan die teer. Net een kant van jou mond lag.

Jy's omring van mense, geboue, karre – 'n hele stad, maar in jou is die verskriklikste alleen. Iewers op Kliprug het jou skoene bly staan, jy het nie klaar met hulle geloop nie. Die nuwes wat jy probeer aantrek, wil nie pas nie. Jy kan nie agtertoe nie, nie vorentoe nie.

Hy bel nie. Hoekom bel hy nie?
Hy wil jou nie weer hê nie.
Cherrystraat ook nie.

Twyfel bekruip jou in die nag: As jy harder probeer het, nie so koppig was nie. As jy jou oë en ore toegemaak het soos Sofia gesê het. Ses is nie so sleg nie, hy's hardwerkend. Hy't gesê hy sal hoenderhokke maak, dan kan jy die eiers verkoop. Van die hoenders slag. Mense soek werfhoenders. Jy hét hom vertoorn: die nagrok aangetrek, sy geld gesteel, die berg in geloop as hy gesê het jy moet by die huis bly – daglank weggebly. Jy hét hom uitgetart, gesê Karel kyk die klere van jou lyf af, gehoop hy sal jaloers wees. Jy hét te veel te kere gegaan, gepraat, geskree, gedink jy kan 'n klip laat bloei.

Rolph het eendag gesê klippe en mense is van presies dieselfde stof gemaak; dat klippe ook leef, mense net meer. Sy kon nooit besluit of Rolph 'n sagklip met 'n harde hart is nie. Die meeste koringlande op die berg is syne. Soms praat hy met jou as jy verbyloop, ander kere maak hy of hy jou nie sien nie. Ander soort boek as Ses. Vreemder woorde.

Toe maak sy vir haar 'n speletjie op die berg. Sy soek vir elkeen 'n klip wat by hom pas en pak dit in 'n kring – Cecelia: groot ysterklip; Louise: mooi klip; Sofia: groot, plat klip waarop mens kan sit; Ses: swaar klip; Karel: klein swart klip; Rolph: klip met 'n gat in. Vir haarself 'n rooi klip met 'n wit band – twee klippe ineengesmelt.

Dan sit jy in die middel en sê vir hulle net wat jy wil, dan voel jy beter.

Bobbejane is lewende klippe. Stukkies berg. Sodat klippe kan weet hoe dit is om te loop, te speel en gelukkig te wees.

Cherrystraat.
Ná die twyfel kom woede. Hy doen nie eens die moeite om uit te vind of jy veilig is nie. Vark. Jy's nikser as niks. Was dit al die tyd in die Kloof!

Jy sien Cecelia 'n skouer optrek en 'n voertsekbeweging met haar hand maak as sy hoor jy't geloop. Die wegvee van 'n vlieg. Louise se oë wat skitter van die skok.

Vernedering is die merke van sy hande aan jou lyf wat vergelding in jou laat opstaan omdat jy weet jy't gehardloop voor jy kon wraak neem! Jy't verloor omdat jy te sleg was om te wen! Jy sal hom wys. Jy sal hulle almal wys!

Jy verf jou naels, kam jou hare, trek jou dun rok aan en loop terug op ou spore, maar die soetigheid wil nie kom nie. Jy spoeg na elke mot wat wil kom proe.

'n Maand.

As 'n bed eers koud geword het tussen 'n man en vrou . . .

Hartseer wag vir laaste.

Diep in jou waar trane gekruik word en jou mond nie kan lieg om te sê dit traak nie, kom sit die seer. Al laer sak jy op jou knieë af om te smeek dat die wanhoop net asseblief moet weggaan. Die seer van die boosheid wat hy in jou in gesit het, wat jy weet jy moet gaan regmaak, jy weet nie hoe nie . . .

Tot jy een oggend wakker word en orent kom. Jy trek jou aan. Jy's iewers heen op pad. In jou is 'n sterkheid, 'n vuur wat die bang vir Ses de Waardt in jou verteer. Jy weet wat jy moet doen.

Haar ma gee haar die geld vir die bus.

Terug.

21

Die bobbejane laat haar eerste drink toe hulle by die koel, soet water kom. Dan drink die mannetjies, elkeen volgens rang. Dan die wyfies en die kinders – ook volgens rang.

Sy maak vir haar 'n kussing van haar baadjie en gaan lê aan die skadukant van die kop. Die kleintjies baljaar, die grotes sit of lê en kam mekaar met die vingers. Dit praat, dit fluister, dit soen, dit vat.

Die blouvalk en sy maat sweef hoog in die lug. Hulle nes is op die kranse aan die suidekant van die Kloof waar sy gedink het geen mens kan kom nie; net altyd die wit strepe van jare se mis gesien . . .

Sy wonder waar die dooies woon. Hoekom dit soms voel of Ses sy hand uitsteek en aan haar raak. Soos nou. Sag.

Toe kom sy terug. Met die nagbus.

Die middag staan sy met haar koffer bo op die nek en kyk af op die Kloof en die kliphuis wat onder haar lê. Só vreesloos staan sy daar, sy sou haar arms kon uitsprei soos die blouvalk sy vlerke en geruisloos ondertoe sweef tot op die dak.

Sy was terug om 'n tonnel deur 'n berg te graaf. Met haar hande, as dit nie anders kon nie. As sy aan die ander kant uitkom, sal Ses de Waardt daar staan sonder oë waarin háár boosheid lê.

Haar naam sal skoongebaklei wees.

Dan sal sy loop.

Die agterdeur was oop.

Ses staan by die tafel.

Tussen onverhoeds en wraak lê 'n oomblik van onverbloemde blydskap.

"Middag, Ses."

Binne die deur op die linoleum het sy hom toegelaat om haar te neem. Amper soos verkrag. Toe het sy die vloer gewas en die huis aan die kant gemaak.

Die aand het sy 'n druppeltjie heuning op haar tong gesit en hom daarvan laat proe. Toe het hy sag en mooi met haar gemaak.

Die begin van die oorlog wat haar amper vernietig het.

Vertel my nog net een keer die storie van die oorlog, Henrik.

Ek hét al, dis nie 'n storie nie.

Ek weet. Vertel my weer, ek wil dit saam met my neem.

Eendag verklaar die Kloof oorlog teen die bobbejane op die berg. Genoeg was genoeg.

Neukery is, jy kan nie 'n bobbejaantrop notice gee en aansê om te trek nie. Hulle plek is uitgemeet, hulle bly waar hulle bly.

Grootberg-se-Kloof se trop se onderste grens is die kranse bokant Kliprug se huis tot 'n entjie oor die nek. Noordwaarts so ag kilometer ver tot by Ouland se kop. Aan die westekant al op die rand van die dwarsberg langs tot weer by die nek. Probleem was vir jare hulle grens na die oostekant toe omdat dit amper die volle helfte van miss Cecelia se plaas ingesluit het. Werf, huis, alles.

So betrap ek eendag 'n uitgegroeide mannetjie op die trekter langs die skuur, jy sou sweer hy probeer die ding start.

Maar die groot oorlog breek uit oor miss Cecelia se drade. Haar hele plaas, kampe, alles is mos gejakkalsproef. Dure besigheid, baie werk.

Ek was die Sondagoggend op pad Geelboskloof toe. Wou sommer gaan kyk. Die weerlig het weer loop vuurmaak daar – doen dit gereeld. Baie gevaarlike plek, bly weg daar, miss Jessie. Kom ek langs die hamelkamp se boonste draad opgestap, hoor ek die bobbejane van ver af te kere gaan. Ek loop nader. Toe ek sien wat aangaan, gaan staan ek stokstilstom agter my eie oë. Die boggers was besig om 'n speletjie te maak! Twee jong mannetjies gaan haal aan en spring teen die ogiesdraad vas. Draad gee mee. Die volgende twee kom spring: draad gee bietjie beter mee en skiet hulle terug. Die wyfies kom, die kleintjies kom. Met elke sprong is die draad papper en skiet hulle lekkerder terug. Dit skree, dit lag. Tot van die oues gaan try die lekker ding, ry hom tot hy plat is, sparre in die grond in afgebreek.

Teen die tyd wat ek onder by miss Cecelia kom, is die hamels deur en bo in die berg.

Ons kry drie plekke daardie dag waar die jakkalsdraad platgery is. As bo'jaan eers 'n speletjie ken, los hy nie maklik nie.

En asof hulle nie klaar in genoeg moeilikheid is nie, loop drink en speel hulle by een van Ses se suipkrippe, druk die ball-valve af en laat loop al die water uit. Skaap staan vrek van die dors. Ses is net so kwaad soos miss Cecelia.

Die oorlog word vir die Woensdag verklaar.

Ek en oorle' Samuel en Rolph en Ses en meneer Karel en miss Cecelia, ons beplan 'n haarfyn ding. Vir eens en altyd moes die trop uitgeskiet word tot op die laaste een. As miss Cecelia vandag die drade hierdie kant laat regmaak, ry hulle hom môre daardie kant plat. Dis behalwe al die jare se koring en hawer en die ball-valve en alles.

Die plek vir die slagveld, besluit ons almal saam, sal die rotspunt wees wat die dwarsberg na die westekant toe uitstoot. Oumense het gesê: Knokkelberg. Sit soos 'n moerse moesie teen die berg se sy, halfpad afgekraak van die berg se lyf af: helse skeur, maklik driehonderd voet diep en drie arm wyd. Met ander woorde, as jy nou van die noordekant af al op die berg se rand langs aankom, suidwaarts, en jy swaai saam die knokkel uit, om en om, loop jy jou voor die skeur aan die ander kant vas.

Mens sal nie sommer daar oorspring nie, te bang jy val jou vrek. Maar bobbejaan sal spring as hy weet hy's in die moeilikheid. Van die wyfies met kleintjies en 'n lafaard of twee mag na die middel van die knokkel toe, waar die skeur smaller is, gaan probeer oorkom, maar vir hulle had ons ook 'n plan.

Tien aanjaers met stokke en takke om die trop aan te bring vir die sewe skuts. Ek is aanjaer. Paar blikke om op te slaan. Die bobbejane is so om en by die veertig sterk, wyfies en kleintjies ingesluit. Soos wat hulle nou oor die skeur gaan kom spring, sal vier van die gewere van die suidekant af vrek skiet. Drie sal bo-op die knokkel weggesteek lê vir enigeen wat probeer wegkom. Afwaarts kan niks, die kranse is te glad en te hoog daar af.

Ons gee die bobbejane die oggend kans om eers goed van hulle slaapplek af weg te kom. Wei ewe lekker noordwaarts, reg in ons planne in. Met die een jeep neem Ses die aanjaers padlangs *om* die berg en laai ons bo by die ander nek af – so vyf kilometer benoorde die knokkel. Die ander jeep vat die skuts uit na hulle plekke toe.

Bobbejane weet van niks. Hoor miskien die dreuning in die rigting van Sandkop se land, dink dis nou seker om te gaan beginne ploeg of iets. Hulle sien die aanjaers aankom, steur hulle nie veel nie, want hulle sien mos nou ons het nie gewere nie.

Toe ons beginne lawaai, toe keer hulle om en daar gaat ons met hulle. Suidwaarts. Groot ding is om hulle op die rand van die kranse op die nabank langs te hou, nie kans te gee om inwaarts te kom in die bosse in nie. Skel-skel loop hulle voor ons uit, nie eens vreeslik haastig nie, net ergerlik. Kleintjies skree en klou onder die ma's se pense vas, party ry rug.

So bring ons hulle vir seker goed 'n vier kilometer aan. Jy weet later nie wie raas die meeste nie, aanjaers of bobbejane.

Toe ons die knokkel nader, hardloop twee aanjaers, soos gebeplan, met 'n wye boog om en vooruit om te gaan voorkeer dat hulle nie berglangs hou nie, maar uitswaai en al op die rand van die knoes langs loop.

Alles werk presies uit. Bobbejane laat hulle soos skape in die trêp in jaag. Weet van niks. Die skuts lê goed geversteek; nie 'n geweer se loop wat in die son kan blink nie. Ons val 'n bietjie terug om die voorste manne kans te gee – daar is so 'n klein ruigtetjie. Ons keer aan die binnekant, ons kom deur die ruigtetjie . . .

Skielik hoor ek die bobbejane is stil. Doodstil. Ek sê vir die man duskant my: Hier's fout. As bo'jaan stil raak, raak hy skelm.

Soos wat mens jou oog knip, sê ek jou, raak daardie bobbejane daardie dag voor ons weg. Nie 'n geluid nie, nie 'n klip wat rol nie. Ons roep. Die skuts kom uit hulle skuilplekke en vra: Waar's die bobbejane?

Ons sê ons weet nie, hulle was nou nog hier.

Almal staan verslae. Party is die hel in, gee die aanjaers die skuld. Ons sê ons het hulle gebring tot hier, toe kom ons deur die ruigtetjie . . .

Die volgende oomblik hoor ons die bobbejane so vyfhonderd tree *anderkant* die knokkel en verby die skuts raas. Stap ewe koggel-koggel op die kranswand langs.

"Die bliksems!" vloek 'n man. Ons bekke hang oop.

Mooitjies is hulle van die kranse af, honderd tree voor die berg die uitskiet maak, toe onder in die skeure en op die riwwe langs, in enkel gelid deur 'n gat wat ons nog altyd gedink het is net 'n gat in die kranse. Sal ons uitvind dis mooi die ingang van 'n tonnel wat tot in die skeur loop waar die blêrrie goed weer op die lyste deur is tot anderkant uit. Goed geweet waar hulle kon uitklim boontoe, wanneer hulle onder skoot uit sou wees.

Oorle' Oubaas het altyd gesê ons het die kortkop-bobbejaan – hy's nie so gevaarlik soos die langkop hoër op in die land nie, hy's net tien keer slimmer.

Die manne staan rond, hulle praat, hulle dink. Ná 'n ruk sê een: *Nou* gaat ons daai bliksemse bobbejane wys.

Twee jeeps. Een jaag af en om die berg oor die grond wat Alfred Visser later gekoop het en gaan laai die skuts *onder* die knokkel af. Die ander jeep gaan laai die aanjaers op die berg bokant Arendsnes af, 'n ent voor die bobbejane wat al weer rustig aan kos soek is. Gee ons 'n uur, sê meneer Karel, dan jaag julle hulle terug. Ons sal reg wees.

Ken toe mos bobbejaan se trick.

Die skuts klim van onder af 'n ent teen die berg op: drie om die bek van die skeur te cover en twee vir die tonnel se gat aan die ander kant. Bobbejane moet mos nou hierdie keer in waar hulle uit is en uit waar hulle in is. Twee skuts bly bo en cover die bokant van die skeur vir ingeval dáár van hulle uitpeul.

Ses sê nog ewe: met ons eerste plan het 'n paar van hulle 'n kans gestaan om weg te kom, maar nou's dit verby met die hele lot – daardie skeur is vandag bobbejaangraf.

Toe die skuts versteek is, kom ons met hulle. Dit skel en lawaai, ek sien hulle is nou moeilik, maar ons kom met hulle. Ons keer dat dit bars dat hulle nie inwaarts swenk nie. Al op die rand van die kranse langs bring ons hulle terug. Eers wes-waarts, dan noordwaarts. Dis warm. Ons kom met hulle. Seker so drie kilometer ver. Ons kry 'n laagtetjie harpuisbos, en ek skree vir die manne: Hou dop, dis waar hulle netnou uitgekom het, dis waar hulle weer gaan afgaan om deur die skeur te kom.

Die volgende oomblik toe is dit ook so. Die ou groot manne-tjie gee net een blaf, toe's dit doodstil. Samuel skree: Hulle is af! Ons val terug, die manne gaan opwaarts skiet.

Ons lê op onse rug, ons is gedaan. Ons wag vir die skote.

Niks.

Ons wag.

Nie 'n klik nie.

Die bliksemse bobbejane is mooi op hulle pense, enkelgelid, deur die harpuis- en renosterbosse tussen ons en die knokkel verby. Nie onder die kranse langs nie, nie weer deur die skeur nie. En vyfhonderd tree anderkant die knoes, toe lawaai hulle soos 'n spul goed wat van 'n konsert af kom.

Nie een enkele bobbejaan het in daardie oorlog gesneuwel nie. Ek sê jou. En die jaar daarna het miss Cecelia vir al haar buitenste grensdrade die lektriek laat aansit.

22

As sy, Sofia, in haar lewe 'n paartie gehoor het wat klink soos 'n ding met 'n deksel op, is dit vanaand op Uilkraal! Vrouens uitgevat soos vir 'n dans, maar sit of dit begrafnis is.

Louise se mond en kop pas lankal nie meer by mekaar nie. Kompleet soos een van wie die gees op is. Karel bly op sy agtertande kners; doen dit altyd wanneer hy onweer inhou. As Cecelia nie in die eetkamer by die mans sit en voet swaai nie, loop sy op en af, glas in die een hand, sigaret in die ander. Nie eers die moeite gedoen om vir haar ook 'n blink ding aan te trek nie. Sommer in 'n gewone rok gekom.

Rolph sit by die vroue in die sitkamer. Eenkant. Spook wat nie gesien wil wees nie.

Die ding van Jessie vat aan hom.

Henrik het hulle vroeër baie saam op die berg gekry.

Sofia neem vir die hoeveelste keer skoon glase en asbakke binnetoe en sê in haar hart: Dis die laaste, kry nou klaar en loop klim in julle karre en julle kooie! Dis amper elfuur. Die sitkamer en eetkamer moet nog aan die kant kom, mens kan iets oorkom in die nag.

Mieta en Yvonne en Ellie is weg toe die skottelgoedwasser se deur agter die laaste bord toeklap. Sy't vir Louise gesê die dure dêm ding is onnodig. Bederf hulle net. Maar dit blaai mos alewig deur die boeke om te sien wat daar nog is om te koop. Huis bars al uit die nate; kaste kan skaars toe.

Louise bly aan die roep: Sofia, bring 'n lap en kom vee hier op. Sofia, vul vir ons die neute aan. Sofia, meneer soek die kurktrekker wat hy in Amerika gekoop het. Sofia, gaan maak 'n draai in die bokamer en kyk dat alles reg is. Sofia, Sofia, Sofia.

Nee regtig, sy't al baie op Uilkraal geonthaal, maar nog nooit só 'n stramme besigheid nie.

Sy bring twee leë bottels kombuis toe van binne af en sit hulle by die ander: drie whisky, twee brandewyn, ag wyn, vyf sodawater, drie Coke, bottel wat sy nie ken nie – twee van die dorpsvroue kry dit in hulle gin.

Twintig gaste. Hoogmense.

Genoeg gedrink, genoeg geëet, maar daar's 'n ding in die lug wat dik hang.

Sy't vir Karel gesê hulle moet die paartie afstel, mens kan nie bo lag en gesels en onder druk jou skoene laat dit bars nie. Nee, sê hy, daar's geen rede om af te stel nie, die ding van Jessie is nog dig. Hoë besigheid moet vanaand gepraat word.

En toe?

Sit skaars, toe blaker een van die dorpsvroue: "Ons het maar eers vanmiddag van die verskriklike ding gehoor wat julle getref het. Is dit waar dat hulle haar nie kan opspoor nie?"

Soos 'n klomp rawe wat toesak en op een plek bly pik. Dié wat nog nie geweet het nie, se oë word groot. Louise praat dood, Karel praat dood, Cecelia ruk haar op en gaan sit eenkant. Rolph swyg.

En as rawe eers bloed proe.

Net voor tien was sy gou trap-op om die spreie af te haal. Kry sy die Liebenberg-vrou op die bed lê.

"Is jy siek, mevrou?" Al gister gesien sy kuier nie lekker nie.

Louise is weer in 'n dwaal. Was vir lank beter. Vroeër ure omge-
sit en tuur soos een wat oopoë droom sy's binne-in die hemel.
Musiek speel en speel. Sweef deur die huis, sweef deur die
tuin. "Is mevrou se kop seer?"

"Ek voel nie lekker nie."

"Seker die kos. Kom sit bietjie op die stoel, ek wil net jou kooi
regmaak. Ek het vir Mieta gesê sy begin te vroeg, die kos was
doodgekook."

"Daar was nie fout met die kos nie."

Sê jy. "Waar kom mevrou-hulle vandaan?"

"Stellenbosch. Ken jy die vrou wat die kind vermoor het?"

Is nie jou besigheid nie. "Jy kry maar mense."

"Ons sou nooit gekom het as ons geweet het hier is só 'n
tragedie aan die afspeel nie."

"Lewe is ook maar nie aldag nie." Praat sommer, maak nie
saak die woorde nie. "Nuwe kooiens hierdie, ons het hulle nog
nie lank nie. Duur gewees. Spesiaal georder."

"Het dit hier naby gebeur? Ek verstaan sy was met meneer
De Waardt se broer getroud."

"Met Ses, ja. Ek weet nie wat dit weer vanaand met daardie
uil is nie, hoor hoe jeremieer hy." Maak haar bietjie bang.
"Hier's nie juis baie uile in die Kloof nie, weet nie waar kom dié
een vandaan nie." Bryan sê hulle kom agter Louise se sipres-
bome aan. Vreet glo die wurms in die bas.

"Het jy haar geken?"

"Wie's dit nou?" Hou jou dom.

"Die vrou wat die kind verdrink het."

"Dalk was die kind miskien al dood, mens weet nie. Mevrou
kan maar weer kom lê, ek sal onder gaan sê jy voel nie lekker
nie."

Die hele huis is vol fluisters.

Sy gaan maak 'n draai deur die eetkamer.

Die mans is uit hulle baadjies, sit elmboë op die tafel soos vir
'n vergadering. Party drink al by die klein glasies, meeste is nog
by die groot glase. Cecelia sit skuins gedraai op haar stoel; een
voet swaai, swaai, swaai. Sy's nog op die whisky.

Hou jou besig, vroetel by die blomme op die saaidbord, skuif reg die stoel in die hoek. Luister of hulle iets van Jessie sê . . .

Praat net politieke besigheid. Swaar woorde. Meesal Cecelia en die Liebenberg-man. Klink of hulle stry, maar nie regtig nie. Karel probeer kort-kort inkom om Cecelia se mond toe te kry. Iets van oorlog wat aan die kom is. Van mense wat in krotte in verdruk word.

Die drievertrekhuise wat sy vir haar werksmense laat bou het, lek ook maar. Sonder ceilings. Mieta sê daar kon lektriek vir die bobbejane aangelê word, maar nie vir die werksmense se huise nie. Mieta wil mos 'n lektriek stoof hê. Sodat sy haar kan hoog hou. Dink nie waar ons witmense die geld vandaan moet haal nie . . .

Cecelia sê iets van idiote wat wette maak en vetgatkatte. Karel spring voor haar in en vra op die tafel af: "Enigeen wat lus is vir koffie? Sofia, kom tel 'n bietjie die hande . . ."

Sewe.

Nie 'n woord oor Jessie nie.

In die sitkamer sit die vroue gekliek en skinder. Kan sommer sien. Louise sit bene gekruis op die lapbank se leuning, swart-en-silwer rok oopgesplits tot amper by die koek.

"Ek gaat nou koffie invat vir die mans, as daar nog is wat wil hê?"

Sy hoor nie.

Loop tussen hulle deur, maak of jy doenig is en luister wat hulle sê. Talm by die drankkas, jy kan nie vanaand leë-hande huis toe nie.

"Dis verskriklik . . ."

"Sy was maar altyd common . . ."

Wynkol op die mat, ek sal moet skuim aanmaak as julle weg is; kan nie laat lê tot môre toe nie, dan's dit 'n vlek.

"Ses was so 'n lieflike man, 'n mens het maar al die jare bly wonder waarom hy juis vir haar gevat het." Een van die dorps-ladies. Meen eintlik sy wonder nou nog waarom hy háár nie gevat het nie. Onbeskroomd agter hom aangeloop.

"Wys hoe maklik 'n man gevang kan word."

"Hulle sê sy't maar taamlik rondgeslaap."

Jy ook.

"My man sê sy kan 'n swaar straf opgelê word weens die feit dat dit klaarblyklik 'n goed beplande daad was."

Wat sê die vrou?

"Dis vreeslik . . ."

Vra van koffie. "Enigeen wat wil koffie hê?" Die paartie is verby.

Toe die laaste kar by die hek uitry, trek sy die agterdeur toe en val in die pad huis toe.

"Kan ek jou nie gou gaan wegbring nie, Sofia?" het Louise gevra.

As jy *vra*, kan jy dit los.

Sy verkies in elk geval om te stap; gee haar meer tyd vir langs die pad. Traak nie oor donker nie. Voel sommer waar sy loop.

Eers uit die hoëhakskoene, dan uit haar mooi swart-en-silwer rok terwyl sy haar hare platkam, haar kopdoek omknoop, haar overall en platskoene aantrek. Sy probeer oor die sloot spring waar nou en netnou naat aan naat lê: wit teen bruin; Sofia teen Souf.

Sy kan nie.

Altyd eers worstel. Bietjie doodgaan. Bietjie opstaan. Om Sofia aan die een kant agter te laat, Souf aan die ander kant op te tel en aan te stap.

As jy wit is, is alles wit en mooi en woon jy sonder kwelling in jou grote huis vol van al jou mense: Sy en Henrik en Tarrie en die kinders en Stefaans en Yvonne en húlle vier kinders in Uilkraal se onderkamers. Mieta en oorle' Samuel en Ellie en Johannes en húlle drie kinders en Ellie se pa en ma en oompie en twee anties van die dorp af in die bokamers.

Henrik se ma in die buitekamer. Sy pis in die kooi.

Draadloos bo, draadloos onder; jaag die stilte die kaal ge-knaagde kranse in en laat daar lewe wees.

Uilkraal, Arendsnes, Kliprug – witmenshuise sonder asem, leë kamers vir duiwelsdons om in te broei.

Hoekom?

Hoekom maak die lewe jou so deurmekaar *deurmekaar*? Kon God dan nie maar gesê het: Sofia, ek skape jou wit, want ek sien jy sal 'n goeie witmens wees? Wat sou een meer of een minder aan 'n kant saak gemaak het?

Hoekom is daar nie verskil op die grond waar skaduwees val nie? Waar almal swart is, hoog of laag.

As die paartie oor is, gaan almal na hulle witte huise toe en sy moet alleen deur die donkerte terwyl die sak in haar hand al swaarder word, haar lyf die ure op haar voete begin voel, en die kommer oor Jessie haar bestorm, want sê nou sy het die skietding saam?

Môre kom Sondag. Die langste, bitterste dag van die week. Jy kan nie aanloop nie, jy moet in jou kleihuis bly.

Henrik moet gaan kyk of Jessie op die berg is. Môre. Hy sal weet waar om te soek. In die sak is 'n halfbottel brandewyn om hom mee om te praat.

As Jessie op die berg skuil, is daar baie wat 'n mens kan doen. Jy kan haar aan die lewe hou deur te kyk dat sy kos kry. *Maar dan moet sy, asseblief Here, net nie haarself gaan staan skiet nie!*

23

Laatmiddag loop Cecelia buitetoe en sê vir haarself: Goddank, hierdie Sabbat is amper verby.

Die mag van een mens, een daad. Om alles om te krap en in 'n greep van onsekerheid vas te vang – soos onweer wat saampak as jou oes ryp staan op die land. Jy weet nie waar die skade die hardste gaan tref nie.

Die ergste is die magteloosheid wat jou teen die kranse wil laat uit om die vroumens te gaan soek en aan die hare terug te sleep sodat Kliprug uit haar hande kan kom! Sodat hulle haar kan kom wegvat.

Want skielik peul Jessie onder elke klip uit wat jy omkeer. Jy vra vir jouself: Hoe is dit moontlik dat 'n nieteling soos sy skielik sóveel mag verkry het? Hoe het dit gebeur? Wie het dit toegelaat?

Dis vrae in die wind.

Die tuin is nie veel van 'n lus nie. Was dit nog nooit. Sy loop na die kraan toe om die kannas water te gee wat teen die draad staan en verdor. Die grasperk kraak soos strooi onder haar voete. In die middel is die kaal, ronde bedding waar Henrik die afgeblomde anemone waarop Jalia so heilig was, uitgetrek het. Glo die lelies van die veld waarvan die Bybel skryf.

Die res van die tuin is rotstuine met vetplante, wat eintlik maar 'n verlengstuk van die wêreld anderkant die draad is. Goed wat weet hoe om vir hulself te sorg. Arendsnes se water hou lusern- en hawerkampe aan die lewe, nie gepamperlangde aankoopsels om die illusie te skep dat jy in 'n paradys woon in plaas van in 'n halfwoestyn nie.

Karel het gebel: Louise is in die bed met skeelhoofpyn; die Liebenbergs het goddank vroeg gery.

Arme Louise. Geen wonder sy het bly lê nie. Vrou sonder kwaad, maar kussing sonder vere. Lewende cliché, bestel uit 'n glanskatalogus. Aktrise van formaat met rolle wat oor jare heen ingestudeer en vervolmaak is: Karel se skatlike, ewig jeugdige nimfvroutjie – op háár ouderdom harde werk en al duurder preparate. Edelmoedige ma wat nie kan verstaan waarom haar kinders haar nie waardeer nie. Kom nie agter hulle soek asem nie – van kleins af in oorvloed versmoor.

Die meeste van die tyd speel sy die soetlike rol van droomverlore wese, te broos vir harde werklikhede. Vir elke rol is grimering, kostuums en rekwisiete onverbeterlik.

Gisteraand het dit egter gelyk of sy enige oomblik van die verhoog af kan val.

En Karel tree al meer soos 'n amateursondaar op. Waarvoor hy bang is, sou sy graag wou weet. Waarom hy vir háár kwaad is, is geen geheim nie: Omdat Fritz Liebenberg nie 'n enkele argument teen haar kon wen nie. Omdat die man skynbaar gedink het Grootberg-se-Kloof sit aan die agterkant van die wê-reld waar die vroue nog kappies dra en ja en amen op alles. Toe loop hy hom vas teen Moses in 'n rok.

Een van die dorpsmanne het gesê 'n mens kan nie help om te wonder wanneer dit ons beurt gaan wees nie. Dis chaos in Mosambiek en Angola, oral op ons grense.

"Dit sal nie hier gebeur nie," sê die Liebenberg-man. "Ons is die enigste ontwikkelde en sterk groeiende land in Afrika. Angola en Mosambiek kan nie met ons vergelyk word nie."

Sy kon nie stilbly nie. "Daar's min wat met ons vergelyk kan word, doktor Liebenberg. Veral waar dit by die onnoselheid van jou regering kom, die sotheid waarmee die onderdrukking van massas mense insigloos georkestreer word."

"Cecelia . . ."

"Ek praat nie met jou nie, Karel." Sy sien Liebenberg se onge-mak en soek 'n gevoeliger liddoring om te trap. "Julle is besig om van ons die gekke van die wêreld te maak. Lek die kapitalis-tiese base se gatte met goedkoop arbeid, arresteer en verban vir hulle die leiers van desperate stakers, probeer wal gooi met volgepropte tronke."

"U oorvereenvoudig nou 'n baie komplekse situasie." Asof hy met 'n stout kind praat.

"Daar is intelligente mense in hierdie land, doktor. Wat nie dink dis deel van 'ons sal lewe, ons sal sterwe, ons vir jou, Suid-Afrika' omdat ons deur regeerders uit die Olimpiese Spele ge-smyt is nie, en buitelandse beleggings met meer as dertig per-sent gedaal het nie."

"Ons het nog baie vriende in die buiteland, mevrou Hur-ter."

"Cecelia de Waardt," het sy hom reggehelp. "Die naam waar-onder ek gebore is. Ek het nog nie van 'n man gehoor wat bereid was om sy *vrou* se van aan te neem nie – net soos ek nog nooit van enigiets gehoor het wat onderdruk word en nie die een of ander tyd uitbars nie. Gewoonlik katastrofaal. Maar op die een of ander manier het 'n groep onnosele, inkompetente, hoogs betaalde idiote die reg verkry om in hierdie land onver-staanbare wette te maak!"

"Cecelia!"

"Ontspan, Karel. Party oorloë, doktor Liebenberg, is onafwendbaar. Miskien moet julle begin luister na vroue soos Helen Suzman."

"Of na die Cecelia de Waardts?" vra Liebenberg en lag grootbek.

"Sekere oorloë, doktor, is lankal onder julle neuse aan die gang, maar omdat julle nie skote hoor klap nie, let julle dit nie op nie. Alle oorloë het nie noodwendig die loop van 'n geweer nodig nie. Vra maar ons vroue . . ."

Karel het die hele aand bly keer en buig. Sy sê agterna vir hom: Jy's nog maar op pad Parlement toe en jy kruip nou al gat en dink jy kan 'n skandaal met 'n slagskaap smoor.

"Wat bedoel jy?"

"Wat was tussen jou en Jessie?"

"Niks."

"Jy praat met jou suster, nie met jou vrou nie."

"Ek sê jou daar was niks!"

"Jy lyk dêm gesteurd oor daardie niks."

"Is jy nie bekommerd oor die moontlike gevolge van hierdie ding nie? Ek het gehoop ons kon dit tot ná die naweek stil hou. Vir almal se onthalwe."

"Wat het jy op Kliprug gaan soek as Ses nie by die huis was nie?"

"Was jy nooit daar as hy nie daar was nie?"

"Nie so gereeld nie. Nie gewag dat dit eers donker word nie."

"Wat is dit wat jy wil sê, Cecelia?"

"Nie sê nie, vra: Het jy by Jessie geslaap?"

"Nee."

Asof jy 'n man kan glo.

Louise sal moet opstaan, sy't 'n nuwe rol om in te studeer. Karel is gevra om in die tussenverkiesing te staan en hy sal sonder twyfel inkom.

Dis te sê.

Sy loop by die hekkie uit, 'n entjie die veld in. Die lug is skoon. Maart is altyd die maand wat haar maag op 'n knop kom trek totdat dit reën. As dit Maart nie goed reën nie, sit jy met 'n droogte op hande.

Linette van Karel het vanoggend gebel. In trane. "Ek is verskriklik bekommerd oor Jessie, tannie Cecelia. Pa maak of dit niks is nie, Ma is in die bed. Wat gaan aan?"

"'n Goedkoop drama."

"Hoekom sê tannie só?"

"Jessie het die durf gehad om 'n moord te pleeg, maar nie om die gevolge te dra nie. Toe hardloop sy weg."

"Pa sê hulle gaan môre op die berg soek. Ek is bang hulle loop keer haar soos 'n misdadiger aan."

"Ek sal voorstel dat hulle haar soos 'n heldin op die hande dra."

Soort keer vir soort.

Linette was nog nie behoorlik sestien nie, toe kom dit uit sy leer middae vir Jessie perdry. Was dit nie so simpel nie, kon 'n mens dit afgelag het. By die huis sê sy sy gaan na Jalia toe – Arendsnes moet poort staan vir alles wat onwettig wil verby Kliprug toe.

Die lesse moes lank aan die gang gewees het, want sy, Cecelia, staan die middag bo in een van die grenskampe, en wie kom al langs die buitedraad op? Lady Godiva. Hare waai, rok waai; jy sien net broek en bene. Op Linette se perd.

Sy gaan bel Louise, sy vra: Waar's jou dogter?

Is sy nie by Jalia nie?

Nee, maar haar perd is nou net teen my grensdraad op met Jessie in die saal.

Dit kan nie wees nie, jy moes jou misgis het.

Is jy gewoond ek misgis my?

Nee. Karel is nie by die huis nie, ek weet nie wat om te maak nie!

Jy maak niks, jy gee mý verlof om dit te doen.

Sy't Linette by die grenshek gaan inwag.

"Waar kom jy vandaan?"

"Dit het niks met tannie te doen nie."

"Jy praat nie nou met jou ma nie. Klim af."

"Dis laat, ek moet by die huis kom."

"Klim af." Oulike kind, maar papryp vir haar ouderdom. Jessie was die laaste persoon aan wie sy blootgestel moes wees. "Klim af!"

Sy klim af. Bek is dik, oë gluur.

"Van wanneer af soek jy geselskap op Kliprug?"

Staan net.

"Ek praat met jou."

"Tannie is nie my ma nie."

"En Jessie is nie jou petuurs of jou maat nie!"

Staan. Houding word al meer uitdagend. "As Carljan by oom Ses kan gaan kuier, kan ek seker by Jessie gaan kuier."

"Daar's 'n verskil en jy weet dit. Jessie is oud genoeg om jou ma te wees en beslis nie die soort geselskap wat ek sou opsoek as ek jy was nie."

"Jessie wou maar net gevoel het hoe dit is om op 'n perd te ry."

"Jessie sal *enigiets* wil voel wat gery kan word! Ek is nie dom nie, ek was self jou ouderdom en nuuskierig oor baie dinge. Ek weet jou ma praat nie met julle nie. Daarom sê ek: as jy iets wil weet, kom vra vir my, ek sal jou reguit sê – sonder doeke om. Maar dit sal nie uit die Kaap se agterstrate kom nie. Verstaan jy dit?"

"Ja, tannie."

"Jy bly weg van Jessie af."

"Ja, tannie."

Die kind het haar nie gebluf nie, sy't ge-ja-tannie omdat sy wou wegkom.

Maar die perdryery is stopgesit.

Toe Linette by die huiltyd van jong dogters kom, het sy dit dikwels op Arendsnes kom doen. Louise het nooit hierdie mooi kind van haar verstaan nie.

Soos sy háár eie dogter nie verstaan nie.

Die ding van Jessie is besig om Jalia aan te tas op 'n manier wat selfs Rolph begin onrustig maak. Totaal behep. As sy nie met die verkyker buite staan en die berge bespied in die hoop om Jessie te sien nie, klim sy in die bakkie en ry Kliprug toe.

"Sy's dalk al by die huis en ons weet dit nie."

Vanoggend amper histeries die huis binnegestorm omdat sy 'n beweging op die kranse bo Ses se ou skaapkrale gesien het. Hoe meer Rolph vir haar sê dit was 'n bobbejaan, hoe meer hou sy vol dit was 'n mens.

Was dit?

Gisteraand geweier om saam te gaan Uilkraal toe. "Dalk is sy by haar suster in Johannesburg, die een wat die polisie nog nie kon opspoor nie. Dalk bel sy."

Toe hulle terugkom, sit sy in die donker op die stoep met 'n kussing teen haar maag gedruk: wieg, wieg.

"Het jy pyn, Jalia?"

"Nee. Ek kon nie slaap nie, sy wil my nie los nie!"

"Jalia . . ."

"Asseblief, Moeder, práát met my! Sit by my."

As jy 'n hele aand op Uilkraal was, is jou geduld min. "Wat is daar wat ons nog nie gepraat het nie? Oor en oor."

"Hoekom het sy dit gedoen?"

"Hoe moet ek weet?"

"Ek bedoel: op háár ouderdom by 'n man geslaap en swanger geraak? Hoe kon dit gebeur het?"

"Maklik. Sy was nie op die pil nie."

"Dink Ma sy't by ander mans geslaap terwyl sy met oom Ses getroud was?"

"Wat maak dit saak, Jalia?"

"Hoe kan Ma vra of dit saak maak? Seks is deel van die heiligheid van die huwelik – as sy dit onteer het, gaan sy hel toe!"

"Jalia, jy sit óf iewers vasgevang in die Middeleeue, óf jy hou jou opsetlik dom. Seks is 'n doodnormale liggaamsfunksie wat deur hemelwerwers tot sonde verklaar is tensy *binne* die huwelik gepleeg. Sodat hulle nóg meer beheer oor die vrou kan uitoefen!"

"Is Ma nie bang Ma gaan ook hel toe nie?"

"Nee. Dis nie op my program nie. En seks, Jalia, is nes 'n

jakkals: sit hom in 'n hok en maak hom mak, 'n wildheid sal altyd in hom bly. Dis sy aard."

"Ek is bekommerd oor Ma."

"Ek is bekommerd oor jóú! Jy's heeltemal te ingeneem deur hierdie ding."

"Dink net hoe diep moet haar berou wees, Moeder."

"Dis te laat vir berou."

"Sou Ma dit oor Ma se hart kon gekry het om een van ons te vermoor?"

Hel.

"Natuurlik nie."

Hoeveel onthou 'n kind?

Jalia was saam met Rolph kerk toe vanoggend. Toe weier sy om Nagmaal te gebruik, iets wat sy nog nooit tevore gedoen het nie.

"Hoekom, Jalia?"

"Omdat my hande vol is van 'n kind se bloed, Moeder. Omdat daar iets is wat ek nie gesê het nie. Kort ná die geboorte het sy my gevra om haar Kaap toe te neem met die kind. Aangebied om die brandstof en alles te betaal. Toe sê ek vir haar ek lê nie meer sulke lang afstande alleen af nie, dis nie meer veilig in hierdie land nie."

"Wat snert is."

"Ma verstaan nie. Ma ry nooit sonder Ma se pistool nie, Ma weet hoe om te skiet."

"En ek het al hoeveel keer aangebied om jou te leer."

"Dis sonde om mense dood te skiet."

"En solank sonde na soetkoek proe, bly jy aan die eet!" Sy kon haar nie bedwing nie. "Die dra van 'n vuurwapen is die moderne mens se manier om 'n primitiewe instink te gehoorsaam, naamlik om jouself te beskerm. Dit het niks te doen met sonde nie. En as Jessie so angstig was om 'n geleentheid Kaap toe kry, waarom het sy nie vir my of jou pa kom vra nie?"

"Sy het. Vir Pa."

Sy was nie daarvan bewus nie. "Hoekom het hy haar nie geneem nie?"

"Ek weet nie."

Onder elke klip . . .

Sy wag die regte oomblik af om Rolph daarna te vra.

Die windpomp bo die huis swaai sy stert in die wind en spoeg bekke vol water in die sementdam uit. Rolph sal moet kyk, daar's weer 'n lek in die pyp wat die water afvoer huis toe.

Die Sondag het aan alles kom knaag.

Gister het sy met groot entoesiasme begin om haar ooie deur te kyk. Toe sy ná vanoggend se dekking deur die kampe loop, is die vonk weg.

Nog steeds.

Daar is 'n kamp waar sy wens sy nooit hoef te kom nie omdat geraamtes haar inwag om ritteltand deur die draad vir haar te gryns. Die kamp waar die jong stoetramme op die beste kos wei en soos kroonprinse opgepas word vir die skoue en veilings. Ramme waaruit die bestes later geselekteer word vir teeldoeleindes.

En dis juis terwyl hulle jong ramme is dat hulle dopgehou moet word. As jy weer sien, is hulle geil en begin hulle mekaar klim.

So sê sy toe die dag vir Johannes om vier van die ou ooie, wat in die slagkamp staan en tyd afwag, te gaan aanhaal en by die ramme te kom injaag.

Geen koper het nog ooit nodig gehad om te kom kla dat sy aan hom 'n ram verkoop het wat nie dekbehendig was nie.

Carljan was in die huis, besig om sy laaste paar dae van vryheid te geniet voor hy in Bloemfontein moes gaan aanmeld vir diensplig.

Sy laat roep hom.

"Ek wil hê jy moet mooi kyk wat in hierdie kamp gebeur," sê sy vir hom. "Dís wat gesonde jong ramme aanvang as jy hulle saam indraad en die lus in hulle lende begin lol. Kies altyd die swakste een om te jaag en te klim. Ek het gesien dat 'n jong rammetjie van die honger vrek soos hulle hom verniel; gee hom nie kans om by 'n bek kos uit te kom nie. Dis waarom ek vir hulle ou ooie injaag om op te oefen. Jy gaan weermag toe, waar jy saam ingehok gaan word tussen baie . . ."

Sy sien Carljan draai om en stap weg. Sy dog hy wil die hek gaan oopmaak vir Johannes wat met die ooie op pad is. Maar hy hou verby huis toe. Sy skrik vir 'n ding waaraan sy nog nooit gedink het nie. Bryan van Karel en Louise nog, maar nie Carljan nie. Sy loop agterna, sy skop die spoke voor haar weg.

Hy sit in sy kamer. Maak of hy lees.

"Carljan?"

"Soek Ma iets?" Opgeruk, vermakerig.

"Van wanneer af draai jy jou rug op my en stap weg as ek besig is om met jou te praat?"

"Omdat ek nie wou sien hoe Ma die ramme klap as hulle dalk die ou ooie begin klim nie." Toe lag hy. Lelik. "Maar Ma lus darem self lankal 'n jong ram."

Nie die beste ma word die dag gespaar waarop 'n kind haar sal haat nie. Só het sy baie vir Louise gesê as Linette onmoontlik was. Só moes sy die dag vir haarself sê toe sy omdraai en Carljan se kamerdeur agter haar toetrek.

Die probleem is: wat sê jy vir jouself oor die 'jong ram' waarvan jou seun jou beskuldig het?

Wat maak jy met jou trots?

Toe Alfred Visser die grond agter die berg koop, was hy niks. Sy klompie merinoskape net so onaantreklik soos hy.

Geskeide man. Ag jaar jonger as sy.

Die volgende jaar koop hy twee eerste-seleksie-kudderamme van haar en begin sy kudde opteel. Vra gereeld haar raad, behandel haar met respek en onverbloemde bewondering. Onder die mom van goeie buurvrouskap help sy waar sy kan, terwyl hormone in haar begin opstoot wat haar met 'n tikkie parfuum agter elke oor in sy skaapkraal instuur. Die noupassendste broek in haar kas laat aantrek. Middagete reël as die ander uit die pad is. En in haar kelder lê 'n paar bottels Château Lafite wat sy uit Frankryk gebring het en wat wag vir fyn erotiese glas . . .

Jy't 'n doos vol planne wat jare lank nie gebruik is nie.

Met 'n halfblindheid word jou oë geslaan: onaantreklikheid word aantreklikheid, grofheid omgetoor tot manlikheid wat in viriele lende wag . . .

Géklik. Totaal.

Met gesonde verstand lag jy jouself uit, terwyl ingeskape lis in lank vergete dieptes roer en honger tonge deur jou lyf stuur.

Sy klim al meer dikwels in haar motor en ry om die berg. Help hom om by die prestasietoetsafdeling van die merino-telersvereniging aan te sluit sodat hy van sy ramme op die regte veilings sal kan verkoop. Adviseer hom, loop saam deur sy veld, drink by hom koffie. Slegte koffie. Langtermynbeplanning. Hy's dom. 'n Vis wat sal skrik as jy hom te vinnig intrek.

Haar aas word groter: Bied aan om vyftig van sy ooie deur Julius Caesar te laat dek. In háár krale. Moedig hom aan om te begin naam maak met sy kudde: skou met 'n paar ramme. Twee eerste pryse, een tweede. Sy selfvertroue groei. Volgende stap: Worcester se veiling vir kudderamme gedurende Augustus elke jaar. Geduld. Dit sal ten minste agtien maande duur om sy skape gereed te kry vir die veiling.

Beplan. Beplan. Terwyl drif uit jou kwyl as dit mensooi se beurt is vir die hitte wat elke maand drie dae lank in jou eie lende brand en verbeelding teuels gee aan sy groot growwe hande.

Ooi wat nie ram ruik nie, se vuur is flou.

Maar gestraf is jy, vrou, wat oervuur losgelaat het vir 'n koggelram agter die berg. 'n Malheid sal jou tref en die krag uit jou tap, en niemand sal weet nie, want jóú ereksies is nie sigbaar nie. Net jou woede, jou frustrasies.

Tot die regte Augustusmaand uiteindelik aanbreek en jy weet dat Worcester se ramveiling die kulminasie tussen jou en Alfred Visser móét wees. Jou geduld en jou planne is op.

Ramveilings is speelveld wat sy ken.

Van haar grootste uitdagings en moeilikste toetse as vrou-boer is sy op dáárdie veld deur: een teen baie wat haar wou terugkry vir die vermetelheid om buite die grense wat húlle bepaal het te kom trap.

Die eerste paar veilings was helle van magteloosheid. Maak nie saak hoe goed jou ramme is nie, jou rangorde is agter in die ry, en om jou daar vas te keer, moet jou ramme se gemiddelde prys so laag as moontlik gehou word. Om voor teen die draad te kom moet jy die hoogste gemiddelde prys vir jou ramme die vorige jaar gekry het.

Simpel. Maar dis hoe dit gebeur.

Help nie jy baklei nie, jy kan nie wen nie.

"Luister, liefie, as jy 'n man se plaas wil boer, moet jy 'n man se slae vat."

Help nie jy maak beswaar by die sekretaris van die Ramtelersvereniging oor die kriterium wat gebruik word om nuwe verkopers te groepeer nie – dis 'n man. *Jy* is veronderstel om 'n ander soort wese te wees.

Wat agter sal staan waar 'n uitgeputte veiling jou kry as hulle eindelik by jóú ramme kom. Omdat jy vrou is, word jóú pryse boonop eindeloos afgeknibbel.

Al wanneer jy in die voorry geduld word, is as jy wil koop. Aan die begin is jy nog besig om op te teel, jou kudde het nuwe bloed nodig. Die skaap-en-wol-deskundige sê: bie op daardie en daardie ramme. Nee, fluister dit van links en regs jou kop deurmekaar, tot jy óf 'n belaglike prys betaal, óf die verkeerde ram koop.

Maar jy leer. Volgende jaar verstaan jy beter, die jaar daarna nóg beter. Die veilings vind altyd op 'n Donderdag plaas. Die ramme moet reeds Dinsdagmiddag in wees. Dinsdag- en Woensdagaand word daar onthaal en gekuier om pryse te bekonkel, manhaftig te politiek oor ongeregtighede, mekaar openlik te bedonner oor 'n ram as hulle die kans kry. Boweal dronk en driftig en jags te raak en laataand te begin ooi soek – losloopooi, nie 'n ander man s'n nie.

Nou's dit *jou* beurt. Nou bepaal *jy* die prys: Ek het 'n ram, 'n baie goeie ram, op papier wil ek ten minste R15 000 vir hom hê. Hoeveel is jy bereid om te betaal? R4 000 plus 'n bluf, maar dan slaap ek nie vannag sonder 'n lekker lyf om my warm te hou nie.

113

Pandora is plesierig. Sy maak haar bene oop. Wellus bêre sy vir môre se veiling waar dit energie is vir elke senuwee wat sy nodig het.

Jou ram haal sy prys. Mensram skryf vir jou 'n tjek uit vir R15 000; jy gee hom een vir R11 000. Hy's tevrede, jy's tevrede. Volgende jaar is jou naam hoog op die lys.

Worcester se kudderamveilings was haar skool.

Teen die tyd dat sy haar plek tussen die grootmanne – die elite van die telers – op Bloemfontein se stoetramveilings moes gaan inneem, het sy elke truuk geken.

Ses het nog geleef. Hy het altyd haar ramme, en 'n paar ander boere s'n, na en van die veilings vervoer. Die reël was dat hulle twee soggens saam ontbyt eet. As sy uitgeput was ná 'n nag se 'onderhandeling', het hy altyd gesê: "Julle is almal susters van Eva, julle kan maar eenmaal nie 'n slang verbyloop nie."

"Hoe anders kom ons by Adam verby as daar 'n goeie ram op die spel is?"

Alfred Visser was anders. Sy't hom bedoel.

Hy't self die ramme Worcester toe vervoer: tien van hare, ses van syne. Sy't met haar motor gery en 'n hele paar uur voor hom by die hotel ingeteken. Kamers langs mekaar, soos bespreek.

Die eerste aand: baie ou kennisse, baie wat kom groet en gesels. Almal is moeg. Die meeste gaan slaap vroeg. Sy en Alfred ook. Hy in sy kamer, sy in hare.

Woensdagaand. Die vuur is van vroegoggend af in jou lyf. Ou vertrouelinge kom sit arms om jou lyf en fluister met whisky-asems van bargains wat hulle vir jou het. Jy stel nie belang nie. Jy gaan sit by Alfred. Hy drink bier. Ná die derde een bestel hy whisky en jy merk sy skanse begin kantel. Sy oë is wasig, sy tong raak al losser. In jou is woorde wat jy lank reeds vir dié oomblik gebêre het, maar elke keer as jy jou mond oopmaak, kom 'n skaap uit!

"Ek weet dat twee van jou ramme hoog aangeskryf is deur

die skaap-en-wol-deskundiges, en vir 'n hele paar van die beste kopers gemerk is," sê jy. Jou lyf is warm, jou tong is koud. Vir 'n ram klim jy in die bed met 'n warm tong en koue lyf; noudat jy dit andersom wil doen, is daar iewers 'n gaping waaroor woorde nie kom nie!

Hy steek nie 'n hand uit om jou te help nie. Nie soos jy wil hê hy moet nie. Hy sê: "Wragtig, Cecelia, ek weet nie wat ek sonder jou sou gedoen het nie."

Jy maak jou mond oop en bly aan die blêr! "Ek is bly jy het toe wel jou nommer drie by jou ses geplaas; lyk soos 'n tweeling in die kraaltjie."

"Jy't van die begin af gesê hulle pas by mekaar. Daar's g'n oog soos joue nie. Ek sê dit. Ek sê dit weer. Cheers! Op die vrou wat my tot hier gehelp het!"

"Dankie. Gesondheid."

"Die manne sê my skaap is mooi, Cecelia. Jou ou Henrik het hulle vir my mooi gegroom, ek het hom 'n lam beloof."

"Hy sal sorg dat jy dit nie vergeet nie." Moenie meer drink nie, ek wil jou nugter hê. "Ek is bly om te sien jy geniet jou eerste groot veiling."

"Ek laaik dit." Hy bly stil. Draai sy glas om en om soos een wat iets wil sê, maar nie weet hoe nie. Jy hou op met asemhaal. "Cecelia . . ." Slurp 'n ysblokkie in, spoeg dit terug in die glas. "Daar's iets wat ek jou wil vra. Jy moenie snaaks dink van my nie, ek skraap al lank moed."

"Wat, Alfred?" Jy wou dit sag en hees gesê het, maar die woorde kom blikkerig uit jou keel!

"Die broer van jou wat dood is se vrou. Jessie. Sy't altyd oor my grond dorp toe geloop, nou't ek haar lank nie gesien nie."

Jy roer nie, jy voel net die koue. Skok en vernedering tref jou later. "Wat van haar?"

"Jissus, man, sy laat my wakker lê. Ek het haar eendag opgelaai van die dorp af, ek kon my oë nie op die pad hou nie. Dink jy sy sal my wegjaag as ek vir haar gaan kuier?"

Jy gooi hom met die naaste klip. "Jy's te laat. Sy's reeds swanger."

24

Sy sit onder die peperboom, sy sien Henrik van ver af deur die veld aankom. Hy vat altyd die kortpad as hy nie wil hê Arendsnes se oë moet hom sien nie.

Sy staan op en loop hom tegemoet. Haar bene is styf gesit, haar senuwees op; dit was die langste Sondag van haar lewe. Tarrie en die ouvrou is in die huis, die kinders speel op die werf. Sy moet Henrik eers alleen kry.

Verbeel sy haar of loop hy mank? Dis te ver om te sê . . .

Tarrie het vanoggend die datums voor in die Bybel uitgewerk. Henrik is toe twee-en-sewentig. Sy sê vir Tarrie: dit kan nie wees nie, reken weer. Toe's Henrik sewentig. Sy vier-en-sestig. Die ouvrou se datum het die klad op. Tarrie vra: "Ouma, hoe oud is Ouma?" Die ouvrou sê sy moet eers dink, sy sal môre weet. Weer heeltemal deurmekaar vandag. Gelukkig. Want Jalia het kom Sondagskool hou onder die peperboom vir die Kloof se kinders; die ouvrou het soos gewoonlik gaan saamsit. Jalia vra: Waar's oom Henrik dan? Die ouvrou sê: Hy't gaan skaapslag by Karel, daar's nie 'n stukkie vleis in die huis nie.

Mens weet nooit wat sy hoor of weet nie.

Mieta sê Louise is siek. Nie eens opgestaan vanoggend nie.

Voel seker sleg oor gisteraand se paartie. Niks lekker gewees nie.

Of miskien weer 'n kwaal. Nie 'n plek in haar lyf waar sy nog nie die een of ander doodskwaal gehad het nie. Alles in haar kop.

"Dis die Here wat my straf, Sofia," sê sy op 'n dag.

"Vir wat?"

"Jy weet mos."

"Nee, ek weet nie." Hoe moet sy weet?

"Vir die moord wat ek gepleeg het."

"Wanneer?" Vergete tyd se ding wat sy die dag loop staan opgraaf. Lê in die bed met 'n pyn op die maag. Sê dis ongeneeslik.

"Onthou jy dan nie?"

"Is dit nou dáárdie tyd wat miss Louise van praat?"

"Ja. Die straf wat ek oor myself gebring het deurdat ek na jóú geluister het."

Wat stront is. Maar só word 'n ding wat in Louise se kop is die dag op háár afgepak. Sy stry nie. Bryantjie was nog nie twee nie, toe's Louise weer in die ander tyd. Sy huil, sy gaan te kere. Karel mag nie weet nie.

"Vir wat nie?"

"Hy't gesê hy wil nie meer kinders hê nie, Sofia."

"Maar hy wil darem nog aanhou steek?"

"Moenie so praat nie!"

"Ekskuus." Louise is baie fyngebeskaaf.

Die middag voor sy loop, roep Louise haar kamer toe. "Sofia," sê sy, "julle mense het mos raad vir alles, is daar nie iets wat ek kan doen nie?"

Dit was die 'julle mense' wat haar op dié oomblik verkeerde kant toe stamp. Altyd 'julle mense'. Cecelia ook. Asof jy van 'n anderster aarde is. Anderster asem. Maar as hulle oor jou verleë is, traak dit nie.

"Hoe meen miss Louise nou?" Sy wys nie sy's opgekook nie.

"Iemand het eendag gesê julle mense trek 'n bossie en drink dit. Om dit af te bring."

"Dis reg. As miss Louise wil, kan ek die bossie gaan pluk en trek wat onse mense gebruik."

Weg is die trane, soen amper haar hande. Sê: Karel moet tog net asseblief nooit hiervan hoor nie.

"Man hoef nie alles te weet nie. Sal agtermiddag die goed maak. Halfglas in die oggend, halfglas in die aand."

Lieg sy. Gaan maak sommer 'n bottel bossietee en duiwel daar van die ouvrou se hoesmedisyne in.

Drie dae later, toe gooi Louise lam af, en jare agterna kom gooi sy skuld af op háár, Souf.

Dit kos haar uitkom met die waarheid. Nie alles nie, maar genoeg. "Miss Louise," sê sy, "jy't nie gemoor nie. Daardie goed wat ek jou die slag gegee het, was mooitjies die verkeerde. Dit was die bossie vir die hoë bloed. Maar omdat jy toe mos klaar gehelp was, sê ek niks."

Soen haar hande. Gee haar sommer twee rokke toe sy loop. Pas vir Tarrie. Altyd vir Jessie ook van haar ou goed gegee, dan gee Jessie dit ook vir Tarrie.

Lyk of Henrik al meer hink . . .

Tarrie was saam met die ander kerk toe op die dorp. Rolph gee Sondae sy bakkie, Stefaans dryf. Tarrie sê 'n man van Beaufort-Wes het gepreek. Sê die Here Jesus se koms is naby, maar vóór dit gaan Mandela kom, hy't uit die dode gepraat. Kom om ons te verlos uit die slawerny.

"Hy kom, Ma! Hy kom!" Skoon gebegeester.

"Wie?"

"Ma luister nie! Omdat Ma in die witmense se gatte ingekruip is! Ek vrek liewer van die honger voor ek vir Cecelia en Louise loop slaaf soos Ma."

"Ek kry nie kindertoelaag nie. Hulle sê hongerdood is 'n swaar dood."

"Ons kan dorp toe trek. Pa kan pensioen vat, Ma ook."

"Ek kan nie nou dink aan dorp toe trek nie. As jou pa tyding bring, moet ek hier wees."

"Watse tyding? Waar's Pa heen?"

"Sommer gaan kyk of dit al veilig is in Geelboskloof. Vir sy plantjies."

"As hulle Pa vang, gaan hy tronk toe!"

"Hy vee al jare spore dood."

Hoe minder weet, hoe beter. Oor waar Henrik heen is.

Maar was dit nie vir die bottel nie, het sy hom nie vanmôre weggekry nie. Moes hom eers 'n dop gee; die res beloof vir as hy terugkom. En 'n skirt van Tarrie om saam te neem en op die berg aan te trek sodat die bobbejane kan dink hy's 'n vroumens. Jaag nie vroumens nie.

Henrik loop jare nie meer oor die bobbejane se grond as hy Geelboskloof toe gaan nie. Rolph se skuld. *Hy* is die een wat Henrik geleer skiet het en hom die geweer gegee het om die bobbejane uit die koring te help hou. Maar Henrik skiet vrot. "Jy mors net patrone en laat hulle onder jou oë vreet!" raas Rolph.

118

Volgende dag bring Henrik 'n bobbejaanstert saam terug om te kom wys. Drie keer agter mekaar. Toe sien Rolph dis elke keer dieselfde stert. Henrik sê die bliksemse bobbejane speel met hom die fool, hulle weet sy oë kan nie meer so lekker sien nie, sy mik is uit. Maar immers het hulle respekte vir die geweer, hulle moet gryp-en-hardloop steel, wat nie naastenby soveel skade aanrig as wanneer daar g'n niemand daar bo is nie.

Nooit g'n enkel bobbejaan raak geskiet nie. Henrik. Die stert het hy afgesny van een wat Karel geskiet het.

Toe maak Rolph vir Henrik 'n geweer van hout. Nes regtig. Swart geverf, stuk pyp vir 'n loop. Henrik sê: Ek's nie kind nie. Rolph sê: Nou patrolleer jy die lande hiermee. Dra hom oor jou skouer soos 'n geweer.

Henrik loop die oggend, hy sê agterna hy kry die trop klaar aan 't vreet op rondekop se land. Hy lê aan, hy skree: Hensop! Ek skiet julle vrek!

Hulle kyk hom. Redeneer onder mekaar. Skielik kom twee uitgegroeide mannetjies los van die trop en begin hom jaag. Skel-skel die berg af tot onder in Arendsnes se skuur, bo-op die sakke wol. Rolph moes hom dokter toe vat op die dorp. Sy bloed geskrik tot op sy harsings, moes twee injeksies kry. Dokter was kwaad, hy sê vir Rolph: Die stomme ou man kon dood gewees het.

Van toe af weier Henrik om te gaan lande oppas, sê dis doktersorders.

Sy wag hom by die droë loop in. Hy's definitief kruppel.

"Henrik?" Kwaad en uitasem ook. "Henrik?"

"Ja, sy's daar." Sommer net so. Kortaf. Asof dit niks is nie.

"Here, mens, wat sê jy my?" Die trane loop vanself. "Het jy haar gesien?" Hy stop nie, sy moet draf om by te bly. "Het jy met haar gepraat?"

"Nee. Maar haar goed is in die boesmangrot. Sy't daar geslaap. Blikkie vis en 'n pakkie jellie geëet. Daar's brood ook, maar dis al hard."

"Sweer voor God jy sal nie op Arendsnes of Uilkraal loop sê nie! Moenie dat Tarrie en die ouvrou iets agterkom nie. Sweer."

"Ek sweer. As daar een druppel uit my bottel weg is!"

"Daar is nie. Vir wat loop jy so eenvoet?"

"Ek het jou gesê die bliksemse bobbejane gaat my skraap! My wragtig weer tot amper onder gejaag. Toe kry ek 'n swik."

"En die rewolwer?"

"Is nie daar nie. Net 'n bietjie kos en 'n kombers."

Sy vat die bondel wat hy van die skirt gemaak het. "Het jy dan nie die skirt aangetrek nie?"

"Ja. My oorle' pa het gesê jy kan vir 'n mens lieg as dit moet, maar nooit vir 'n bobbejaan nie. Nou weet ek dit."

Toe die son sak, sit sy weer onder die peperboom.

Henrik is in die kooi, asynlap om die enkel, bottel voor die bed, en nog wragtig kans gesien vir 'n vyftigsentjie ook.

Jessie ís op die berg.

Die wete voel soos 'n gewig in haar. Nie eers Cecelia met al haar slim weet dit nie. Raai sommer en sleep die ander agterna.

Sy moet dink. As haar bene die krag had, het sy self gegaan. Maar hulle het nie. Sy sal 'n plan moet maak dat Jessie kos kry. Henrik sê daar's 'n pakkie suiker, 'n blikkie kondensmelk, brood en nog 'n blikkie vis oor. Hy sal nie weer gaan nie. Al ander een wat sy kan vertrou, is Johannes, maar hy's vas by Cecelia met die ooie. Werk van ligdag tot donker saans.

Henrik sê die polieste sal haar nie kry as sy in die grot bly nie.

Sy maak haar oë toe: Here, steek haar weg. Laat haar leef daar bo, ek en Johannes sal 'n plan maak. Amen.

Is dit dan nie Rolph Hurter se bakkie wat hier aangesukkel kom nie? Hoekom kry sy nou so 'n benouenis om die hart?

Sy staan op.

Hy hou stil en klim uit. "Middag, Sofia."

"Middag."

Hy staan. Praat mos nie soos ander nie. Kyk jou net. Geel oe. Die soort mens wat nie 'n ding in 'n slagyster sal doodmaak wat nog leef nie. Moet self vrek.

"Is daar tyding?" vra sy.

120

"Watse tyding?"

Helsem, jy't kom staan onder my boom, jy laat my skrik, dan vra jy vir my watse tyding? "Of julle iets gehoor het?"

"Ek het sommer kom vra of Henrik vanoggend op die berg was."

Haar hart gee 'n skop. "Henrik lê dronk in die huis. Hoekom?"

"Jalia het iemand deur die verkyker op die berg gesien."

"Seker bo'jaan."

"Sy ken die verskil."

"Dan weet ek nie."

Hy staan. "Ek het gewonder . . ."

Ek wonder lankal. "Jessie is nie op die berg nie."

"Hoe weet jy?"

Hoekom is jy so bekommerd? "Ek weet."

"Wat dink jy, waar is sy?"

"Weg."

"Waarheen?"

"Ek weet nie."

Hy staan. Staar die veld in sonder taal of tyding op sy aangesig van wat in sy hart aangaan. Cecelia het hom nie doodgelê gekry nie. Daar's 'n ander soort terugskop in hom – muishond wat stinkdampe maak as hy wil hê jy moet hom uitlos.

"Ek het maar net kom hoor."

Hy weet sy weet. Van Jessie en hom. Dat Henrik haar sou gesê het.

Kry Henrik hulle die dag anderkant die Knokkelberg. Stap sy aan sy deur die veld. Jessie met 'n goudgeel botterblom agter elke oor. Was nie lank nadat sy die slag weggeloop het nie. Henrik sê hy skrik so groot, hy spring sommer agter 'n renosterbos in en wag tot hulle verby is. Gedink niemand het hom gewaar nie.

Maar hawiksoog het gesien. Kry Henrik die aand by die skuur. Sê eers niks, kyk hom net. Toe sê hy: "Ek sien iemand plant dagga in Geelboskloof."

Soos 'n kontrak.

Sy't met Jessie gepraat, haar gesê sy moet ander vrouens se mans uitlos, dit bring net moeilikheid! Cecelia sal nie met haar laat speel nie.

Dit was óf Rolph óf Karel se kleintjie – of al twee s'n. Jessie wou nie sê nie, omdat sy self nie weet nie.

Witmense?

Witmense is slim, maar dom.

As Jessie vir haar geluister het, het hierdie ding nie nou gewees nie.

Sy word die môre teen voordag wakker, sy hoor Jessie roep: "Sofia!" Drie keer. Hard. So waar as die Here, sy sweer op die Boek.

Dit was 'n Maandag.

Sy loop Arendsnes toe om te gaan werk, maar sy bly onrustig. Toe sy moes uitdraai, hou sy verby Kliprug toe.

Jessie staan hande-viervoet op die kombuisvloer op 'n kombers, die nageboorte is nie af nie. Kleintjie lê op 'n kussing, blêr soos 'n swak lam. Te aardig, jou oë kry seer: gesplete gehemelte tot bo in die harsings. Meisiekindjie.

Wit vroue se kleintjies word soos godjies gebore, maar daardie oggend sien sy wit ma op haar knieë kruip.

Sy kry die sak af en sy was haar. Vir Jessie. Sit haar in die kooi. Sy's swak, maar sy's sterk. Sy vra: Waar's die kind? Sy, Sofia, sê: Jy moenie kyk nie, ek sal 'n plan maak. Sal nie lank vat nie.

"Wat bedoel jy?" Haar oë is wild.

"Rus. Ek ga' maak vir jou iets om te eet."

"Wat bedoel jy?" Sy kry haar aan die overall beet.

"Hond of kat laat suip nie wat nie moet suip nie. Lê."

Wou nie luister nie. Moes die stukkende dingetjie by haar in die kooi gaan sit.

Kom eers twaalfuur die middag op Arendsnes aan. Cecelia is die moer in oor sy nie die oggend opgedaag het nie. Val sommer weg, begin weer preek:

"Jy het nie eens die ordentlikheid gehad om te laat weet nie! 'n Mens probeer vir julle mense goed wees, julle ophef, vir julle 'n voorbeeld stel van hoe ordelikheid geskied . . ."

122

"Jessie het my gelaat roep, ek moes Kliprug toe."

"Laat roep? Met wie saam?"

"Met die droom saam."

"Moenie kom twak praat voor my deur nie, Sofia!"

"Sy't gelam."

"Wat?" Skrik haar lekker bleek.

"Ja. En julle moet loop kyk, daar's fout."

Cecelia het nie die grootsien nie. Blind. Sal die wet op Jessie sit omdat die wet op pampier staan. Kan haar niks leer as jy nie pampier het waarop dit staan nie.

Vang die jakkalse die slag onder haar skape in een van haar boonste kampe waar die regaf kranse die een sylyn uitmaak. Vang amper elke nag. Die vabonde het mooi 'n klimplek daar uit bedink gehad: al op die lyste langs waar die berg die inkrom maak.

Dis slagysters, dis honde.

Henrik sê: Ek sal 'n plan moet maak, die jakkalse vreet haar op.

Jakkalskopbeen. Vat 'n jakkals wat in 'n yster gevang is en kap sy kop af. Kook die ding in 'n blik hier buite op die werf, die hele wêreld stink na gaar jakkals. Henrik gaan sit, hy trek elke vleisie en velletjie af, skud uit wat kan uit, maak skoon tot net die witte kopbeen oor is.

Toe loop hy na Cecelia toe. Sê vir haar as hy hierdie ding vir haar daar bo gaan begrawe, twee voet diep, sal geen jakkals bo die grond ooit weer 'n bek aan 'n skaap van haar sit nie. Sal twintig rand kos. In kleingeld.

Cecelia jaag hom met kopbeen en al weg.

Toe gaan begraaf hy die ding op Karel se grond, waar geen jakkals weer 'n poot gesit het nie. Nie 'n sent vir sy moeite nie.

Jessie sal skoon klere moet kry. Kussing vir haar kop. Kan nie só lê nie. Primus. Kastrol. Stukkie vleis, bietjie rys, paar ertappels. Sy sal nie kan waag om vuur te maak nie, nie eers in die grot nie. Johannes kan die goed stuk vir stuk uitdra berg toe, hy moet net versigtig wees. Dit iewers los – waar sy dit kan kom haal.

As die wind eers gaan lê het, kan sy partykeer lekker in die nag afkom tot hier.

25

Dis amper donker toe Cecelia uit die veld kom en Rolph se bakkie bo by die hek sien indraai. Dis vreemd. Sy't hom nie hoor wegry nie.

Sy wag hom tussen die huis en die motorhuise in. "Waar was jy?" Dis nie hulle gewoonte om aan mekaar te rapporteer nie, maar vanaand wil sy weet.

"Sommer gery."

"Waarheen?"

"Dis nuwemaan."

"Ek het gesien." Hy's behep met die maan. Teken elke druppel reën aan wat om die nuwe- en die volmaan val; soek al jare na 'n reënvalpatroon wat nie bestaan nie.

"Ons moet reën kry."

"Ek weet."

"Dis koel, kom ons gaan in."

Sy bly staan. "Hoekom het Jessie jóú gevra om haar en die kleintjie Kaap toe te neem?"

Hy kyk haar ietwat verbaas aan. "Wie anders kon sy gevra het?"

"Hoekom het jy haar nie geneem nie?"

"Jy sal onthou dat ek aan die herstel was van geelsug. Ek het glad nie bestuur nie."

Soos 'n paling. Koud, glibberig; jy kry hom nooit werklik vasgevat nie. "Daar's iets anders wat ek jou wil vra – en vir een keer wil ek die waarheid hoor."

"Jy kan my enigiets vra."

"Het jy by Jessie geslaap?"

"Nee."

Sy weet dit was 'n fout om te vra. Die laaste indruk wat sy by hom wil wek, is dat sy omgee. "Nie dat dit van belang is nie, ek wou net geweet het. Die pa van die kind is nog duister."

Sy sien die glinstering in sy oë kom: 'n tier wat orent kom om te spring . . .

"Ek kan jou egter verseker dat ek nie sou omgegee het om by haar te slaap nie. Inteendeel."

'n Seerder klap as wat sy verwag het dit sou wees.

26

Die pyn is weg. Sy's uitgeput. Sy dink sy is besig om 'n senuwee-instorting te kry, maar soos gewoonlik traak niemand nie.

Sy moet opstaan om vir Karel iets te gaan maak om te eet. Dis al amper donker buite. Die voëls het stil geraak, net een janfrederik wat nog iewers oor sy slaapplek skel.

Dit was nog die hele dag donker. Net 'n skrefie in die gordyne sodat sy nie daardie aaklige gevoel moet kry dat die donkerte alles inmekaarsmelt nie.

Elke gordyn wat ooit in die hoofslaapkamer gehang het, is spesiaal met drie lae gevoering. Swart in die middel. Karel wou dit vroeër soms in die dag ook doen.

Hy's van vroegoggend af in sy kantoor, die telefoon lui aanmekaar. Twee keer in die deur kom staan en pronkvere wys. Hy is nou die amptelike kandidaat vir die Nasionale Party in die komende verkiesing. Niemand het gevra of sy kans sien vir wat dit behels nie. Vir die veldtogplanne om vir hom stemme te werf nie. Nog meer onthale. Nuwe beeld wat uitgedra sal moet word. Nuwe klere. Nuwe vriende, nuwe verantwoordelikhede. Haar aandeel word eenvoudig as vanselfsprekend aanvaar.

Sy's moeg.

Die meeste van gisteraand se gaste het gebel om dankie te sê vir die wonderlike aand. Karel het die oproepe gehanteer.

Sy wil nie aan gisteraand dink nie.

Karel sê hy het klaar met Adam gepraat en hom ingelig dat sy pligte as plaasvoorman aansienlik uitgebrei sal word in die lig van omstandighede. Dat hy, Karel, ses maande van die jaar nóg minder by die huis sal wees. Parlementsittings. Adam se salaris sal derhalwe verhoog moet word.

Sê hy twyfel of sy van die eerste jaar af al permanent saam met hom sal kan Kaap toe gaan vir die sitting; parlementslede met skoolgaande kinders kry voorkeur met huisvesting. Troos haar dat hy gereeld naweke sal huis toe kom. Met ander woorde, sy word in die kas gedruk – om uitgehaal te word wanneer dit hóm pas?

Karel sê mense bel uit elke hoek van die kiesafdeling om hom geluk te wens, steun te beloof, hulp aan te bied. Hom te verseker dat die man teen wie hy te staan gaan kom, nie 'n nag se wakker lê werd is nie.

Sy skynbaar ook nie.

Die Liebenbergs het al sewe-uur vanoggend gery. Wou net koffie drink, moet glo nog by familie langs die pad aan.

Elsanja Liebenberg is een van daardie uitputtende mense vir wie jy niks het om te sê nie maar ure lank mee moet gesels. Wat oor niks opgewonde kan raak nie. Voëlkyker. Al wat haar geïmponeer het, was die brons kraanvoëls – maar van die beeldhouer De Leeuw het sy nog nooit gehoor nie!

Sy hoop nie Karel nooi hulle gou weer nie.

Die kinders se oproepe is kamer toe deurgeskakel. Karel Junior is vies omdat sy nog nie met Karel gepraat het oor die geld nie.

"Hoe dink Ma moet ek oor die weg kom?"

"Ek is in die bed, Karel, ons het 'n vreeslike naweek agter die rug. Ma sal vanaand met Pa praat. Hulle het nou nog nie vir Jessie opgespoor nie."

"Bogger Jessie, Ma, ek sit sonder ryding!"

Bryan sê hulle tel vibrasies op dat sy omring is van baie mense. Maar daar is 'n donker wolk om haar. Sy vra vir hom: Het jy nie die artikel gelees wat Mamma vir jou gestuur het nie? Nog nie. Lees dit sodat jy kan sien dat jy op 'n dwaalspoor is, Bryan!

Hy sê hy's bevry. Van Calvinistiese gevangeskap. Sy sê vir hom haar kop is te seer, sy kan nie met hom argumenteer nie. Sy't gedroom sy het 'n lang satynrok met baie onderrokke aan. Al die kleure. Pragtig. Maar die rok is so swaar, sy kan nie wegkom nie. Sy klou aan 'n heining vas en probeer haarself vorentoe trek – sy't van pure uitputting wakker geword. Sy sê vir Bryan sy's bang dis dalk 'n teken van iets. Sy hou nie van sulke dinge nie. Bryan sê dis die nuwe status wat op haar wag, aardse eer wat soos kettings om haar voete gaan slaan.

Dis nie waar nie. Dit het gevoel soos gisteraand se onthaal wat nie wou vlot nie omdat sy te moeg was van kommer oor Jessie. Oor die skade wat hierdie ding kan aanrig.

Dis nie Karel se kind nie.

Sy moet opstaan. Hy hou daarvan om Sondagaande vroeg te eet. Sy hoop hy wil nie vanaand seks hê nie, sy sien nie kans vir nog 'n mislukking nie.

Hy was baie gespanne gisteraand. Cecelia het die een argument ná die ander met doktor Liebenberg uitgelok. Opsetlik. Voor almal aan tafel vir Karel gesê sy dink dis tyd dat hy besluit of hy 'n openbare figuur of 'n boer wil wees – dat sy hom 'n aanbod vir Uilkraal sal maak.

Toe almal weg is, wou Karel weet waarom *sy* hom nie gehelp het om Cecelia in toom te hou nie. Sy wou vir hom gevra het wie hy miskien dink sy suster kan intoom? Toe sê sy maar niks. Hy was vies omdat sy nie gesorg het dat die vroumense vroeër van die tafel af opstaan nie. Sy wou vir hom gevra het hoekom *hy* hulle dan nie daar uitgewerk het nie – of hy nie kon gesien het sy voel nie lekker nie?

Sy kon nie vir hom sê dit was oor die nageregte gesloer het om in te kom van die kombuis af omdat sy vergeet het om die vla te maak nie. Die eerste keer in haar lewe dat so iets haar oorkom. En Mieta sal nie haar verstand gebruik en kom sê nie, sy wag tot op die nippertjie.

Karel wou weet waarom sy nie gekyk het dat Sofia nie so aanhoudend in die eetkamer kom steur nie. Sy wou vir hom gevra het waarom *hy* haar dan nie uitgejaag het nie. Toe sê sy maar sy's jammer, al haar aandag was nodig by die gaste in die sitkamer.

"Waarom is Elsanja Liebenberg so vroeg kamer toe?"

"Haar kop was seer." Sofia sê sy was ontsteld oor die moord.

"Waarom was dit vir Fritz Liebenberg nodig om 'n sponskussing te kom *vra*? Daar sal in die vervolg vooraf bepaal moet word of gaste spons of vere verkies."

"Ek sal so maak, skat." Hoekom het die man nie Vrydagaand gekla nie?

Linette het gebel, sy sê sy kry Jessie so ontsettend jammer, sy wens daar was iets wat sy vir haar kan doen. Steve is die naweek na sy ouers toe, sy's alleen.

"Hoekom trou julle nie, Linette? Waarna gaan dit lyk as jou pa parlementslid is? Wees trots op hom, hy't gekom waar hy is deur harde werk en 'n skoon naam. Mamma het nie vandag die krag om met jou te argumenteer nie, ek doen maar net op jou 'n beroep in alle liefde."

"Moenie altyd my lewe probeer reël nie, Ma!"

Dis nie waar nie.

Dis net onverstaanbaar dat jy jou kinders so goed grootgemaak het, en dan gooi hulle alles om die eerste hoek weg as jy jou rug draai. Cecelia sê ons het op *ons* ouers se koppe getrap, ons kinders sal op *ons* koppe trap. Dat dit so *moet* wees.

Sy't nie op háár ouers se koppe getrap nie. Sy sou nooit gewaag het om vir háár ma te sê wat Linette al vir haar gesê het nie. Nooit. Of gedoen het wat sy gedoen het nie.

Eers saam met 'n skatryk geskeide renjaer ingetrek. Sy en Karel weet van niks. Laat weet net sy het nou 'n nuwe adres en telefoonnommer. Bel jy haar in die aand, gee 'n man antwoord. Sy vra vir Karel: Hoe verklaar jy dit? Hy sê: Jy beter uitvind voor ék uitvind en 'n moord pleeg as my vermoede reg is.

Jy wil nie weet nie. Jy sê vir jouself dis nie waar nie, sy sal dit nie aan haar ouers doen ná alles wat vir háár gedoen is nie.

128

Jy klim in jou motor en ry Pretoria toe. Dis beter dat jy nie wag tot Karel kan saamgaan nie.

Dis nie meer jou dogter nie. Dis 'n wese iewers tussen 'n hippie en 'n Griekse godin – behalwe dat haar pragtige bos krulhare afgesny is. Amper geen grimering nie. Niks wat sy aan haar het, is stylvol nie. Stringe en stringe goedkoop krale, armbande.

Dis die kind wat op Kersdag met jou beste kanttafeldoek om haar geknoop, voor jou gaste verskyn het. Goedkoop rooi oorbelle aan wat sy by Jessie geleen het. Die kind wat skelm 'n naweekfuif in jou huis gereël het terwyl jy en Karel oorsee was. Waartydens Henrik omgepraat is om 'n skaap te slag vir die braai langs die swembad, Karel se drankkabinet gestroop is. Een motor in die motorhek vasgery het. Een op pad terug dorp toe omgegooi is, gelukkig sonder lewensverlies. Jou sitkamermat vervang moes word. Van jou beste Venesiese glase gebreek is.

Dis die kind wat later as gevolg van samewerking en baie geduld so mooi getemper het.

Het jy gedink.

Jy kom in Pretoria, sy staan voor jou – jy kan nie help om dit in Cecelia se kru taal te stel nie – met 'n fok-jou-houding aan haar.

"Linette, Mamma gaan nie huis toe voor hierdie saak nie uitgepraat is nie." Nie een van haar kinders kan sê sy het ooit op hulle geskel nie. Karel haat 'n geskel. Hy sê altyd 'n mens kan 'n ding op 'n mooi manier besleg. "Ek en jou pa is baie bekommerd oor jou."

"Dis Ma-hulle se probleem."

"Linette, skatjie, jy kan nie so met Mamma praat nie. Ek het jou kom haal. Jy moet huis toe kom." Dis nie wat sy gegaan het om te doen nie, maar sy het ineens geweet dis die regte ding.

"Moenie simpel wees nie, Ma."

Sy kon die situasie glad nie hanteer nie. Die kind het openlik erken dat sy by 'n man ingetrek het.

"Besef jy die implikasies? Besef jy dat jy kan swanger raak?"

"Kom nou, Ma . . ."

"Hoe kan jy by 'n man bly en dink hy gaan jou nie gebruik nie? Jy speel met vuur!"

129

"Hy gebruik my nie, Ma. Ons gebruik mekaar. Omdat ons nie bang is vir passie nie! Ons skaam ons nie vir natuurlike drange nie, onderdruk dit nie met konvensionele sluiers en loop met vroom gesigte en lieg terwyl ons al wat kat is in die donker knyp nie! Dit traak my nie of Ma dit goedkeur of afkeur nie, Ma se tyd is verby."

'n Muur kom loop teen jou vas. Jy's verslae, verpletter. Jou mond gryp die naaste woorde: "Jy's ons enigste dogter. Vandat jy klein was, het ek jou droomtroue beplan, selfs die grootte van die grasperke daarvolgens uitgemeet . . ."

"Daar is beter dinge in die lewe om te doen as trou, Ma." Sy was so aggressief. "Ek wil liewer myself soek, my self ontdek. Ek wil nie eendag uitvind ek was 'n wildekat van wie die stert voor 'n kansel afgekap is soos Jessie nie! Ek wil ook nie eendag soos Ma wees nie."

'n Byl wat jou kap en kap. "Hoekom wil jy nie soos ek wees nie?" Jy's bang, jy wil dit nie weet nie. "Wat is verkeerd met my?"

"Niks. Ek wil net nooit so goed wees nie."

Nooit so goed wees nie.

Dis verskriklik as jou goedwees die dag in jou gesig teruggeslinger word.

Cecelia sê dit maak nie saak of 'n ma goed of sleg is nie, sy's in elk geval verdoem. Al die jare van jou lewe wat jy aan hulle gewy het. Al die kommer.

Sy sê dis omdat die vrou toegelaat het dat van haar 'n donkie gemaak word waarop al die skuld van die wêreld geriefshalwe gepak kan word.

Cecelia insinueer gedurig dat sy, Louise, haar kinders bederf het. Dis nie waar nie.

Sy sê die moderne vrou is besig om alles op te vreet wat kastig alwetende sielkundiges voor haar deur kom neersit. Besef nie hoe gou sy voor jóú deur kom neerplak nie.

Tog wens sy sy het die moed gehad om soos Cecelia te wees. Dit kan Cecelia nie skeel of sy goed is nie, of mense van haar hou of nie. Sy, Louise, het nog altyd gedink as 'n mens nie goed is nie, is mense nie vir *jou* goed nie. Of vir jou lief nie. Of dink hulle nie jy's goed nie.

Iewers is dit nie waar nie!

Sy moet opstaan, sy moet vir Karel iets gaan maak om te eet. Hy hou Sondagaande van 'n gekookte eier en roosterbrood met heuning op.

Sy't in 'n artikel gelees dat die meeste van jou probleme terug-gevoer kan word na dinge wat in jou kindertyd gebeur het. Daar het nie veel in haar kindertyd gebeur nie. Hulle was 'n stil gesin. Sy, haar pa en haar ma en haar suster, Helen. Haar pa het altyd gesê sy is sy soetste, mooiste poplappie. Helen was stout. Sy't gevloek. Sy't gehuil as sy nie 'n hoenderboudjie kon kry nie. As jy sê jy hou nie van hoenderboudjies nie, jy hou van die vlerkies wat niemand anders wil eet nie, is jy soet. As jy baie gehoorsaam is, gee jou pa jou 'n drukkie en sê jy's die goedste, soetste, dierbaarste dingetjie op aarde.

Haar ma was 'n klavier. Ure lank elke dag. Veral voor sy saam met 'n orkes moes gaan optree. Die note was skerp stukkies glas wat teen jou kop vasslaan. Jy mag nie die vensters oop-maak nie. Jy mag nie weghardloop nie, dan's jy nie soet nie. Die enigste plek waar die note jou nie kry nie, is onder jou pa se lessenaar waar die hokkie vir sy voete is in die kamer wat die verste van jou ma af is.

Helen speel die tjello. Sy hoef niks te speel nie. Dis baie tra-gies, almal is verstom: die dokter sê die mooie jonge kind toon tekens van artritis. Hulle kom dit eers agter toe daar met haar musiekonderrig begin is en sy van pyne in haar vingers huil. Trek só styf, sy kan vir ure nie 'n mes en 'n vurk vashou nie. Alles in die litte. Mag niks eet wat suur veroorsaak nie: tama-ties, lemoene, rooivleis . . .

Dit was nie Karel se kind nie.

Sy't eendag 'n vreeslike ding vir Karel van Jessie gesê. Sy't gesê Ses was dokter toe, Jessie het hom glo met die een of

131

ander geslagsiekte besmet. *As 'n mens desperaat is, kom woorde by jou mond uit waaroor jy geen beheer het nie!* Ses wás dokter toe. Cecelia hét gesê dit sal haar nie verbaas as Jessie die vuilsiekte ook van die Kaap af saamgebring het nie. Toe sit haar tong dit bymekaar omdat dit destyds gelyk het of Karel al meer van Jessie hou. Hy't gesê sy is nie so onaardig as wat Cecelia te kenne wil gee nie. Sy sien hoe hy met Jessie gesels as hy die kans kry. Met haar lag. Sy met hom. Terwyl hy so simpel-rig word. Hy treiter Cecelia, hy sê daar is altyd vroue wat ja-loers is op hoertjies omdat hulle self graag hoertjies sou wou gewees het.

Dit moet verskriklik wees as jou man sê hy wil jou nie meer hê nie. Vir ewig is jy gebrandmerk as een wat nie goed genoeg was om jou man te behou nie.

Toe sê sy dit. Omdat sy geweet het Karel is baie vies vir onwelriekende liggaamsdele en sulke goed. Hy haat dit selfs as hulle met die ooie moet werk wat wurms het. Alles moet hon-derd persent aan 'n vrou wees vir hom.

Daar was nie moeilikheid in die Kloof voor Jessie gekom het nie.

En as Jessie vandag met 'n eerlike hart terugdink aan die Kloof, sal sy erken dat Louise de Waardt die een is wat vir haar goed was. Altyd vir haar klere gegee. Goeie goed. Lakens en kussingslope. Reukwater. Badolie.

Ses het gesê sy moenie vir haar geld gee vir die klere se maak nie, dis nie nodig nie.

Sy moet opstaan.

Maar daar is een ding waarvoor nie sy óf Cecelia Jessie sal vergewe nie. Dis die laaste paar weke van Ses se lewe toe sy hulle nie naby hom wou toelaat nie. Net een middag by die deur kom sê hy wil niemand meer sien nie. Cecelia was woe-dend. Hou vandag nog vol dis die tyd toe die testament bekon-kel is.

Sy, Louise, was byna van haar verstand af. Om 'n man sóveel jare só intiem te ken en lief te hê en dan te moet hoor hy wil jou nie meer sien nie, laat 'n leë kol in jou agter waar niks weer wil groei nie!

As hy haar net een keer, *een keer*, regtig in sy arms wou geneem het.

27

'n Dik misbank lê in die weste op die horison. Sy sit 'n entjie onderkant haar skuilplek en kyk hoe die son agter die bank in sak en skaduwees stadig oor alles kruip.

Kleure word sagter, oë sien beter. Elke heuweltjie op die vlakte staan helder op en die oneindigheid kom lê aan haar voete.

Miskien gaan dit reën.

Sodat dit kan blom.

. Oral in die dorre aarde lê duisende der duisende saadjies en wag vir die reën om hulle wakker te week.

Niemand het haar van die blomme gesê nie. Dat 'n wonder in die lente uit dié barheid kom bars as die reën op sy tyd in die winter kom val. Al hét hulle haar gesê, sou sy nie geweet het hoe om dit te glo nie.

Op 'n dag begin die veld net blom. Elke kaal kolletjie. Tussen die klippe, deur die veldgruis. Langs die bossies, in die bossies, bo-oor die bossies. Klein blommetjies, groot blommetjies; kolle blomme, plate blomme. Wit, ligpienk, donkerpienk, rooipienk; ligpers, donkerpers; bleekgeel, donkergeel, oranje. Al die kleure wat blou kan wees. 'n Ouvrou wat vir haar die mooiste, bontste rok aantrek met blomme in haar hare, agter haar ore, tussen haar vingers, tussen haar tone.

Alles wat vlerke het. Skoenlappers. Bye. Vliegies. Torre.

Saans trek die son die meeste kelkies toe, soggens kom maak hy hulle weer oop. As dit bewolk is, bly hulle slaap.

Kleure word name: gousblom, botterblom, katstert, tjienkerientjees, bloutulpe, geeltulpe. Beetle daisies met kammatorre

in die kelkies geverf om die regtes te flous. Skaapbos en soet-
harpuis wat die skape se bekke in die blomtyd 'n koddige geel
kleur gee. Kalkoenbos, asbos, kapokbos, bitterbos, beesbos.
Slangbos – vir die giftigste slang se pik, sweer Sofia. Bloudissel,
wildepoppie, bokhorinkies. Die mooiste karooviooltjies op dig-
te groen matjies. Kriedoring met sy soetvrank vruggies. Wilde-
dagga vir die maag, maar nie vir die rook nie. Rooiblombitter-
blaar.

Stinkkruid. Die bossie wat aan Geelboskloof sy naam gegee het,
wat die stuifmeel van sy klein geel blommetjies aan jou klere
en jou voete en jou siel afvee.

Teen die middel van 'n mooi jaar se lente kan jy nie kortpad
langs op die dorp kom nie. Daar's nie plek vir jou voete nie en
jou hart wil nie hê jy moet op die blomme trap nie.
     Twee vreemde dinge gebeur een jaar.
     Die eerste was aan die begin van Augustus op 'n bitter koue
dag. Ses kom die middag van die krale af om te kom eet, en hy
sê dit gaan sneeu.
     "Om die huis ook?" Dit was die dertiende winter dat sy dit
gevra het. Altyd net op die berge en op Krismiskaartjies ge-
sneeu; sy het nog nooit gesien hoe sneeu *val* nie.
     "Ja."
     "*Op die werf?*"
     "Ja."

Vieruur daardie middag staan sy langs die huis en die sneeu
val op háár. Op die dak. Op die werf. Al groter vlokke. Al dik-
ker. Die witste, mooiste kantgordyn val uit die hemel, sy kan
dit nie glo nie! Stapel teen die suidekant van die huis op. Lê
op die bossies. Maak wit heuningkoeke van die skaapkrale se
draad.
     Ses kom hang later sy ou reënjas om haar. Moenie te lank
buite bly nie, sê hy, dit word donker. Sy kan nie praat nie, haar
mond – haar hele gesig – is dood van die koue.
     Witter en witter. Stiller en stiller.

Niemand het vir haar gesê sneeu maak die sagste, mooiste geluid as dit val nie.

Toe kom die lente.

Tussen die huis en die grenshek is 'n laagtetjie waar die water die winter lank gedam het. Agterna kom blom die geilste kol klokkiebos daar. Die helderste, pienkste blommetjies. Sy gaan kyk in die oggend, sy gaan kyk in die middag.

Toe kom die vlinders. Honderde. Almal eners: oranjebruin met wit kolletjies op die vlerke. Twee dae lank sak hulle neer op die pienk trompetjies en slurp met lang tongetjies die nektar uit die kelkies. Sy's tussen hulle. Op haar arms, op haar kop, op haar skouers, en al die vlerkies saam maak dieselfde geluid as sneeu wanneer dit op die dikste val.

Daar was 'n tyd toe die nektar in haar lyf gif geword het.

'n Maalkolk waardeur sy wens sy nie weer hoef te gaan nie, waar die water te vuil is van haar skandes. Haar domheid. Waansin.

Vir die bobbejane was daar 'n tonnel deur die berg. Nie vir haar nie. Skaars 'n stomp om aan vas te hou as sy moes spartel om nie te sink nie.

Vir wat?

Om uiteindelik saam met 'n trop bobbejane rond te dwaal terwyl sy haar eie graf loop en soek!

Sy wou nie nou kwaad geword het nie.

Henrik.

Dit kan net Sofia wees wat hom gestuur het. Pateties potsierlik in Tarrie se romp. Die bobbejane het hom lank voor haar sien kom; hulle was op pad terug van die water af.

Sy't gedink niemand sal haar op die Sondag kom soek nie, toe loop sy vanoggend vir die bobbejane weg. Vroeg. Water bly nog steeds 'n probleem, al het sy nou die een visblikkie waarin sy 'n bietjie saamgebring het. Die ander blikkie sal sy môre-oggend oopmaak.

Haar kos is besig om op te raak.

Sy sal haarself in Geelboskloof begraaf. In die kuil.

Henrik en oorlede Oubaas De Waardt was eendag besig om 'n nuwe land op die berg te maak. Henrik sê toe hulle weer sien, wei die trop amper tussen hulle. Vreet vir Krismis agter alles aan wat onder die klippe en bosse uitpeul. Oubaas se geweer lê gelaai agter 'n bos, bobbejaan weet dit nie.

"Het mos van ver af gekyk of ons skietgoed by ons het. Geen respekte vir jou as jy kaalhand is nie."

Oubaas het stilletjies nader aan die geweer gewerk. Die bobbejane was gerus. Die ou hoofman gaan sit 'n entjie weg op 'n rotsknol, dikgevreet. Laat sy mense wei, hou die wêreld dop. Henrik sê hy sien Oubaas se plan. Hy praat sommer kliphard met homself terwyl hy werk, allerhande dinge om die bobbejane se aandag op hóm te hou.

Toe Oubaas skiet, trek die koeël so naby *sy* kop verby, hy slaan rûens-agteroor. Dog hy's self ook dood.

"Gelukkig was dit net die hoofbobbejaan."

En toe is dit doodstil. Asof die skok eers die trop moes tref dat dit regtig die hoofman is wat geval het. Toe breek die hel los soos die uitgegroeide mannetjies begin baklei vir die troon.

Die volgende dag stuur Oubaas hom om die bobbejaan se kop te gaan afkap vir 'n student wat 'n bobbejaanskedel soek.

Henrik sê hy kom by die plek, en die bobbejaan is weg. Hy's dood, maar hy's nie daar nie. Hy soek. Hy kry 'n bloedspoor, dit lyk of die ander hom gedra het. Vyf kilometer ver loop hy op die spoor, tot onder in 'n klipklofie waar hulle die dooie bobbejaan mooitjies met klippe toegepak het. Net sy een hand steek uit.

"Nog nooit so iets gesien nie. Al wat ek en Oubaas daarvan kon uitmaak, is dat bobbejane hulle konings begraaf. Toe't ek nie die hart om sy kop af te kap nie."

Sy was lank voor die bobbejane by die water.

En dit was nie Jakob wat met haar kom raas het nie, dit was Susie. Skel haar uit met stywe lippe, tande wat op mekaar klapper en oë wat blits onder die oogbanke uit.

Ek is jammer, ek was dors.

Dit maak nie saak nie, ons het nie geweet waar jy is nie!

136

Teen drie-uur se kant, toe hulle begin terugtrek, kies Jakob 'n roete wat ooswaarts lei. Reguit in die rigting van die trekkerpad en die kranse bokant Arendsnes. Sy vra vir hom of hy simpel is, of hy haar wil terugvat Kloof toe?

Meer as 'n uur lank lei hy die trop *weg* van die slaapplek af voor hy suidwaarts en toe geleidelik weswaarts draai. Hulle is later by die ouland waar Rolph al begin braak het. Onder die dassiekoppe langs in 'n laagtetjie in waar die renosterbos op die dikste staan – skaars vyftig meter van die voorste kranse af! Reg bokant Kliprug.

Skielik gee Jakob 'n sagte, dringende blaf wat die trop onmiddellik tot stilstand bring. Sy loer. In die tweespoorpad wat na die volgende land toe lei, kom iemand aan. Dis te ver om te sien wie. Sy val plat agter 'n bos en stort amper die helfte van die water. Haar hande bewe, sy sukkel om die kussingsloop oop te kry!

Toe sien sy dis Henrik. En sy kry hom so jammer toe die twee mannetjies hom skraap. Hy't so vreeslik geskree.

'n Silwer nuwemaantjie sit bo die misbank.

Sy's nie gerus nie.

Die een of ander tyd gaan hulle haar regtig kom soek. Waarom hulle nog nie gekom het nie, weet sy nie. Miskien kom hulle môre.

Miskien reën dit. As dit baie reën, kom nie eens Cecelia se jeep die laaste steilte uit tot bo op die berg nie. Miskien reën dit baie.

Haar kos behoort tot Woensdag te hou.

As sy deur die maalgat kom, kan sy by die engel kom . . .

Sy soek haar spore, sy kry hulle in die klofie wat afkom na die huis toe, want sy't gedink sy kon teruggaan en die boosheid wat aan háár toegesê was, uit Ses baklei tot hy op sy knieë voor haar staan en haar smeek om hom nooit weer te verlaat nie.

Dán sou sy loop.

Sy't nie geweet hy het nie knieë nie. Dat daar in een man

soveel toorn en verset kon lê nie. Dat *sy* die pyn was wat hy uit hom moes torring nie.

Sy't haar naels net al dieper in hom ingeslaan omdat sy bang was hy skud haar af. Sy móés in hom in bly graaf om sy dieptes te ken sodat sy kon verstaan. Hom. Haarself. Maak nie saak hoe nie. Al moes sy hom stukkend breek.

Die huis was vuil toe sy terugkom. Sofia sê hy't haar weggejaag.

Sy het aan die kant gemaak; brood gebak, kos gekook. Min teëgepraat. Nie geld gevra nie. Draad vir draad 'n vangnet van onmisbaarheid gespan met die vreesloosheid wat sy in haarself voel groei het.

Wat haar 'n leeu laat uitdaag het.

Daar kom die dag 'n man van Johannesburg af aan, hy soek oudhede om te koop. Sy ryding staan voor die deur, hoog gestapel van die goed: Sofia se kombuistafel is ook by.

Ses is op Arendsnes, hy help Cecelia met haar skape.

Sy sê vir die man sy het 'n stinkhoutstoel om te verkoop. Hy gee haar R200.

Ses het sy geldsak kort nadat sy teruggekom het, begin wegsluit. En Louise het haar met ou klere en goed betaal. Sy wou nie vir haar sê sy wil *geld* hê nie, dan kom hulle agter Ses gee haar niks. Sy sê vir Louise: Jy moet iemand anders kry om vir jou te werk, die ou naaimasjien is te treurig.

Toe gaan koop Louise 'n nuwe een.

Amper 'n week gaan verby voor Ses agterkom die stoel is weg.

"Moenie aan my slaan nie. Asseblief nie." Sy pleit. Sy wil hê hy moet haar jammer kry. Gedink as sy kan graaf tot in sy barmhartigheid, sal dit beter gaan. "Ek het die stoel verkoop omdat ek nie weet hoe om sonder geld te leef nie."

Hy was woedend. Hy wou die geld sien. Sy wys dit vir hom. Hy skeur dit voor haar flenters en stamp haar by die huis uit. Sluit die voordeur én die agterdeur. Sy sit die hele nag op die stoep, sy wag dat hy haar moet jammer kry.

Teen die voordag klim sy deur die badkamervenster en gaan maak koffie.

Hy het haar op sy sterfbed nog die stoel verwyt.

Maar die week ná die episode het hy en Appools begin om die hoenderhokke te maak. Toe hy weer van die Kaap af kom, bring hy vir haar vyftig kuikens en wag die aand tot aan die tafel voor hy vra waar sy die nuwe rok kry wat sy aanhet. Skoene ook.

"Louise het my uiteindelik begin betaal."

"Jy lieg!" skree hy.

"Gaan vra vir Karel. *Hy* het die geld gebring." Sy waag dit, sy daag hom uit. "Gaan sommer langs die pad by al jou Calvyne en by Sagaria ook aan. Sê hulle moet in die spieël kyk wie's die diewe en die moordenaars, die grootste hoereerders en verkragters op die aarde voor hulle weer die boosheid in *my* kom bêre!"

Sy het die woorde mooi uitgedink gehad. Hulle reggehou. Omdat sy nooit teen Ses met woorde kon wen nie, omdat die woorde nie reg by haar mond wou uitkom nie. Sy kon hulle voel, maar sy kon hulle nie sê nie! Sy was nie slim genoeg nie. Slim op skool, maar dis anders.

Jy kan nie oorlog maak sonder 'n tong nie. Jy moet vir jouself beter woorde uitdink.

Sy sien hy kyk haar skielik anders aan. Onrustig. Dit laat haar sterk voel. Nie dat sy hom sou sê waar sy die geld vir die rok en die skoene gekry het nie. Nie eens met die regte woorde nie. Dit was *haar* goud wat *sy* ontdek het. Vergelding vir elke vernedering wat Louise de Waardt gedurig soos koppiespelde in haar bly steek het omdat sy, Jessie, die vermetelheid gehad het om haar geliefde swaer te trou en die godswonderbare De Waardts se naam te bemodder. Vir elke keer dat Louise haar o so liefies gevra het of sy nie dink 'n egskeiding is die oplossing vir haar en Ses se probleme nie.

Watse probleme?

Ons kan almal sien dit gaan nie goed tussen jou en Ses nie, Jessie. Miskien moes jy liewer nie teruggekom het nie. Natuurlik sal ek jou mis – jou wonderlike talent. Maar ek het goeie kontakte, ek kan vir jou die naam van 'n modeontwerper in

139

Kaapstad gee. Goeie naaisters is altyd in aanvraag . . .

Immers het Cecelia haar reguit in die gesig kom spoeg. Aan Kliprug se voordeur kom klop en gevra hoe lank sy van plan was om dié keer te bly.

Wat traak dit jou?

Ek wil solank die juigfees reël.

Waar was sy?

Die aand voor Ses teruggekom het met die kuikens – wat die muskeljaatkat 'n maand later een nag almal kom doodbyt het.

Sy't haar kos gevat en op die stoep gaan sit en eet. Die maan was vol, die Kloof se hardheid weggetoor – die bergkranse ou menere wat wag staan oor alles.

Maar maanlig krap die weemoed in jou oop omdat jy diep in jou lyf vir hom lief gebly het, al het jy hom al meer gehaat. Maanlig laat jou die kere onthou dat hy jou nie opgeklim het asof hy jou wou doodsteek nie, maar tydsaam die druppeltjies van jou tong af geëet het en agterna met sy arm om jou geslaap het.

Al klap hy die volgende môre weer jou hand weg.

Volmaan is 'n naguil. Jakkals teen die berghang. Die geur van veld, skape wat in bondeltjies lê en slaap.

'n Motor se ligte wat onder by die fonteinkloof se hoogte uitslaan; regoor Arendsnes se hek word die hoofligte gedoof. Die motor kom met dowwe oë deur die hek. Voel-voel tot voor die deur.

Karel klim uit.

Jy weet hoe ruik 'n wolf.

Jy weet hoe lyk een as hy sy skaapvel afgooi.

Nog nooit só vriendelik met jou gewees nie.

Sy stem is jags. Jou mond proe bitter.

Hy wil niks met jou doen nie, hy belowe. Hy sal nie aan jou raak nie. Hy sal jou betaal. Jy moet jou net kaal voor hom uit-trek. Hy wil net kyk. Dis al.

Vyftig rand.

Die vreemdste kalmte kom oor jou. Op die stoepmuur sit 'n

donker gedaante sonder gesig met sy rug na die maan. Skaamteloos walglik. Gee jou 'n mes in die hand waarmee jy sy belangrike keel tydsaam sal kan afsny. Hy weet nie jou ma het jou gesê van sy soort nie. Van die verskil tussen 'n man met 'n gesonde begeerte en 'n bliksem wat morsig is.

Met hom speel jy nie.

Sy staan op en begin haar bloes se knope losmaak. Hy keer. Nie hier buite nie. In die huis.

Trek toe die gordyne. Skakel aan die lig. Hy wil *sien*.

Sy wag tot die laaste knoop los is, tot hy weet sy het nie 'n bra aan nie. Tot sy asem jaag. Toe maak sy haar prys: honderd rand.

Vyf minute om klaar te kyk.

Tien minute. Asseblief.

Soms tot vier keer in een maand gekom. Soms weke weggebly.

Sofia kom eendag by haar. "Ek dra 'n ding in my hart," sê sy, "jy sal moet eenkant vat vir as ek dalk iets oorkom."

"Wat is dit, Sofia?"

"My oudag se geld is in 'n gat onder die agterste punt van die linoleum onder my kooi. Daar's 'n plank oor. Jy skuif net die bed weg. Dit moet na Henrik toe gaan."

Sy loop eendag na Sofia toe. "My wegloopgeld is onder in my ma se kis, lig die naaldwerkgoed en patrone op. As ek iets oorkom, vat dit vir jou."

Daar was 'n vreemde verhouding tussen Ses en Sofia.

Hy sou by haar verbyloop en haar voorskoot se strik lostrek om haar te terg, haar 'ou mamma Souf' noem, haar wegjaag, haar 'n skaaplam gee.

"Jy gee vir Sofia 'n hanslam, maar nie vir my nie."

"Sofia se hanslam loop nie op my werf nie."

Sofia kon met hom raas as hy nie sy voete skoonvee voor hy die huis inkom nie, hom 'n raps met 'n vadoek gee as hy in haar pad is, hom skel as hy haar kwaad maak, hom gereeld daaraan herinner dat sy hom op haar rug help grootdra het.

"Hy's liewer vir jou as vir my, Sofia."

"Dis nie dít nie."

"Wat dan?"

"Ek het vir hom gesê hy moet goeter wees vir jou, jy gaan weer aanloop."

"Wat sê hy?"

"Van wanneer af sê 'n man soos dit in sy binneste staan?"

"Hy sê vir *my* wat in sy binneste is. Hy sê ek is 'n hoer. Hy sê ek het nie verstand in my kop nie. Hy sê ek is 'n slang. Ek is boos. Ek moenie om sy ore neul nie. Ek moet minder praat. As ek iets wil sê wat meer as vyftig woorde agter mekaar is, staan hy op en loop. Hoe meer ek probeer goed wees, hoe meer verag hy my."

"Dis nie wat in sy binneste is nie."

"Hoe weet jy?"

"Ek kan sien."

"Wat sien?"

"Dat daar moeilikheid aan die kom is soos wat hierdie Kloof nog nie gesien het nie! Wat soek Karel hier as Ses nie by die huis is nie?"

"Nie wat jy dink nie."

"Dis nie wat *ek* dink nie, dis wat Ses met jou gaan maak as hy uitvind!"

"Hy kan maar uitvind. Ek is nie meer bang vir hom nie."

"Oppas. Treiter hom genoeg en hy maak vir jou vrek, Jessie!"

"Hy sal dit nie regkry nie."

Sofia was die dag besig om te stryk. Sy gooi die yster neer, sy vra: "Wat de hel gaan met julle wit vroue aan?" Sy't net ondertande in haar mond, haar esse maak sulke blaasgeluide. "Op Arendsnes sit Cecelia: wou nie onder lê nie, wou *bo* lê! Nou lê sy op 'n single bed. Entjie laer af sit Louise: as Karel sê poep, dan poep sy – of sy leef en of sy sweef, weet ek nie. Hier sit jy. Die een dag is jy engel, ander dag Jezebel. Ek, Sofia Baartman, sit die onderste in die Kloof, ek kyk julle, ek sê vir myself: ek sou 'n baie beter wit vrou gewees het as julle almal saam!"

"Ses sê jy's 'n heks." Sy was spyt sy het dit gesê, sy kon sien Sofia kry seer.

"Vra hom wie die heks was wat hom gevang het die dag toe hy die weghol gekry het. Vra hom van die drie voële teen die muur – of die heks vir hom gelieg het."

"Sofia sê ek moet jou vra na die drie voëls teen die muur." Sy bly stil van die heks.

"Het ek jou nie belet om stories te hou met Sofia nie?"

"Ek het al jou knope aangewerk en jou broek gelap. As jy my nie vertel nie, gaan sý my vertel en jy weet hoe kan sy aansit."

"Daar het drie porseleinvoëls in ons huis teen die muur gehang."

"Watter huis?"

"Die huis waar Sofia nou woon."

Sy eie pa en ma se huis. Hy het nooit van hulle gepraat nie; jy moes hom ook nie vra nie. "En?"

"Vasgeplak of aan spykers, ek kan nie onthou nie. Toe val een af. Die volgende dag val nog een af. Ou spookstorie. Sofia staan agter die huis, sy't die bewerasie. Ek was pas in die skool – ek vra vir haar of sy koud kry, dis dan so warm. Sy sê as die derde voël môre val, gaan een van ons sterf."

"Ek glo dit nie."

"Toe val die derde voël." Asof hy dit geniet.

"En toe?"

"Dieselfde aand is my ma dood."

28

Louise sleep die tuinslang agter haar aan oor die grasperk en begin die verste struike natmaak.

Sy moet besig bly.

Die polisie is meer as 'n uur gelede verby om na Jessie te gaan soek op die berg. Hulle wou gehad het Karel moes saamgaan, maar weens ander verpligtinge was dit nie vir hom moontlik nie.

Hy is besig om vir haar 'n toespraak te skryf. Hy skryf altyd haar toesprake. Die Vroueklub het haar etlike weke gelede genooi om hulle toe te spreek oor die rol van die vrou in 'n veranderende Suid-Afrika. Sy het nie meer lus om dit te doen nie, maar Karel sê dis belangrik.

Sy's bang sy maak haar mond oop en daar tuimel 'n duiweltjie uit soos amper nou daar binne gebeur het. Al wat sy gevra het, was 'n oomblik van sy tyd sodat hulle kon praat. Oor die nuwe rolle wat vir albei van hulle voorlê. Wat hy van haar verwag. Praat. Enigiets. Soos hande vat. Sodat 'n mens nie so alleen voel te midde van al die onsekerheid nie. Oor Jessie. Selfs die moontlikheid dat hy die verkiesing kan verloor, al sê almal dit sal nie gebeur nie. Hoe 'n mens so 'n vernedering sal hanteer.

"Praat waaroor, Louise?" Hy kyk nie op nie, hou aan met skryf.

"Die boonste badkamer se toilet lek agter by die spoelbak." Net om iewers te begin, hom te laat aandag skenk.

Toe vreet hy haar amper op. "Liewe aarde, vrou!" Smyt die pen neer. "Ek probeer om vir jou 'n ordentlike toespraak te skryf en jy kom kerm oor 'n toilet! Vra Adam om daarna te kyk."

"Ek is jammer. Ek het eintlik gedink ons kan miskien 'n paar ander dinge bespreek . . ."

"Dit kan wag tot later." Tel pen op. Kap, kap, kap op kladblok.

Sy staan. Sy's bang die woorde wat in haar keel opkook, gaan by haar mond uitspring. Sy wou vir hom geskree het: Karel de Waardt, jy's 'n bol stront!

Net een keer voel hoe dit is.

Daar's 'n gat in die sak.

Hulle sê solank jy vrees dat jy van jou verstand af gaan raak, sal jy nie.

Sy's bang sy raak van haar verstand af.

Dis die ding van Jessie wat die sak begin ooptorring het.

Sy't vir die sielkundige gesê daar is tye dat die vreemdste gevoel haar beetgryp, 'n vrees dat sy haar oë sal toemaak en in haarself in val. Dit voel of sy aan haar vingerpunte oor die

144

rand van 'n put hang: as sy los, gaan sy ver val, diep af. Daar's niemand om haar hand vas te hou sodat sy nie los nie.

Toe vra die sielkundige: wie wil sy hê moet haar hand vashou. Toe sê sy Ses. Maar hy's dood.

Sy't nie eens vanoggend haar oefeninge gedoen nie, haar lyf wou nie traak nie.

Dis of sy die een oomblik vorentoe geloop het – klaargemaak het om 'n opwindende nuwe fase van haar lewe binne te gaan – toe kom Henrik op die oorblyfsels van 'n kind in een van die bergklowe af. Toe draai iets in haar om en begin agtertoe loop. Trek haar saam met Jessie die donker in. Sy't alles wat haar hart begeer, meer as die meeste vroue, maar skielik is daar niks om aan vas te hou nie!

Sy was altyd so bang sy kry nie 'n man nie. Dan staan daar ewig op haar voorkop geskryf: *Niemand wou my gehad het nie.* Skande sonder wegsteekplek. Soos haar ma se twee oujongnooi- susters.

Die dag toe sy Karel ontmoet, het sy nie alleen geweet dis die liefde van haar lewe nie, sy't geweet dis haar man, haar droom, haar redder.

Hy was as student reeds 'n dinamiese leier. Ondervoorsitter van die studenteraad, eerstespanflank, mooi motor. 'n Man wat 'n hele kampus vol meisies gehad het om van te kies, maar háár gekies het.

Sy onthou nog die gediggie wat sy uit 'n tydskrif geknip het van twee kerse wat in 'n pot vol son val en stadig saamsmelt tot een mooi kers: een vlam, een lig. Sy het dit tussen twee foto- tjies van haar en Karel geraam.

Dis iewers in haar bêreboks.

Sy hét gesmelt. Sy wóú smelt. Dit was wonderlik. Jy giet jou na sy vorm, luister fyn wat hy wil hê. Hy sê hy hou van meisies wat deftig aantrek; jy trek deftig aan. Hy hou van meisies wat sag en vroulik is; jy's sag en vroulik. Hy't sy vorige meisie afgesê omdat sy van die soort was wat gedurig in die openbaar aan hom wou klou en hang. Jy wil graag aan hom klou en hang sodat almal kan sien jy's sy meisie, maar dwing jouself om reg te loop. Hy hou nie van 'n meisie wat om sy ore neul nie, wat hard lag nie, wat vloek nie, wat geluide maak as sy kom nie – dit sit hom af. Van 'n meisie wie se hakke klik-klik maak nie; meisies wat nukkerig is nie . . .

Jy smelt, jy smelt.

Hy vra jou om met hom te trou, jou beker stroom oor. Stadig loop al die lekker uit terwyl jou eie pit in jou vrot, en die ewige waak begin sodat hy nie moet agterkom van die vlek op jou maag nie.

Maar sy't nie sinies geword soos Cecelia nie. Sy't vir haar 'n ander man gekry om lief te hê, iemand om haar vas te hou en te vertroetel.

Ses.

Cecelia sê die liefde is niks anders as die natuur se doepa om jou bewusteloos in die bed te kry sodat jy bevrug kan word en voortplant nie.

Dis verskriklik.

Cecelia sê sy moet ophou torring aan Linette om tot trou te kom. Trou is die liefde se natuurlike dood. Cecelia sê as sy geweet het wat sy vandag weet, het sy nooit met Rolph getrou nie, maar saamgebly.

En jou naam dan?

Jou kinders?

Jalia het eendag 'n groot plakkaat gemaak en daarop geskryf: HIERDIE PLAAS IS SONDER LIEFDE. Toe gaan spyker sy dit teen Arendsnes se naambord by die motorhek vas. Cecelia sien dit eers laat die dag, nadat 'n vername ramkoper die oggend daar was en die bankbestuurder se vrou die agtermiddag.

Jalia kon net sowel by Uilkraal en Kliprug se hekke ook een gaan vasspyker het.

Sy wil nie sien hoe lyk Jessie as hulle met haar afkom nie. Hulle moet haar wegvat.

Jalia het gebel, Rolph is saam met die twee polisiemanne uit berg toe. Met Cecelia se jeep. Henrik van Sofia is ook saam. Hond ook.

146

"My ma is vol vertroue dat hulle haar gaan kry. Sy't mos 'n altaar daar bo."

"Jou *ma*?" Sy't geskrik.

"Nee, Jessie. Van klip. Soos satansaanbidders se altare of iets, maar tannie moenie vir my ma sê nie. Ek het eendag per toeval gesien hoe sy die klippe pak. In 'n sirkel. Ek het gaan kos weg-bring vir my pa die dag. Hulle sit altyd in die sirkel, dan roep hulle bose geeste op. Ek het haar met my eie oë in die klipkring sien sit."

Sy't hoendervleis gekry. Karel was nie geskok nie, hy sê hy verwag enigiets van daardie vroumens. Sy's gevaarlik.

Karel het belowe om gedurende die dag met die bank te reël dat geld oorgeplaas word vir Karel Junior. Hy was só vies, hy't Karel Junior gebel en gesê dis nou die laaste. Sy het hom nog nooit sy oogappel só kwaai hoor aanspreek nie.

Agterna was hy so ontsteld, hy't sommer omgedraai en geslaap.

Sy was bly.

Die tuin wil reën hê. Tuinslangwater is redding, maar dis nie dieselfde nie.

Karel het met die laaste droogte gesê hy sien eerder kans om die plaas te verkoop as om nog 'n keer deur dáárdie hel te gaan.

Sy hoop die reën bly weg.

Nie een van die twee seuns stel in elk geval belang om te boer nie. Linette het gelukkig lankal haar kinderdroom, om eendag die plaas te erf, ontgroei. Altyd gesê sy sal die skape weggee en die kampdrade plattrek sodat die jakkalse en alles wat wild is weer kan loop en maak soos hulle wil.

Nou loop en maak sy soos *sy* wil.

Cecelia sê altyd Jessie was nie 'n goeie invloed op die Kloof se kinders nie.

Dis waar.

En dis waar wat hulle sê, dat 'n kind se hele lewe in sy eerste tien jaar opgesom is. In die kleine. Karel Junior kon hom klein-tyd al seepglad uit 'n verknorsing praat. As jy vir Linette 'n deur gesluit het, het sy 'n venster gekry om by uit te klim. Bryan wou

147

altyd weet van goed wat weggesteek is: verjaardaggeskenke; wat in die kluis in sy pa se kantoor is. Haar tot raserny geneul oor wat *onder* die tuin is.

Wat is onder 'n tuin?

Niks.

Hy't aangehou. Tot hy een van haar duurste struike uitgegrawe het om self te kyk. Toe sy met hom raas, sê hy dis pikdonker onder die tuin . . .

Tot vandag toe maak dit haar nog kriewelrig as sy daaraan dink: die malle verstrengeling van wortels oral in die donker.

Hoekom het Cecelia gesê sy's lus om Karel 'n aanbod vir Uilkraal te maak? Cecelia sê nie sommer dinge nie. Wat van Kliprug?

Sy gee nie om of Cecelia die hele Kloof onder haar inkrap nie, sy sal sonder 'n traan inpak. Karel kan vir hulle 'n mooi huis op die dorp laat bou, 'n woonstel in die Kaap koop vir wanneer die Parlement in sitting is. Teaters, flieks, winkels, baie nuwe vriende, nuwe uitdagings . . .

Nuwe krag. Stopnaald om 'n sak mee toe te werk.

Karel sê hy dink Jessie lê lankal iewers dood.

29

Sy sien Jalia by die agterdeur uitkom.

"Sofia!" roep sy.

"Wat's dit?" Jalia kom aangestap.

"Fya vra of jy die beddens gaan kom aftrek of nie."

"Sê vir Fya sy moet loop skyt."

"Moenie so lelik praat nie, dis groot sonde."

"Jy kan sommer loop saamskyt."

"Sofia! Dis Maandag, dis jou werk om die beddens skoon oor te trek. As my ma van die skape af kom en sy sien hier's nog niks gedoen nie, is daar moeilikheid."

"Los my uit."

"Jy kan nie net hier buite staan en staan nie. Die spanning is besig om ons almal onder te kry, maar ons mag nie gaan lê nie! Ons moet bid vir almal wat vanmôre op daardie berg is . . ."

"Moenie vandag vir my preek nie."

"Ek wou maar net gesê het ek bid vir oom Henrik ook. Dit was baie wreed van jou om hom op die jeep te gedwing het. Hy't so mooi gevra. Gesê sy been is seer. Hulle kón sonder hom gegaan het."

"Polieste het gesê hy moet saam."

"My pa ken ook die berg."

"Nie so goed soos Henrik nie."

Sy't hom amper nie op die jeep gekry nie; moes hom aan sy broek se gat ophelp. Die een poliesman staan ewe en lag, sy sê vir hom: Moenie nog staan en lag nie, help my!

Vrotbekhond is ook saam. Vreemde poliesman in gewone klere. Sy vra vir hom: Wie's jy? Speurder, van Worcester. 'n Tekkie – vir wat? Ewe 'n rok en 'n paar skoene van Jessie bo in Kliprug se huis loop uithaal vir die hond om die ruik te kry.

Die Here sal vandag sy hand oor Jessie moet sit. Oor Henrik ook.

Sy sal haar kans afkyk en vir hom ietsie in die hande kry. Wynkamer se sleutel hang in Rolph se kantoor. Bottels lê in houtgate gepak van die vloer tot teen die dak. Hulle sal nie eens agterkom daar's een weg nie.

30

As hierdie Maandag nog een graad blouer word, pleeg *sy* 'n moord.

"Jy hou die ooi nie behoorlik vas nie, Johannes!"

"Sy stoei uit my hande, miss Cecelia!"

"Vat haar vas!"

Die ram sukkel, hy kry haar uiteindelik geklim.

Sy't nie vandag krag om ooie vas te hou nie. Dit was skaars lig toe die eerste teëspoed voor die agterdeur staan: Johannes wat kom sê die hek tussen die jong ramme en skouramme se kampe lê oop. Die angs op sy gesig het die res verraai.

"Wie's die bliksem wat die hek laat ooplê het?" Jy vra 'n nuttelose vraag omdat jou lyf van die eerste skok en woede ontslae moet kom. Die ergste wag in die onderste lusernkamp.

Bebloede skaapgevrete so ver jy kyk. Die dowwe slae van botsende koppe, die klap van horings teen mekaar soos hulle storm en stamp, storm en stamp! Een se oog hang blind uit die kas aan 'n sening. Jy help uitmekaarjaag. Jy skop, jy stamp, jy klap – jy raak self 'n bietjie besete.

Iewers in die makste, onnooslikste, onskadelikste ram moet daar skynbaar 'n wilde voorvadergeen lê en wag vir 'n hek om deur te bars sodat 'n tierende gedierte na buite kan seëvier.

Vyftien bebloede skouramme. Veertig bebloede jong stoetramme. Haar veilingvoorraad. Die skade kan duisende rande beloop. Wat sy eers sal kan bepaal wanneer hulle skoon gewas is: twee werkers by die emmers, een by die Lujet om te keer dat die wonde môre vol wurms is.

Die eenoog sal keelaf gesny moet word.

Rolph is saam uit berg toe met die polisie. Henrik ook.

"Die ram is klaar, miss Cecelia."

Knipper. Gaatjie deur die oor. Die ooi ruk los. "Het jy pap in jou blêrrie hande? Vang haar!" Sestien ooie is vanoggend gemerk. Nege is klaar, dit is die tiende een dié.

Hulle kon eers laat begin dek, en toe kom sê een van die werfkleingoed nog boonop daar lê 'n ooi in die slagkamp dood. Asof alles toustaan om hierdie Maandagmôre te kom gebeur.

Sy't vir Volschenk gesê: as daar nie vandag na 'n kant toe gekom word nie, bel sy die Kommissaris van Polisie. Karel ken hom.

"Geduld, mevrou. Ek stuur 'n knap jong speurdertjie saam uit."

150

Sy maak die nodige inskrywings terwyl Johannes die ooi weg-sleep. Haar hand bewe; haar handskrif verklap die termult wat in haar woed.

Wie die hek laat ooplê het, sal nie uitkom nie, al dreig sy met alles waartoe sy in staat is. Daar was al in die verlede ander skades wat sy vermoed opsetlik beplan was om 'n sogenaamde onreg te vergeld.

Maandae se skade is gewoonlik die gevolg van 'n wynbene-welde verstand, want naweke is suiptyd.

Sy soek die volgende ooi uit en laat die nuwe ram uitkom. "Bring haar, Johannes!" Iewers lê in hierdie bruin volk 'n voor-vadergeen van haat wat altyd aan die gis is. Jy kan vir hulle so goed wees soos jy wil, dit gaan nooit werklik weg nie. "Swaai haar gat 'n bietjie meer om, die ram is teen die draad!" Daar ís die uitsonderings soos Sofia en Henrik – maar dan is dit of die gis weer sterker in die kinders werk.

Die ooi staan stil; die ram klim haar teësinnig.

Volgens Henrik was Jessie se dwaalplek meesal die gebied wes van die koringlande en soms al op die dwarsberg af wat noord-waarts uitskiet. Waar Ses haar talle male belet het. Waar sy, Cecelia, haar self eendag gewaarsku het.

Sy was op pad na haar kudderamme op een van die stoppel-lande daar bo. Sy kry Jessie in die tweespoorpad: Jessie loop in die een spoor, sy ry in die ander een.

"Moenie verwag die Kloof gaan oor jou huil as die bobbejane jou die dag verskeur nie."

"Ek hinder nie die bobbejane nie, die bobbejane hinder my nie. Kry jou ry."

"Met wie dink jy praat jy?"

"Met jou."

"Op wie se grond loop jy?" Maak of sy nie hoor nie. "Ek sê: jy oortree op Arendsnes se berggebied!"

"Stel jy voor ek moet opstyg en *vlieg* om van jou grond af te kom?"

"Ek stel voor jy loop 'n bietjie vinniger."

"Ek sal loop soos ek wil."

Toe jaag sy haar met die perd tot by Kliprug se skeidslyn, maklik twee kilometer ver.

Die aand kom vra Ses vir wat sy dit gedoen het. Sy kon dit nie glo nie. "Ek het nie nodig om aan jou redes te verstrek nie, maar aangesien jy my vra, sal ek jou sê: omdat haar vermetelheid my daartoe gedwing het."

"Moenie dit weer doen nie."

Hy het self nie met Jessie raad geweet nie, haar soms pimpel geslaan, en toe vir háár kom beledig!

"Sê vir Jessie, as ek haar weer daar bo op my grond kry, mag ek dalk skiet." Jy verlaag jouself tot 'n kinderagtige dreigement omdat die slet jou daartoe dwing.

Die dag toe hulle Ses begrawe, het sy een troos gehad: Jessie het vir Sofia gesê sy gaan terug Kaap toe. Goddank. Jy voel jy wil haar afskryf soos vrot skuld en die Kloof met 'n besem laat vee as sy weg is.

"Dít," het sy ná die begrafnismaal op Uilkraal vir Karel en Louise en Rolph gesê, "was die laaste keer dat ek my vir haar geskaam het."

Die diens is by die graf in die familiekerkhof op Arendsnes gehou. Daar was baie mense. Mense uit die omliggende distrikte. Ses was hoog aangeskryf in boerderykringe; sy kennis oor skape – veral dorpers – was wyd in aanvraag.

En Jessie daag op in 'n afgedraagde rok, die plaaswerkers se vroue was beter aangetrek as sy. Sy huil nie 'n traan nie. Toe die predikant amen sê, draai sy om en loop. Nie eens die ordentlikheid gehad om te wag dat hulle hom toegooi nie.

Volschenk het toegestem dat sy alleen met haar kan praat voor hulle haar wegvat. *As* hulle haar kry.

Die ramme rus.

"Miss Cecelia?"

"Sê wat jy wil sê, Johannes." Hy weet goed wie die hek laat ooplê het.

"Hulle sal haar seker nie skiet as sy weghardloop nie, sal hulle?"

"Wat doen hulle gewoonlik met moordenaars wat probeer ontsnap?"

"Sy's darem 'n vrou."

"Wat is dit anders as 'n man?"

"Dit voel nie reg nie."

"Gee die ramme 'n bietjie hawer."

"Hulle het nog."

"*Gee die ramme hawer!*"

"Ek gee, miss Cecelia."

Die Kloof is te nou vir haar vanmôre. Die kranse te hoog.

Die lug is wasig en vol dunwolk. Haar pa het gesê die dag moet skoon en blou breek voor dit kom reën. Beloofwolkies bring nie water nie.

Haar kudde is vaal spikkels teen die hange. Die veld begin skraal raak. Sy't haar aghonderd kudde-ooie vanjaar vyftig ramme gegee – nie veertig soos ander jare nie. Die dekking moet klaarkom. Sy wil van die dragtige ooie op die berg by van die braaklande injaag.

Sy hoor Alfred Visser het 'n nuwe vragmotor gekoop.

Sy moet ook 'n nuwe een koop. Met die laaste vrag hamels wat Stefaans Kaap toe geneem het, het hy anderkant Clanwilliam bly staan. Rolph moes ry om te gaan help.

As dit nie reën nie, moet die vragmotor wag.

As sy en Alfred miskien tot 'n ooreenkoms kan kom . . .

Moenie vir 'n smeulende vuur gaan hout *soek* nie!

Hulle sal Jalia dringend by 'n sielkundige moet kry. Rolph het gisteraand voorgestel dat hulle die nuwe predikant op die dorp inroep.

"Omdat hy self nog jonk is, behoort hy beter begrip te hê, Cecelia."

"As hy onderneem om haar goed deur te loop, bel ek hom nou. Dis wat sy nodig het."

"Moenie kru wees nie."

"Ek is nie kru nie, Rolph, net rasioneel. Te heilig word gou te jags omdat seks en godsdiens by een kraan getap word. Selfde energie. Gevaar ontstaan wanneer jy dit in dieselfde emmer begin meng."

"Ek is geneig om met jou saam te stem, dis net dat ek gedink het 'n predikant is miskien die aangewese persoon op die oomblik."

"As jy dít dink, het jy nie gedink nie." Soos gewoonlik.

Die ramme is nog nie reg nie.

Onkunde. Dís die meeste vroue se grootste vyand. As hulle jonk is, is hulle te dom om hulle eie liggame te verstaan. Hulle ken nie ooie nie. Teen die tyd dat sommige agterkom dat die natuur se weë vir alle warmbloedwyfies dieselfde is, dat dit hormone is wat sorg vir die driedag-vuur wat maandeliks in hulle lende brand, is hulle ramme gewoonlik al te gedaan om volle genot uit die kennis te put!

Mans is net so onkundig. Selfs dié wat ooie ken.

Die uitsondering kom op 'n stoetramveiling in Bloemfontein een aand by jou verby. Jy vergeet sy naam, maar nooit sy gesig nie.

"Is jy op hitte?"

"Hoekom vra jy?"

"Ek sukkel nie met 'n ooi wat nie bronstig is nie, put jou net uit."

Sy was nie. Sy kon nie vir hom lieg nie.

Jalia wou saam uit berg toe om voor te loop soos 'n wafferse pelgrim, plakkaat aan 'n stok in plaas van 'n kruis: *Jesus het gekom om jou te red, Jessie.*

"Die polisie sal dit nie toelaat nie, jy sal hulle in die uitvoering van hul taak steur."

"Ek móét na haar toe gaan, Moeder!"

Gelukkig het die speurder haar gekeer.

Toe gaan plant sy die stok by die hek waar hulle met haar moet deurkom. *As* hulle haar kry.

Rolph wou gisteraand weet waarom sy nie vir Carljan van Jessie gesê het nie. Carljan bel Sondagaande.

"Omdat ek nie gedink het dis belangrik nie." Sy't nie verwag dat Rolph sou erken dat hy wel begeer het om by die teef te slaap nie. "Omdat my pa nooit sy pligte op my ma afgeskuif het nie. Inteendeel." Sy grawe opsetlik agter 'n irrelevante ou koei aan. "Dit was sy trots om my broers self te brei, om van hulle manne te maak sodat dit nie vir hulle nodig moes wees om hulle vadernood elders te gaan bevredig nie! Soos op Kliprug."

"Carljan was nie die soort seun met wie dit maklik was om te praat nie. Jy weet self hoe onbereikbaar hy was."

"Twak! Sy sogenaamde onbereikbaarheid was 'n manier van rebelleer teen die durfloosheid van sy pa! Sekerlik die grootste van die sondes van die vaders waarvoor die seuns tot in hoeveel geslagte gestraf sal bly."

"En die sondes van die moeders?"

Rolph Hurter het 'n manier om jou met jou eie klip terug te gooi wanneer dit hom pas.

Maar sy gooi hom netjies tussen die oë terug. "Ek kan nie onthou dat die sondes van die moeders ter sprake was nie."

Haar huwelik is besig om te ontaard in 'n futiele verhouding met 'n medepligtige van wie sy geen wegkomkans sien nie! Egskeiding tussen haar en Rolph sal op 'n bloediger geveg as die een in die ramkamp uitloop. Hy't die helfte van die plaas van haar 'gekoop'. Sy't oopoë in 'n vanghok beland toe haar verstand benewel was van die skyn van ewige liefde.

Sy het hom al hoeveel keer die oorspronklike koopsom dubbel aangebied. Driedubbel, vierdubbel. Hy stel nie belang nie, hy weet hy het haar aan die tiete beet.

Die ramme het genoeg gerus. Sy wil uitkom uit hierdie kamp.

"Bring uit 'n ooi, Johannes!"

Suid-Afrikaanse kampioen-sterkwolmerino-ooi?

Kan haar nie red van die lewenstraagheid wat besig is om haar te oorval nie.

Net 'n lover kan.

Die erkenning tref haar té hard. Sy wil dit teruggryp en ontken, maar sy kan nie. 'n Gevoel van warmte en verlange ontsnap uit 'n deel van haar wat sy gedink het weggesny is. Want vir 'n vrou om te kan lééf, is soos om 'n mes met twee skerp kante in die hand gestop te word. Met die een kant kan jy jou mensheid uit jou sny en jou gevange gee aan die man; met die ander kant kan jy jou emosioneel bevry om jou eie kapasiteit te ontdek.

Oplossing is 'n middeweg – waar jy in die een ná die ander slaggat trap as jy 'n *getroude* vrou is! Slaaf onder kontrak. Vir wie ekstra konvensionele versperrings opgerig is wat bepaal dat jy minnaarloos sal wees tensy jy bereid is om afstand te doen van jou goeie naam en jou aansien; jou bereid verklaar om in die kamp van die common hoere gejaag te word waar jy kan leer om te vergeet hoe dit is om lief te hê.

Skielik staan jy bevry en omring van die wonder van jou kapasiteit, en besef jy het 'n kring geloop wat jou maar net weer by die oerbegin uitgebring het: die begeerte om die warmte van 'n man aan jou te voel.

Spook wat jou in jou gesig kom uitlag, want waar gaan soek jy, bevryde, getroude vrou, op sewe-en-veertigjarige ouderdom vir jou 'n lover? Nie 'n eennag-lover op 'n ramveiling nie. 'n Werklike lover.

Hoe keer jy dat jy nie in jou motor klim en om die berg ry na Alfred Visser toe nie?

Jy sal nie.

Nie Cecelia de Waardt nie.

"Sodra ons hier klaar is, moet jy my kom help, ek wil die dooie ooi gaan oopsny."

"Dis maar reg so, miss Cecelia."

"Ek wil weet waarvan sy gevrek het – soos ek wil weet wie daardie hek laat ooplê het!"

"Sal nie kan sê nie, miss Cecelia."

31

Buite die grot is dit al lig, binne is dit nog skemer en koel.

Sy haal haar baadjie uit die kussingsloop, skud die ergste kreukels uit en trek dit aan. Skud die kussingsloop uit, plaas die rewolwer daarin terug, rol dit op en sit dit netjies eenkant neer. Tel haar skoene op, sit hulle netjies langs die sloop. Gaan hang haar kombers en reënjas buite oor 'n spekbos.

Môre, kranse; môre, bossies; môre, klippe; môre, alles.

Die oggend is grysblou. Dit sal nie vandag reën nie.

Sy moet haar 'kombuis' aan die kant gaan maak. Sy't nou 'n rak: 'n rotslys tussen die bok met die lang horings en die verste pyl-en-boog-mannetjie. Pakkie suiker, bliksnyer, tampax, blik-kie sop – die rak hel bietjie af na links – halwe pakkie jellie, tandeborsel. Sit tandeborsel in kussingsloop. Lepel, kondens-melk, beker. Brood is op.

As ek 'n besem had, sê sy vir haarself en glimlag, kon ek nou uitgevee het ook.

Sy's dors.

Sy't gisteraand 'n gaatjie in die kondensmelkblikkie gemaak en lang teue van die witlekker uitgesuig – wat agterna die laaste lekseltjie van haar water gekos het vir die dors.

Dis nog vroeg. Die bobbejane sal nie nou al kom nie, sy kan rustig buite sit.

Sy wou nie geslaap het nie. Sy wou gedink het. Toe slaap sy.

Daar is twee dae en twee nagte oor.

Voor die bobbejane kom, moet haar voete grond raak.

Ses is nog steeds waar dit troebel en onstuimig is van 'n stryd wat al hewiger gewoed het omdat sy hom nie op sy knieë kon kry nie. Elke keer as hy háár platgeslaan het, het sy sterker opgestaan om beter terug te baklei. Meesal blindelings, want die enigste lig in die duisternis het uit *sy* kop bly skyn: skerp, pynlik; altyd die beste woorde vir homself gevat, die beste wa-pens. In 'n geveg waar die oorgee van die vyand die doel is, tel elke stok, elke klip; as jy sagter as die vyand is, moet jy die hardste baklei.

As die seer té seer word, gaan lê jy 'n bietjie om te herstel en te huil.

"Jy maak my dood, Ses."

"Nee, Jessie. Ek keer dat jy my oë uitkrap sodat ek jou streke nie meer kan sien nie! Dat jy my leegtap en met jóú lis volmaak. Ek vra weer: waar was my mes?"

Tot oor 'n simpele knipmes.

Heilige besitting, Joseph Rodgers, geërf uit Oubaas De Waardt se broeksak asof van die liewe Here self. Plegtig elke aand saam met sy sleutels en kleingeld op die tafel voor die bed tot rus gelê vir die nag. Skilmes, kerfmes, naelskrapmes, slagmes.

Sy vat die mes een nag toe hy slaap, gaan klim op die bad se rand en steek dit bo-op die geiser weg. Hy het die dag verjaar; sy het vir hom al die kos waarvoor hy die liefste was, gemaak sodat hy moes bly wees. Toe eet hy net.

Toe vat sy sy mes en laat hom drie dae lank soek, die hele huis omkeer. Sy help hom soek. Sy sê: Dalk het jy dit by die krale verloor.

Tree vir tree fynkam hy die moontlikheid. Soek in die bakkie, soek in die lorrie. Toe dek sy die mes langs sy bord sodat hy kan bly wees. "Ek het dit by die skuur opgetel."

"Jy lieg," sê hy.

Sy kyk weg, die lig in sy oë is te skerp.

Sy's dors.

Sy gaan trek haar skoene aan. Sy moet gereed wees as die bobbejane kom. As hulle haar dalk vandag kom soek, moet sy nie naby die grot wees nie.

Henrik sal nie sê nie.

Rolph het haar 'n woord geleer: paradoks.

Sy wou die dag van hom weet of 'n man 'n vrou kan haat omdat hy haar liefhet. Soek sommer hoop. Soms het sy gestaan en skottelgoed was of iets, dan sit Ses by die tafel sy pyp en rook, en as sy omkyk, sien sy hy kyk na haar soos na iets wat vir hom mooi is. Dan kyk hy weg. Of staan op en loop. Asof hy bang is sy't gesien.

158

"Die lewe, Jessie," sê Rolph, "bestaan uit raaisels waaraan ons moet kou om van ons babatande ontslae te raak. Dit word genoem paradokse."

"Wat beteken dit?" Dit was maklik om met Rolph te praat.

"'n Leuen kan ook soms 'n waarheid wees; 'n waarheid soms 'n leuen," sê hy.

Dit het verkeerd geklink, maar reg gevoel. "Hoe weet jy wanneer waarheid nie die waarheid is nie?"

"Wanneer die paradoks deurgekou is."

Sy's huis toe.

Die aand sê sy: "Ses, weet jy wat is jou probleem? Jy't nog nie agtergekom dat 'n waarheid soms 'n leuen ook is nie. Dis 'n paradoks."

Hy kyk op, hy's agterdogtig. "Gaan voort," sê hy. Lok haar nader sodat hy haar kan pootjie.

"Ek wil graag vir jou goed wees – ek *is* goed vir jou. Maar ek is nie goed nie omdat jy glo ek is sleg, nou baklei ons aanmekaar omdat . . . omdat . . ." Toe weet sy nie verder nie.

"Omdat wat?"

"Omdat jy my nie liefhet nie, omdat jy nie wil hê ek moet goed wees nie."

"Waar was jy die hele middag?"

"Dit traak jou nie! Ek sal loop waar ek wil, ek sal doen wat ek wil!" Sy't altyd op hom begin skree as sy geweet het sy gaan verloor.

"As ek jou by Rolph Hurter vang, maak ek julle albei vrek."

"Ek het niks met Rolph te doen nie, dis jou suster wat 'n lieg in jou kop kom inpraat het!"

'n Leuen is soms 'n waarheid.

Sy't van die begin af geweet daar gaan 'n dag tussen haar en Rolph kom. Mens weet dit. En wag vir die regte reën om op 'n saadjie te val wat nog eers moet slaap. Soms jare lank.

Rolph kan agter toe deure sien. Hy sou haar 'n geleentheid van die dorp af gee en haar sonder 'n woord in die fonteinkloof aflaai omdat dit veiliger was as bo by die grenshek. Geweet sy's bang. As Ses en Cecelia al twee weg was, het hy haar bo voor Kliprug se deur gaan aflaai, maar nooit gevra om in te kom nie. Geweet dis nog nie tyd nie.

As hy op die berg geploeg of gestroop het, het hy gewuif as sy verbykom. Haar af en toe nader gewink en sy koffie met haar gedeel. Gevra hoe dit gaan. Dan lieg sy en sê dit gaan goed. Maar geweet hy weet.

Of hy sou sê hy sien sy loop te naby die bobbejane, sy beter oppas.

"Hulle sal my niks maak nie."

"Jy kan nooit 'n wilde dier vertrou nie."

"Hulle is nie diere nie, hulle is bergmense. Henrik sê so."

"Ek wil nie hê hulle moet jou seermaak nie."

Troos. Soos koel, fyn reën.

Môre loop jy verby en hy sien jou nie.

Vreemde man. Groot bruin haan, skerp gespoor, swierige kuif – maar hy kraai nie. Sy piep is nie afgesny of iets nie, hy *wil* nie kraai nie. Sy kraai sit in sy oë wat soms geel is, soms groen, soms geel-groen. Hang af van sy bui, want hy's baie buierig. Soos mense is wat diep dinge dink. Diep dinge weet.

"Jy't gehoop hulle sal jou raaksien as jy die nagrok aantrek."

"Hulle het."

"Dit was nogtans dom. Nie die nagrok nie, die energie wat dit jou gekos het. Moet nooit jou kragte vermors nie, Jessie, spaar dit. Hou dit vir jouself."

"Ek wou Ses gewys het. Hom terugbetaal het."

"Jung, die groot kenner van die menslike siel, het gesê die vrou word goed deur haar swaarkry te aanvaar."

Sofia het dit anders gesê, sy kon nie onthou hoe nie. "En die man? Waarvan word die man goed?"

"Hy moet die drake wegkeer wat die huis waarin die vrou woon, bedreig."

"Jung se gat. Hy't nie vir Ses de Waardt geken nie."

Die hokke.

Sy en Ses sit een aand op die stoep. Dis al laat.

"Ons sal 'n plan moet maak met die bobbejane, hulle teel net aan. Cecelia sê Rolph het gister net sy rug gedraai, toe's hulle in die koring."

"Watse plan?"

"Hokke. Hy't darem twee mannetjies geskiet gekry."

"Ek dink daar kom iemand in die pad op."

Hy tuur die donker in, hy sien niks. "Jy verbeel jou."

"Daar ís iemand."

Hy staan op. "Wie's daar?" roep hy.

"Ekke." Dis Henrik. Hy kom tot by die stoeptrappies, haal sy hoed af. "Ek het gekom hoor of mister Ses my nie asseblief kan help met 'n vyftigsentjie nie."

"Jy loop dié tyd van die aand by Arendsnes verby om op Kliprug te kom geld leen? Op wie se grond woon jy?"

"Miss Cecelia het my geja."

"Dis reg, want wat wil jy dié tyd met geld maak?"

"Die vrou wil Tarrie vroeg dorp toe stuur môreoggend. Sy's kort."

"Loop. Ek leen nie geld nie, jy weet dit."

"Ses . . ."

"Bly stil, Jessie!"

Sy bly stil.

"Watse hokke?" vra sy toe Henrik in die donker verdwyn.

"Vanghokke. Daar's 'n man by Riversdal, Hannes van Wyk, hy roei troppe so uit."

"Wat maak hy met die bobbejane wat hy vang?"

"Verdoof hulle, lewer hulle aan 'n hospitaal in die Kaap vir navorsingsdoeleindes."

"Dis laat, ons moet ingaan." Die dwarsberg se bobbejane sal hulle nie in hokke laat vang nie, sê sy vir haarself. "Ek dink Henrik het vyftig sent kom leen omdat hy Sofia moet betaal om by haar te slaap."

"Wat?"

"Sy sê sy's nie 'n man se verniet ding nie."

"Hoeveel keer moet ek jou nog belet om met haar geselskap te hou?"

"Sal *jy* my betaal?"

"As jy wil hoer, gaan doen dit in die Kaap waar jou soort hoort!"

"Ek is nie 'n hoer nie, Ses."

Sy vou die kombers en die reënjas op.

Dis stil. 'n Windswael fluit, 'n besie skree, namakwaduifie roep sag en hartseer, 'n kraai kwaak blikkerig in die lug. 'n Janfrederik kom land op 'n klip 'n entjie onderkant van waar sy staan. Dis die berg se vrolikste voëltjie: oranje borsie, wit wenkbroue; vlerkies wat windmaker oop en toe. 'n Sprinkaan woer deur die lug, janfrederik vlieg weg.

Die vlakte begin dynserig raak.

Sy's dors.

Toe bars die saadjie oop.

Die lug was die middag soel en vol bollende donderwolke – die onderkante die kleur van Cecelia se vuilvaal skape.

Duskant die knokkelberg het sy die bobbejane gekry en wyd verbygehou, want dit was die derde dag van die wrede geveg tussen die hoofwyfie en 'n jonger een onder haar. Hulle kry mekaar beet en krap en byt; gesigte, nekke bebloed van slagtandhale. Die ander wyfies sit soos toeskouers oral op die klippe rond; die jongeres grootoog en mik-mik met die lywe vir vlug as dit lyk of die stryd op hulle wil afpyl.

Die mannetjies wei rustig, steur hulle nie.

Sy druk haar ore toe en loop verby. Haar eie lyf was voos gebaklei teen 'n man wat sy nie verstaan nie; wat met haar getrou het, maar haar nie wil hê nie; wat haar wil doodhê, maar nie kan doodkry nie! Wat met háár boosheid in hom loop en bly keer dat sy naby genoeg aan hom kom om hom daarvan te bevry.

Sy kom verby die dassieklippe, sy sien die perd staan. Dis Rolph se perd. Hy sit op 'n klip. Sy kop vooroor.

"Jy sit soos 'n uitgeskopte bobbejaan."

"Jy loop soos een. Hallo, Jessie."

"Hallo, Rolph." 'n Druppeltjie soet roer in haar. Sy sit dit op haar tong, dit proe na vergete nektar en vloei deur haar soos ou nuwe lewe.

Hy staan op. "Jy is die mooiste skepsel," sê hy.

Dis die dag. Sy weet.

Sy vingers raak haar gesig aan. Sy maak haar oë toe. Agter haar is 'n vuur, voor haar ook. Sy gee nie om nie, sy wil net ophou dink, ophou beplan, ophou alleen wees, ophou baklei, ophou boos wees; binne-in 'n man inkruip waar dit warm en veilig is . . .

Toe hy in haar ingaan, voel dit soos 'n lang, dun angel wat steek tot by haar hart se punt, en soet word bitter soos gal.

Die enigste water langs die pad huis toe was by die dorpers se krale. Sy kruip deur die ooikamp se draad, trek haar broek uit, gaan sit wydsbeen oor die suipkrip, en was die slymerige saad uit haar uit terwyl die ooie haar met dooie oë aankyk.

Ses is nog nie by die huis nie. Sy sit die vleis op. Sy gaan trek 'n ander rok aan, kam haar hare, kyk nie in die spieël nie.

Skil pampoen.

Skil aartappels. Hoor Ses kom.

"Is daar koffie, Jes?"

"Ek skink." Dis nie haar regte stem nie.

"Hierdie weer gaan nie hou nie, dit trek verby. Cecelia se leidam is amper leeg en haar hawer is aan die opkom. Ons het lanklaas só 'n droë Maart gehad."

"Dis waar."

"Is daar nie beskuit nie?"

"Ek gee."

"Cecelia vra of jy môre vir haar na Carljan se klere sal kom kyk."

"Het hulle toe vir hom plek in 'n ander skool gekry?" Moenie na hom kyk nie, moenie dat hy sien nie.

"In Bloemfontein. Ek het beloof om jou te vra."

"Dis goed so." Hoeveelste skool. Altyd in die moeilikheid.

Sy loop Arendsnes toe.

Sy haat Maart. Natuur op sy vrugbaarste, alles fokuleer.

Sy haat skape. Cecelia laat die stoetooie vashou vir die ramme.

Sy haat bobbejane. Sy't haarself geleer om nie te kyk nie, maar eendag elf mannetjies agter mekaar dieselfde wyfie sien opklim in 'n halfuur se tyd; van die jonges moes op 'n klip staan om by te kom. Baie meer wyfies as mannetjies. Altyd genoeg wyfies op hitte.

Hoekom voel sy so sleg?

"Wat is liefde, Ses?" Lank gelede.

"Seks. Die natuur se ewige strik waaraan julle vroue aller-hande versiersels hang om dit nie te weet nie."

Diep in haar het iets gelag. Sy't geweet daar is 'n paadjie *om* die strik. Dat jy 'n leeu uit sy hok kan lok en paai tot hy sy naels intrek en sagpoot in jou ore spin. Dis jou mooiste ge-heim.

Wat jy aan flenters gebreek het vir 'n man met geel glasoë.

Die middag toe sy terugkom van Arendsnes af, vat sy die skêr en gaan knip haar hare buite langs die huis af sonder 'n spieël. Stomp. Soos straf.

Sy tel die hare op en gaan gooi dit weg. Sy sê vir haarself: Dit maak nie saak nie, hy dink in elk geval ek is 'n hoer. Maar dit wil nie beter voel in haar nie.

Ses kom by die huis. Sy skree vir hom dit was die laaste keer dat sy sy suster se naaiwerk vir haar gaan doen het!

Sy wil hê hy moet kwaad word, haar straf. Sy skep nie sy kos in die bord nie, sy smyt dit. Die sous spat oor die rand. Sy gryp die mes, sny die brood in hompe. Sy klap die agterdeur toe. Sy gooi 'n stuk hout in die vuur, die vonke spat hoog.

Hy staan langs die tafel, hy wil nie gaan sit en sy kos eet nie. Sy kry hom aan sy hemp beet: sy ruk, sy slaan, sy skeur, sy sien die bloedhale tussen die hare op sy bors uitkom. Sy skree die vreeslikste geluide, sy skop, sy byt hom aan die arm, sy wil haar seer in *hom* in dryf.

Hy baklei nie terug nie. Staan net daar. Met die vreemdste vrees in sy oë. Ses, wat vir niks bang is nie, is bang vir háár?

Dit voel of sy in 'n verbode plek inkyk, 'n digbewaakte deur staan 'n oomblik wawyd oop; sy moenie dat hy agterkom sy sien nie.

Toe klap hy haar.

Die week daarna kry sy die ou wyfie waar sy gaan lê het om dood te gaan. 'n Mens kan jouself doodbaklei.

32

"Dit was 'n skoot."

"My ook so geklink, ant Souf."

"My Jirre, Fya . . ."

"Kom liewerster in die huis in."

"Dit was 'n skoot. Hulle het haar geskiet."

"Ant Souf, gaan sit, ek gaan haal vir jou suikerwater!"

33

Toe sy voor Alfred Visser se agterdeur stilhou, vra sy vir haarself: Wat maak ek hier?

Om in sotheid en desperaatheid 'n waarheid te soek by 'n man wat hopelik nog naïef en eerlik genoeg is. Nog nie geleer het om agter slim leuens te skuil nie.

Sy sien hom van die krale af aangestap kom en weet dis nie die volle waarheid nie. Alfred Visser is 'n man. 'n Skaal waarop sy gekom het om haarself godweet hoekom te weeg.

"My wêreld, Cecelia! Dís nou 'n verrassing so op die Maandag."

"Môre, Alfred." Sy baard is lank.

"Hoe gaan dit?"

"Ek het gehoop dis hierdie kant van die berg minder blou as daar anderkant by my."

"Nare besigheid. Ek hoor hulle het haar nou nog nie gekry nie."

"Soek vandag op die berg – soos ek van die begin af gesê het hulle moet doen."

"Dis dinge hierdie wat in koerante gebeur, nie met mense wat jy ken nie."

Asof jy haar so danig geken het. "Ergste is sy's aangetroud."

"Ja, wragtig. Kom ons stap in huis toe."

Hy hou vir haar die agterdeur oop. Die kombuis is deurmekaar van vuil skottelgoed, stapels ou koerante, onoopgemaakte pos, en die uitmekaargehaalde vergasser van 'n trekker op die onderpunt van die tafel. "Hoe gaan dit met jou, Alfred?"

"Goed genoeg. En met jou?"

"Goed. Ek verneem jy't 'n nuwe vragmotor gekoop."

"Op skuld, ja. Sit. Hoe lyk dit met 'n koppie koffie? Ons het mekaar lank nie gesien nie."

"Dankie." Dis 'n man se huis. Onopgesmuk. "Wat het jy gekoop?"

"International: tien ton."

"Brawe keuse."

"Hoekom sê jy só?"

"Remme is te hard. Met 'n vol vrag teen 'n steil afdraand is dit 'n baie gevaarlike voertuig."

"Hang af of jy kan bestuur of nie. Ry hom op die ratte."

"Nog steeds. Dries Fourie had 'n vrag wol op, het met albei voete op die rempedaal gestáán, maar is nog steeds bo-oor die donkiekar op die brug onder Rooikrans se hoogte. Moes op vyftigduisend van die vragmotor ontslae raak."

"As ek van myne op dáárdie kilometers ontslae moet raak, is ek in my moer. Sal jy swart drink? Hier's nie melk nie."

"Dankie. Ek kan nie nou 'n nuwe vragmotor koop nie, ek wil grond koop."

"Kliprug?"

"Onder meer."

Hy lag. "As dit nie gou rëen nie, kan jy dalk myne ook kry."

"Nee dankie. Hierdie kant van die berg is nog droër as by my in die Kloof."

"Julle kry altyd 'n paar druppels meer. Suiker?"

"Dankie." Dis lekker om weer hier te wees. "Hoe gaan dit met jou skape?"

"Nie sleg nie. Ek oorweeg dit om 'n volwaardige stoetery op die been te bring. Klompie ou stoetooie te koop vir 'n begin, net om eers geregistreer te kom. As jy aan my 'n goeie ram ver- koop . . ."

"Ek sal daaroor dink." En jou boonop nog steeds as my lover vat. Jou help met jou stoet.

"Arnoldus Malan sê dit het hom minder as drie jaar geneem om daardie kampioen-ooi van hom te teel."

"Het hy jou gesê hoe hy dit gedoen het?"

"Was maar sy geluk."

"Allermins. Hy en sy skaap-en-wol-deskundige het agter op 'n bakkie gestaan en deur die jongooikamp gery: deskundige selekteer, hy skiet."

"Hoe nou?"

"Elke jong ooi wat nie duidelike eienskappe van 'n kam- pioen getoon het nie: *boem*!"

"Jy lieg seker."

"Stefaans wat by my werk, was die drywer van die bakkie."

"Sowaar?"

"Ja. Ek beskou dit as onvergeeflik oneties."

"Wys jou daar's vir alles 'n kortpad." Hy gaan sit oorkant haar en roer sy koffie oor die rand van die koppie. "Waaraan het ek die besoek te danke?"

"Wat sal jy my vra om my hamels op 'n gereelde basis mark toe te vervoer? Ses het al die jare my vervoerwerk gedoen, en voor sy dood het ek sy vragmotor gekoop, maar dié is nou klaar. Ek wil nie op hom spandeer nie."

"Ek soek juis werk vir my lorrie, die ding sal moet help om homself te betaal."

"Natuurlik."

"Hoeveel jaar het jy gesukkel om jou kampioen geteel te kry?"

"Baie." Goeie aanknopingspunt. "Omdat ek die lang pad verkies het. Omdat ek nog altyd vir erkenning op meriete geveg het. Meriete gegrond op 'n etiek wat nie verhandelbaar is nie – al was dit nie vir my as vrou aldag maklik nie."

"Ek stem."

Jy weet nie waarvan ek praat nie. "En aangesien ons nou die onderwerp aangeroer het, sal ek jou graag 'n vraag wou vra."

"Laat maar waai."

"Voel jy as man en boer deur my bedreig, Alfred?"

"Hoe meen jy nou?"

"Is dit vir jou aanvaarbaar dat 'n vrou 'n sogenaamde manse-werk doen?"

"My broer is predikant, hy sê dis net 'n kwessie van tyd voor die vroumense op die preekstoel ook sal wil op."

"Het jy beswaar daarteen?"

"Voel nie vir my reg nie."

"Hoekom nie?"

"Ek weet nie. Dis nou maar eenmaal só."

"Hoekom?"

"Dis nie 'n vrou se plek nie."

"Beskou jy my as 'n vrou wat toevallig 'n boer is, of 'n boer wat nie veronderstel is om 'n vrou te wees nie?"

"Dis nou bietjie moeilik. Jy's nie dalk maar net suur omdat een van my ramme vir meer as joune op die veiling gegaan het nie?"

Sot. "Ek was nie juis verheug daaroor nie. Van die ander boere wel. Verwelkom enigiets om my 'n bietjie terug te kry. Diskriminasie gedy in hierdie land. Vroue is weinig beter daaraan toe as gekleurdes."

"Mans diskrimineer maar teen mans ook. Kyk eers met watse kar jy ry; sit nie langs jou op 'n vergadering as daar 'n stoel langs 'n belangriker ou oop is nie."

"Moenie die onderwerp verander nie. Omdat ek 'n vrou is, word my skape selde op meriete geplaas weens die feit dat my mededinging en die goeie gehalte van my skape skynbaar 'n verleentheid is."

"Geen beoordelaar kan almal tevrede stel nie."

"Miskien loop ek draaie om dít wat ek eintlik wil weet – vir die blote interessantheid, natuurlik."

"Wat?"

"Sit ek mans af omdat ek suksesvol is, Alfred? Of vind mans my eenvoudig nie aantreklik nie?"

"Jy's 'n blêrrie mooi vrou, Cecelia, maar jy's getroud."

"Van wanneer af ontmens dit 'n mens?" ,

"Hoe bedoel jy nou?"

As jy jou opsetlik dom hou, is ek in die moeilikheid. "Veronderstel ek was net 'n gewone vrou, van die onderdanige soort – sou jy as man my dan meer aantreklik gevind het?"

"Wel, hoe sal ek sê? As jy meer my ouderdom was, het ek dalk onder jou rok ingeloer en gekyk wat daar is: ram of ooi."

Jou vuil bliksem.

Jou lae vark.

Lag saam, moenie dat hy die klapmerk oor jou gesig sien lê nie – *iets het soos 'n skoot op die berg geklink* – troos jou met die wete dat hy nie weer die voorreg sal smaak om Cecelia de Waardt óf een van haar ramme ooit weer op sy werf te sien nie! *Hulle sou tog seker nie op Jessie geskiet het nie?*

"Dankie vir die koffie, ek moet by die huis kom."

Sy sit haar voet op die versneller, die krag in haar motor is die krag in háár om van Alfred Visser weg te kom, die skok en ontnugtering te laat bedaar. Semel waarmee sy haar weer eens bemoei het! Trots weer eens getrap tot in die modder!

Goddank hy's 'n swaap, hy sal nie weet wat werklik agter haar besoek geskuil het nie.

Dit was 'n duidelike skoot.

As hulle Jessie de Waardt vandag geskiet het, word hierdie ding 'n bloedige drama en is Kliprug daarmee heen!

Sy sien die donkie in die pad. Rem. Oppas vir die gruis. Rem. Moenie uitswaai nie. Bly op jou wiele. Rem. Rem. Rem. Begin swaai.

Renosterbostakke swiep teen die regtersy van die motor verby.

As die donkie in haar truspiëel staan, tik sy liggies met haar hand op die paneelbord voor haar soos op 'n goeie perd se nek en hou stil.

Nie 'n skrapie nie.

Cecelia de Waardt ry nie met speelgoed nie.

Cecelia de Waardt is nie bang om voor die hele reëndors Karoo-vlakte om haar te erken dat sy weer van haar 'n gek gemaak het oor Alfred Visser nie. Vir die laaste keer. Dat sy die grootste mistasting gepleeg het toe sy gedink het sy kan 'n vry, volwaardige, onafhanklike wese wees. Mens gelyk aan mens.

Nou weet sy.

Dat swepe heimlik in manlike boesems gevleg word om jou mee by te kom die oomblik dat jy jou blootstel. Vir elke sigbare ketting waaruit jy losruk, smee die ewige samesweerders nuwes om jou verlossing te stuit. Elke ram wat jy beter as hulle teel, elke ooi; elke bladsy in jou tjekboek; elke gram verstand in jou kop, word gevrees.

Die vrou se stryd het skaars begin. As hulle vandag Kliprug onder haar uitgeskiet het met hulle trigger-happy vingers, sal sy sorg dat elke hel wat daar is, oor hulle losbars.

34

Dit het amper soos 'n skoot geklink, dink Louise. Van die voorste berge se kant af. Hulle sou tog seker nie op Jessie geskiet het as hulle haar gekry het nie?

Dis twaalfuur. Sy moet die toespraak in haar kop kry, Karel wil dit ná middagete voorgedra hê sodat hy kan hoor of hy veranderinge moet aanbring.

Geagte mevrou die Voorsitster, dames . . .

Sy haat die peperboomkant van die huis, maar dis al plek waar daar op die oomblik nie steurings is nie. Adam maak die toilet reg. Aan die voorkant is hulle besig om die grasperke te bemes en deklae om die struike te gooi. Karel het aangebied om vir haar toesig te hou.

Geagte mevrou die Voorsitster . . .

Sy het nie veel van 'n keuse aan die agterkant gehad nie: leiklipgruis uit die blou rante van die agterdeur af tot by die ry aalwyne. Om die sewe peperbome wat altyd lyk soos groenhaarmonsters wat hulle lot stilweg staan en bekla.

Uilkraal se verval skuil *agter* die huis: ou klip-en-klei-buitegeboue met dakke waarvan die strooi al yl geword het. Sederhoutbalke. Sederhoutkrippe vol stowwerige rommel. Bale lusern. Gereedskap. Uitgedroogde rieme wat verstok en vergete aan swart ysterhake hang. Karel sê hy wil al die ou geboue op die plaas eendag laat restoureer en as kultuurerfenisse bewaar.

Mense kan nie gerestoureer word nie. Mense word net stadig ouer en kry plooie. En raak verveeld.

Verveeld?

Die woord het uit die lug in haar kop in geval. Diagnose wat deur versperrings breek en voor haar kom staan om haar uit te daag. Wat kom sê: *Ek* is jou siekte. Al jou siektes.

Dis nie waar nie. Dit klink mallerig en onwaardig, sy wil nie so 'n siekte hê nie!

Geagte mevrou die Voorsitster . . .

Haar voete loop oor ysterklipveld, skaapbossies, vygiebos. 'n Pol bleekgeel gras . . .

Verby 'n stukkende windpomp – Climax – wat met sy pote in 'n kol geil brandnekels staan en draai en draai; die omgeknakte stert swaai saam met die wind. Pomp jare al nie meer 'n druppel nie.

Geroeste watertenk.

Perdemis.

Skaapmis.

Stukkende ploeg.

Toe Ses geleef het, kon sy saam met hom vlug.

Geagte mevrou die Voorsitster, dames. Die rol van die vrou in 'n veranderende Suid-Afrika is van kardinale belang omdat sy saam met die man voor politieke uitdagings te staan gaan kom wat al groter eise aan haar sal stel.

Karel sê die swartes sal nie ophou voor hulle nie alles vernietig het wat die wit man opgebou het nie. Voor mense soos doktor Liebenberg sê hy die wit man het niks te vrees in hierdie land nie – onderhandeling en goeie verhoudinge sal sy grond en besittings beveilig.

Iets pla Karel. Dis nie haar verbeelding nie. Sy't vir hom tee studeerkamer toe geneem, gedink hy werk aan haar toespraak. Toe staan hy by die venster en uittuur soos een wat diep beswaard is.

"Iets verkeerd, skat?"

"Ek wens jy wil ophou om gedurig iets te soek wat verkeerd is!" Val haar sommer aan.

"Ek het maar net gedink . . ."

"Jy het in jou hele lewe nog nooit vir jouself gedink nie, Louise!"

Hoe kan hy so iets sê? Hy weet dis nie waar nie.

Geagte mevrou die Voorsitster. Voor die emansipering van die vrou is daar gesê 'n goeie vrou moet ses gawes hê: 'n mooi gesig, 'n lieflike stem, 'n vriendelike geaardheid, 'n talent vir naaldwerk, innerlike wysheid en naastediens.

Waar kom Karel hieraan?

Hoewel hierdie almal voortreflike gawes is, sal u met my saamstem dat dit egter vir die moderne vrou binne 'n veranderende samelewing nie meer voldoende is nie. Inteendeel, die vrou van vandag sal hewig beswaar maak teen die ondergeskikte rol waarin die ou gawes haar noodwendig moet dompel. Die vrou, dames, het nie net haar kinderskoene ontgroei nie, die vrou is besig om splinternuwe skoene aan te trek . . .

Sy weet nog nie wat sy môreaand gaan aantrek nie, dit kan haar ook nie skeel nie. Dit voel of alles in en om haar tot stilstand gekom het. Vir Jessie wag.

. . . miskien kan ons sê: die vrou is besig om haar veldskoene vir hoëhakskoene te verruil omdat sy vandag aan haarself al hoër eise stel. Daarom wil ek my vanaand verstout en 'n oomblik stilstaan by die vraag: Wat sou die ses hoofgawes van die hedendaagse vrou wees? Spesifiek die gawes wat die vrou in 'n veranderende Suid-Afrika sal nodig hê . . .

'n Man wat altyd vir jou lief is, elke oomblik van die dag en die nag, wat jou vashou en vir jou sê hy kan nie sonder jou leef nie, dat jy goed en kosbaar en mooi is . . .

Vergewe my dus as ek heel eerste die mooi gesiggie by die deur uitgooi. Moderne kosmetiek het dit vir elke vrou moontlik gemaak om mooi te wees. Uiterlik. Ek wil dus die mooi gesiggie deur innerlike skoonheid vervang.

Sy wonder wat sal Karel maak as sy hom die vlek op haar maag wys?

Innerlike skoonheid kan alleen uit 'n selfversekerde vrou straal; 'n selfversekerde vrou is iemand wat aan haarself glo en weet waartoe sy in staat is.

Soos Cecelia.

Die tweede gawe, dames, is nog steeds 'n lieflike stem, maar een wat nou in sterkte sal moet groei om op elke gebied van die samelewing gehoor te word. Kommunikasie, samesprekings, onderhandelings, dít is die wapens van verandering – die enig-ste wat werklik vir ons kan vrugte afwerp in die uitdagings wat vir ons voorlê. Daarom sal die vrou se stem 'n al groter rol in die toekoms van hierdie land moet begin speel.

"Jy moet met Sofia praat, Louise. Haar waarsku dat Johannes moet ophou met sy revolusionêre praatjies onder die werks-mense. Wys vir haar die foto's in *Huisgenoot* van die honger massas in Ethiopië. Sê vir haar dís wat vir hulle voorlê as hulle nie oppas nie."

Sofia sê Johannes het sy eie kop en die mense op die foto's lyk soos brandsiekgoed.

Vir die derde gawe, liewe vriendinne, sou ek nog steeds vrien-delikheid behou, maar dit weer eens wil omskryf om by veran-derende omstandighede te pas, en dit diplomasie noem.

En wie verstaan diplomasie beter as die vrou? Beheer ons dan nie ons mans grootliks deur middel van hierdie gawe nie? (Gee kans vir lag, vou hande agter die rug om impak te maak met volgende stelling:) Diplomasie en sy tweelingmaat, geduld, gaan soos nooit tevore van die vrou gevra word omdat die Kom-

munistiese aanslag teen ons aan die toeneem is. 'n Aanslag wat daarop gemik is om hoofsaaklik die ruggraat van die Afrikaner te breek. Om die ruggraat van die Afrikaner te breek, moet die ruggraat van die Afrikaner-vrou gebreek word!

Wat sal Karel maak as sy weier om hom met sy verkiesings-veldtog te help? Weier om haar plek langs hom in die Parle-ment in te neem? Vir hom sê haar rug is gebreek?

Sy slaan 'n stuk oor.

Die vierde gawe, 'n talent vir naaldwerk, kan ons deur vernuf vervang. Vernuf wat ons tot redding kan wees omdat daar nood-wendig van ons melk en heuning gevat sal moet word om onder die massas te verdeel . . . met vernuf sal ons moet vasstaan om nie alles te verloor nie . . . bla bla bla . . . ons kultuurskatte . . . bla bla bla.

Die vyfde gawe, wysheid, wil ek net so behou . . . bla bla bla . . . devolusie van mag is 'n onvermydelikheid binne 'n ver-anderende Suid-Afrika . . . nie alleen sal die beleidmakers wys-heid nodig hê nie, maar ook die vrou omdat daar op bykans elke terrein van haar insig en begrip gevra sal word . . . bla bla bla . . . die aanslae teen ons kinders is besig om momentum te kry, vreemde waardes word aan hulle opgedring . . .

Sy't vir Bryan gesê hy moet vir hom 'n goeie meisie kry en haar volgende keer saam huis toe bring. Toe skryf hy vir haar 'n brief. Wat sy nie kon waag om vir Karel te wys nie, maar wel vir Cecelia. Bryan sê die son en al die planete is besig om 'n nuwe dimensie te nader waarin die Lig sterker as ooit tevore gaan deurbreek sodat die hele mensdom geestelik op 'n hoër vlak sal leef. So iets.

Sy vra vir Cecelia wat dit beteken. Cecelia sê dis al die ou fairy tales in 'n nuwe gewaad.

Bryan skryf die voorbereidings vir hierdie wonderlike ge-beurtenis vind reeds oral om ons plaas. Soos die man se ont-dekking dat die vrou wat hy deur die eeue gesoek het, nie *buite* hom is nie, maar binne-in homself. Soos die man in die vrou.

Sy vra vir Cecelia of sy dink Bryan is 'n homoseksueel. Sy sê nie noodwendig nie; as hy is, so what, wat kan jy daaraan doen?

Dis verskriklik.

Sy't 'n artikel gelees waarin hulle sê dis dikwels die ma se skuld omdat hulle te streng met hulle seuns was toe hulle uit die doeke moes uit. Te veel met hulle gelol het. Cecelia sê dis loutere snert.

Sy was nie te streng met Bryan nie. Destyds 'n spesiale apparaat in Johannesburg gekoop wat jy oor die toiletbak sit. Al probleem was dat hy toe hoe lank wou sit en piepie.

. . . wat my dan by ons sesde en laaste gawe bring, naamlik naastediens. In 'n veranderende Suid-Afrika, dames, sal opvoeding 'n groot deel van naastediens móét (beklemtoon sterk) uitmaak. Die vrou kan hier op baie terreine 'n enorme bydrae lewer: in ons klaskamers, ons kantore, ons sakeondernemings, op ons plase, selfs in ons daaglikse kontak met ons bediendes, kan ons opvoed, inlig, negatiewe propaganda neutraliseer. Ons woon in 'n land van diverse volke. Oral om ons gaan 'n kreet om bevryding op van mense wat nog moet leer dat solank jy ander vir jou verdrukking verantwoordelik hou, jy in gevangeskap sal bly! (Behoort applous uit te lok, die regsgesindes te verras.) Daarom wil ek vanaand vir u sê . . .

Solank jy ander vir jou verdrukking verantwoordelik hou . . .

"Karel, Tarrie van Sofia is in matriek. Sy wil graag verder gaan studeer."

"Ek stel voor sy gaan verpleeg."

"Sy wil 'n onderwyseres word."

"Sy't nie 'n wil nie."

Sê nou hulle het Jessie gekry, toe hardloop sy weg, toe skiet hulle haar?

Dit moet vreeslik wees om geskiet te word.

Dames, ek, Louise de Waardt, het nie geweet die lewe gaan my tussen kranse vasdruk en Karel de Waardt my bewaarder maak nie. Ek kan vir myself dink. Dis net dat ek nie weet wat die laaste tyd met my aangaan nie, die vreeslikste goed kom in my op as ek alleen is. Ek is bang ek pleeg ook 'n vreeslike daad en niemand verstaan nie. Ek het niemand om voor lief te wees nie. Ses is dood. Ek is lief vir Karel, maar dis nie dieselfde nie, as julle weet wat ek bedoel. Ek wens ek kan net een keer op hom skree. Hard.

Toe loop ek sommer die veld in om hierdie simpel toespraak te leer – dis nie ek wat dit gesê het nie, ek sweer. Ek is bang hulle kom met Jessie, ek wil haar liewer nie sien nie.

Stukkende trekker.

Emmer sonder boom.

Sykous, vasgedraai in 'n doringbos.

Plastieksakke, papiere, verfblikke, buitebande.

Alles is aan die vergaan. Ek ook. Ek doen wat ek kan om mooi en jeugdig te lyk. Dis soos om 'n tuin aan die lewe te hou met 'n laaste bietjie water.

Verveeld?

Hoe hou 'n mens op om verveeld te wees as jy in 'n Kloof moet woon saam met 'n man wat van een vergadering na die volgende leef? Jou kinders is groot, jou tuin is gevestig, jy't genoeg geld, genoeg bediendes . . .

Kombers. Nou onthou sy. Die dag toe sy na Sofia toe gery het en die ouvrou onder die peperboom kry waar sy 'n stuk van 'n kombers sit en afknip.

"Johanna!" raas sy met haar, "hoe kan jy daardie kombers so sit en stukkend knip? Dis 'n kombers wat ek verlede winter vir Sofia gegee het."

"Knip stuk onder af om bo aan te las. Dáár lê die naald en gare."

"Is jy gek? Vir wat doen jy dit?"

"Solat die duiwel nie my hande kan afkap om by my ore in te kom en my harsings uit te suig nie."

"Louise!" Dis Karel wat van die huis se kant af roep.

Sy draai om en stap terug.

"Ja, skat?"

"Ek ry gou Arendsnes toe, ek wil gaan hoor watse skoot op die berg afgegaan het."

Sodat die duiwel nie by my ore kan in nie . . .

35

Cecelia staan bokant die ramstal agter die skuur en sien die jeep stadig teen die berg af kom.

Sy keer haar verbeelding om nie vooruit te hardloop nie, dit kon net sowel 'n waarskuwingskoot gewees het.

Karel se bakkie staan onder by die huis. Sy het hier bo stilgehou om eers kalm te word.

Omdraai om haar sotheid te gaan uitvee kan sy nie. Wat gepleeg is, is gepleeg. Jessie kan nie teruggaan Geelboskloof toe en die kleintjie uit die water gaan haal nie, al sou sy alles wou gee om dit te kan doen. Cecelia de Waardt kan nie teruggaan na Alfred Visser en elke bliksemse ramteler, bankbestuurder, skaap-en-wol-deskundige, beoordelaar, gladdebeksmous, of wie ook al in 'n broek, en die stommiteite wat *sy* in onkunde gepleeg het uit hulle koppe gaan graai nie.

Godweet, sy't nie gedink daar is nóg skille wat van haar oë kon val nie.

Nou weet sy: hulle klop jou op die skouer, help jou op die podium, klap vir jou hande, maar verklaar jou tot onkruid die dag as jy die kleed wat húlle jou omgehang het, begin afgooi: seksobjek en meid. Dan staan jy soos 'n uitgeworpene agter jou eie skuur met wraak in jou hart en voel hoe die pyn 'n oomblik se hartseer in jou oopsteek.

Vir jouself. Vir die vroue van die aarde. Want voer elkeen nie maar haar eie magtelose stryd teen 'n onregverdige lot nie?

Daar was 'n tyd toe sy gedink het Ses en Jessie gaan mekaar vernietig. Dit verwelkom het toe Jessie haar goed vat en loop. En toe? Toe kom sy terug. Hoekom? Omdat sy gedink het sy kan alles met naai regmaak? Skuil daar agter Louise se aangeverfde soetheid dieselfde motief? Maak elke vrou haar eie blikswaard om mee te veg vir 'n regverdige bestaan op aarde?

Waarom is dit nodig om daarvoor te moet veg? Is dit dan nie die *man* wat hom so koorsagtig beywer vir demokratiese stembusse om die wil van die meerderheid te laat geskied nie?

Wie's die meerderheid?

Die vroue.

Waarom laat die grootste gros vroue – die sagmoediges en onnoselinge, hulle in drukgange prop en met 'God se wil' vasketting?

Omdat vroue kollektief 'n manlose bestaan vrees?

Die intellektuele, die presteerders – almal wat uit die put van onderhorigheid en minderwaardigheid geklim het – word deur die Alfred Vissers ingewag en die slagkamp ingestamp.

Sy los haar motor agter die skuur en loop huis toe.

Die jeep hou stil.

Jessie is nie by nie.

36

Sofia stapel die hout tussen die huis en die peperboom op. Toe dit goed donker is, steek sy dit aan die brand.

"Wat maak Ma nou?" roep Tarrie oor die onderdeur.

"Vuur."

"Vir wat?"

"Sommer. Loop kyk dat jou pa nie van die kooi af val nie."

Die ouvrou kom uit die huis gesukkel. Sy keer haar nie. Sy laat haar vuur toe kom en die ou plooigesig gebarste rooibruin klei in die gloed van die vlamme word.

"Is mooi, Souf."

"Ja."

Die vuur. Sodat God uit sy hoë hemel kan afkyk en haar dankie sien.

Hulle moes die hond vrek skiet daar bo.

Vyf van Oubaas De Waardt se honde het eendag 'n uitskop-mannetjie getakel en doodgebyt, maar drie van die honde was uitmekaar geverskeur en moes agterna geskiet word.

Henrik sê hy sweer die hond het Jessie geruik. Gelukkig was sy strot so toegewurg van die ketting waaraan hulle hom ge-houvas het, hy kon nie die wind so lekker inkry nie.

Nooit naby haar skuilgrot gekom nie. Al op die dwarsberg af gesoek tot amper onder by die klipkoppies. Hy en Rolph sukkel-sukkel agterna in die jeep.

Hond se tong sleep later op die grond. Poliesman s'n ook. Net die vreemde een, die tekkie met die valkogies, raak nie moeg nie. Loop met die verkyker, spring sommer op die jeep om te spied as daar nie 'n klimklip naby is nie. Sê hy wil Geelboskloof ook sien. Rolph is saam met hom daar af, gelukkig net tot by die kuil.

Toe's dit weer terug: suidwaarts. En amper gaan staan Henrik se hart, want toe foeter die hond skielik wes, kompleet of hy gedagte het.

Jeep kook kort-kort. Net voor die middag stop hulle om te rus, die hond lê eenkant en pomp. Tekkie wil weet waar jy uitkom as jy *deur* Geelboskloof sou loop.

"Agter op Alfred Visser se grond, as jy nie jou nek gebreek het nie," sê Henrik vir hom.

Weer voort. Soek-soek. Al meer weswaarts. Henrik sê sy plan is reg: hy gaan van die jeep af spring en maak of hy hom doodval. Gelukkig praat daar toe skielik 'n bobbejaan so 'n ent van die knokkelberg af. Hard. Die poliesman met die hond steek vas en wag vir die jeep. Valkoog loer deur die blikoë.

"Dit lyk na 'n hele trop bobbejane!" roep hy uit.

"Ja," sê Henrik, "sien ons seker lankal aankom."

Rolph ry 'n entjie nader voor hy stilhou. Bobbejane vloek en skel; die hele trop is bo-op die knokkel, dit klim en klouter, dis heen en weer en op en af, nie 'n oomblik stil nie. Kompleet soos 'n klomp goed op warm kole. Rolph skree vir die poliesman om stil te staan. Hond het die ritteltit.

"Wat gaan daar voor aan?" vra die een met die hond. Tekkie bly net in die verkyker.

Henrik sê vir hulle daar's moeilikheid. Voor hy kon besluit watse moeilikheid, help Rolph hom uit en sê dit lyk of daar 'n wyfie besig is om 'n kleintjie te kry. Henrik sê hy gryp sommer eenkant en las by – baie gevaarlike besigheid, want bobbejaan gee mos swaarder geboorte as 'n mens. Die mannetjie help haar, die ander hou wag en kyk dat g'n niemand naby kom nie.

179

Valkogies sê: Maak bietjie los daardie hond dat ons sien. Rolph wil nog keer, maar hond staan klaar afgehaak. Poliesman gee die order. Hond ken nie bobbejaan nie, hond staan stil. Poliesman praat weer. Hond begin draf.

Henrik sê waar hulle vandaan gekom het, weet hy nie. Die bosse het net een roer gegee, toe's dit drie uitgegroeide mannetjies. Hulle gryp die hond, jy sien net bollings lywe wegraak in die bosse in. Hond tjank. Poliesman skree. Rolph start die jeep en ry nader, maar dis te laat. Die bobbejane is klaar, hond is aan repe.

Moes hom net daar skiet.

Henrik sê die poliesman was so kwaad, hy wou met alle mag op die bobbejane ook skiet. Rolph sê vir hulle dis doodsake, en buitendien, die vrou wat hulle soek, sou dit nie naby gewaag het nie. Sy ken van bobbejane. Weet hoe gevaarlik hulle is.

Henrik sê hy weet nie so mooi nie. Daar't g'n wyfie kleintjie gekry nie. Gaan altyd eenkant toe met haar mannetjie, ver van die ander af.

37

Sy dra die rewolwer in haar baadjiesak omdat die kussingsloop te wit is in die donker. Die maan is 'n goudgeel sekel wat in die weste sak. Sy probeer so ver moontlik op die klipplate en oor die ooptes langs loop. Gaan staan kort-kort om te luister . . .

Naguil. Skape onder teen die hange. Krieke. Geritsel in die ruigte – 'n bok.

Die bobbejane slaap.

Ses het eendag gesê die Here het geweet wat hy doen toe hy die bobbejaan 'n dagding gemaak het; as hulle in die nag moes geloop en vreet en steel het, sou hulle lankal oor die aarde geregeer het.

Sy moet by die water kom.

Die bobbejane het haar in die skeur gehou tot laatmiddag toe. Sy vermoed hulle het beurte gemaak om te gaan drink.

Daar was oomblikke dat sy die bangste vir die bobbejane was. Veral vir die wyfies. Sy sê vir Susie sy sal versigtig wees, sy wil net loer om te kyk wat aangaan, maar die oomblik as sy haar oplig, keer die grommende gesigte haar. Mannetjies se slagtande mag langer wees as die wyfies s'n, maar wyfies se gesigte is erger as hulle wreed is.

Sy weet nou nog nie wat aangegaan het nie.

Hulle was wei-wei op pad na die water, toe Jakob net een galmende bôgom gee en almal spaander vir die uitskietknokkel. Sy's nie seker of sy self die skuilte in die skeur gekry het, en of hulle haar daarin gedruk het nie.

Toe hou hulle haar daar.

Ure. Nes sy wil uit, keer die wyfies.

Skielik raak die hele trop besete. Toe die skoot. Sy lê, sy wag. Waar haar arms aan die rotse raak, sit haar sweet. Die kussingsloop lê iewers by haar voete, sy kan dit nie bykom nie. Sy lê, sy wag. Hulle kom sê nie toe die gevaar verby is nie, sy moes maar self agterkom die bobbejane is weg. Wei al wie weet waar in die rigting van hulle slaapplek.

Was dit iemand wat kom jag het?

Of het hulle haar kom soek?

Dis veilig in die donker. Rustig. Die sterre is só helder en naby, as sy haar oë op skrefies trek, loop sy deur hulle; haar lyf, haar hare, haar gesig is vol stukkies sterlig.

Hulle sal haar nie kry nie.

Die donker sal haar in die nag wegsteek, die bobbejane in die dag – tot dit tyd is om Geelboskloof toe te gaan.

Sy's nie bang nie.

38

"Ek wil jou aandag hê, Rolph." Sy het Jalia 'n slaappil gegee. "Dringend."

"Seker. Kom sit, moenie net daar in die deur staan nie."

"Maak toe jou boek." Hy lees in elk geval nie regtig nie.

Sy steek haar hand uit en skakel die plafonlig aan: net vyf van die ses gloeilampe brand. Behoort genoeg te wees om hom te irriteer. Die feit dat hy saam met haar in hierdie slagyster van 'n huwelik is, gee hom geen reg tot versagting nie. Inteendeel. Aan hóm is meganismes soos inherente onafhanklikheid en hoere toegestaan waardeur hy ongeskonde kan ontsnap as hy wil. Nie aan haar nie. Sy moet die tralies breek.

"Is dié skerp lig nou werklik nodig?"

"Ja. Ek kan nie met 'n man praat wat onder 'n staanlamp in 'n skemer hoek wegkruip nie." Sy gaan sit skuins oorkant hom. Daar moet dringend iets aan die vertrek gedoen word. Verf. Gordyne. Ander mat. Ander meubels. Kliprug s'n. Meeste De Waardt-erfstukke, maar omdat lady Louise destyds net so min soos Karel die waarde van die goed besef het, het Ses dit gevat.

"Wat is dit, Cecelia?"

"Ek het vandag met 'n skok besef dat al my pogings om my as mens te bewys, deur 'n onsigbare mag uitgelag word."

"Dis vreemd. Jy is nie dalk maar net teleurgesteld omdat Jessie nie opgespoor kan word nie?"

"Jessie is afgeskryf. Sy bestaan nie meer nie."

"Ek is nie so optimisties nie."

"Wonderlik. Immers dool ek dan nie alleen op die vlak van toenemende pessimisme nie."

"Wat wil jy sê, Cecelia?"

"Nie sê nie. Weet."

"Wat?"

"Ek wil hê jy moet vir my sê hoeveel wrewel in die man opgedam lê teen die geëmansipeerde vrou. Moenie my gevoelens probeer spaar nie, moenie my intellek beledig nie, antwoord my as man."

"Goed." Hy kyk nie op nie.

"Ek het jou gevra om jou boek toe te maak." Daar is 'n duiwel in haar los; sy sal hom aan die een kant moet breidel en aan die ander kant moet loslaat om hierdie slang vanaand uit sy gat te kry.

"Cecelia . . ." Hy sug en maak die boek toe. "Hoe gebeur dit dat 'n suksesvolle vrou soos jy nooit ontslae kom van 'n knaende agterdog teenoor die man nie? Julle ry nou amper honderd jaar wydsbeen perd, maar sit skynbaar nog steeds ongemaklik in die nuwe saal."

Hy het 'n manier om met vernuf kinderagtig te raak.

"Omdat ons perde met onsigbare rieme gekniehalter word."

"Kom nou. Dis tyd dat die vrou haar bykans grenslose posisie ten volle begin geniet en 'n bietjie simpatie toon met die biologiese grense wat die man opgelê is."

"Ek hoop nie jy gaan dáárdie holrugperd opsaal nie."

"Nee. Net 'n slag beslaan. Want die man kan 'n rok aantrek, sy naels verf, op sy kop staan, maar baar en soog kan hy nooit, terwyl die vrou met gemak in ons klere en ons saals klim en . . ."

"Ek sal dit waardeer as jy met my 'n volwasse gesprek wil voer."

"Miskien is jou probleem die kwessie dat jy bereik het wat jy wou en nou met reg iemand soek om vir jou hande te klap. Ek klap elke dag vir jou hande. Almal klap vir jou hande."

"Wat wou ek bereik het, Rolph?" Lok hom uit.

"Erkenning as mens. Erkenning vir miskende potensiaal. As vrou. Jy kry dit. Jy't dit verdien. Wat meer wil jy hê?"

"Moenie 'n lekkergoed in my mond prop in die hoop dat ek hierdie argument nie verder sal aanstig nie."

"Ek bedoel dit, Cecelia. Ek gun jou die sukses, jy't daarvoor gewerk."

"Ek soek nie retoriek nie, Rolph Hurter! Ek soek geloofwaardige redes waarmee ek myself kan oortuig dat my vermoedens verkeerd is."

"Watse vermoedens?"

"Dat ek op allerhande subtiele maniere deur mans gestraf word vir my sukses."

"Dis belaglik."

"Is dit?"

"Noem 'n voorbeeld van hierdie sogenaamde subtiele bestraffing."

My stoetramme kry twintig na dertig minute om te rus, jy rus nou al amper 'n maand. "Dis moeilik om 'n slang met baie koppe met een hou dood te slaan, Rolph."

"Ek ken jou, Cecelia. Jy bou momentum op om 'n klip te gooi."

"Nee, om berge om te rol. Ek wil weet wat onder hulle skuil, want as daar in elke man op hierdie aarde wat met 'n suksesvolle vrou getroud is – of wat selfs 'n suksesvolle ma of suster het – net een koppie verskuilde afguns gemeng met 'n goeie skoot wrewel lê, is 'n massa wrewel besig om teen my op te bou."

"Ek weet nie waarvan jy praat nie."

"Dit was al die bietjies opstand sáám wat in die vroue van die wêreld opgebou het, wat hulle die moed gegee het om uiteindelik teen hulle onderdrukking op te staan. Dit nog steeds te doen."

"Waaroor kerm julle in werklikheid, Cecelia? Watse onderdrukking? Wie onderdruk julle?"

"Ek is nie klaar nie. Die vrou het na *buite* gebars, Rolph. Haar stryd was en is 'n openlike een. Ek ontken nie dat daar vroue is wat ander metodes gebruik nie, maar dit kom uiteindelik op dieselfde neer: erken my as gelyke; gun my beskaafde regte!"

Hy lag. "Jy klink nou soos 'n hedendaagse politieke betoger."

"Behalwe dat my vyand moontlik gevaarliker is."

Die glimlag om sy mond kan 'n grinnik ook wees – slang met gif in die kiestande.

Die ergste is dat hy haar nie heeltemal koud laat nie. Mooi lyf. Knop nog gesond vir sy ouderdom. Slim, maar agter 'n sluier wat sy nie vertrou nie. Slu. Kastig beskeie. Sal nie sy broek uittrek solank die son skyn nie.

'n Hotnotsgot sit teen die tafelkleedjie langs sy knie. Hy probeer die ding versigtig op sy hand lok.

"Waaroor gaan hierdie gesprek, Cecelia?"

Altyd sagsprekend, paaiend. Kan jou vingers nie om sy keel kry nie.

184

"Oor die feit dat ek as suksesvolle vrou moontlik in dieper moeilikheid is as wat ek besef het. Omdat die man nie die durf het om sy jaloesie en verspotte gevoelens van bedreiging in die oopte te bring nie. Hy lieg net al beter, terwyl die vrou se straf in miljoene binnekamers bewustelik of onbewustelik beplan en bereken word!" Hy luister nie. Hy speel met die hotnotsgot. "Magtig, Rolph Hurter, ek praat met jou!"

"Ek hoor elke woord."

"En vee jou gat daaraan af omdat jy weet jy word gerugsteun deur 'n sieklike mansbeheerde wêreld wat om elke hoek en draai sorg dat jy jou bevoorregte posisie en versluierde baasskap behou! Erken dit: julle weet wat om met die inferieure vrou te maak – nie met die intelligente een nie."

"Is dit dan nie vir die vrou ook makliker om die inskiklike man te beheer nie?" 'n Mesprik van die kant af.

"Moenie my woorde leen nie. Die intelligente vrou het julle onverhoeds betrap." Sigaret. "Ek sê vanaand vir jou, en vir elke man op hierdie aarde: die vrou se werklike stryd het skaars begin!"

"Stryd om wat? Wat wil *jy* hê, Cecelia?"

Verlossing van verskuilde bespotting wat ek nie verdien nie. "Gelykheid en respek en dieselfde vryhede as die man. My eie brood, nie bedel vir krummels van júlle tafels af nie. In kort: bevryding!"

"Praat jy nou namens alle vroue?"

"Ja."

"Rousseau het sy gewildheid verloor toe hy gesê het dat alle mans wat werklik weet wat hulle wil hê, almal dieselfde ding wil hê. Toe spring die diktators op en skree: *Ons* sal vir julle sê wat julle wil hê."

"Hoekom moet jy altyd een van jou filosowe by 'n argument insleep? Vind jy dit moeilik om vir jouself te dink?"

"Nee. Dit klink net vir my of jy presies dieselfde sê: dat alle vroue wat werklik weet wat hulle wil hê, almal dieselfde ding wil hê. Dat *jy* vir hulle sal sê wat hulle wil hê."

"Jou bastard! Jy probeer my bykom omdat jy nie die donnerse guts het om my reguit te sê jy haat my selfverdiende onafhanklikheid nie, omdat dit die diktator se septer uit *jou* hande op Arendsnes gevat het!" Sy's besig om haar humeur te verloor. Sy ken hom. As hy eers agter uit sy gat begin sarkasties raak, kry sy nie 'n skub van hom af nie.

"Ek het geen beswaar teen jou onafhanklikheid nie, Cecelia. Inteendeel. Die onafhanklike vrou is hoofsaaklik die een wat sorg dat die man vandag vry is om sy oorloë met soveel meer oorgawe te veg." Sonder om sy stem te verhef. "Nog beter: sy tree tot sy oorloë toe. Veg skouer aan skouer met hom. Dapper, toegewy. Kla ten helle as sy in die spervuur beland – vergeet dat *sy* veronderstel is om die oorloë te stop."

Sy glo dit nie. "Hoe is dit moontlik dat 'n intelligente man só blatant en lafhartig agter die vrou kan inspring en háár die skuld gee vir die gemors wat julle in die wêreld aanvang?"

"Wie het jou kwaad gemaak, Cecelia?"

Die vraag is skielik, hy kan soms bloedhondfyn wees. Sy sal hom terugkry. "Hoekom moet die vrou wag tot dit die man behaag om in haar bed te klim?" Hy haat dit om vir seks *gevra* te word.

Hy strek sy bene uit en kruis sy enkels. "Is dit jy wat die laaste bottel Château Lafite oopgemaak het?"

"Waarheen hardloop jy nou weg?" Ou truuk van hom. "Daar is een Lafite oor en dis in die kelder."

"Dit was nie daar toe ek vir ons die bottel Roodeberg voor ete gaan haal het nie."

"Natuurlik is dit daar. In die ry net binne die deur waar dit nog altyd was."

"Ek sê jou dis nie daar nie."

39

Die tuinligte gooi geel kolle tussen die lower en verdryf die donker.

Jalia sê Rolph sê hy dink Jessie ís op die berg. Maar hulle

moenie dat Cecelia dit hoor nie. Hy dink die speurder vermoed dit ook.

Karel sê hy skaar hom by Cecelia: Jessie is dood.

Louise de Waardt vóél dood. Soos die Van Wouw-vroutjie tussen die dwergsipresse met die voëlmis op haar kappie waaronder net die punt van 'n klipneus die lig vang.

Karel is uiteindelik tevrede met haar voordrag van die toespraak. Net haar hande moet sy stiller hou.

Sy gaan vir hom sê sy't gelieg oor Jessie. Van die vuilsiek. Sodat die Here haar kan vergewe vir haar sondes en die bang uit haar haal. Sy gaan vir Karel die vlek op haar maag wys sodat sy kan waar wees.

Bryan sê waarheid maak mense vry.

Sy wil nie vry wees nie, dis te alleen.

Sy het haar kaste deurgesoek vir 'n paar groen skoene om môreaand by haar groen rok aan te trek, toe kom sy op die boks af. Herinneringe gebêre in snuisterye. Kaartjie wat by die eerste blomme was wat Karel vir haar gegee het toe hulle nog studente was: *Aan my wonder-meisie met liefde.* Kinders se briefies: *Aan 'n dierbare mamma met liefde.* Woorde wat iewers langs die pad doodgegaan het.

Skoentjies. Wolkousies. Foto's. Poppie van pypskoonmakers wat Linette in die skool gemaak het. Bryan se vetkryt-Jesus aan die kruis. Karel Junior se eerste strikdassie.

Prentjies wat ou dinge weer lewend laat word . . .

Hulle kon nie die soektog na Jessie afhandel nie, die bobbejane was te gevaarlik. Karel sê bobbejane is baie gesteld op die privaatheid van 'n wyfie wanneer sy kraam.

Sy't nooit van Karel verwag om 'n bohaai oor haar te maak as sy verwag het nie. Altyd met die slimste sorg aangetrek sodat hy nie so moes *sien* hoe haar lyf groter word nie. Altyd bang gewees hy sal nie meer vir haar lief wees nie, ophou dink sy is wonderlik. Hy't eendag vir Rolph gesê hy weet nie hoekom Cecelia so mislik en selfsugtig is as sy verwag nie, Louise gaan met gemak daardeur. Mens weet skaars sy verwag.

As haar tyd aangebreek het, het Karel haar dorp toe geneem en op die plaas kom wag. Sy't nie van hom verwag om by te staan soos baie van haar vriendinne van húlle mans verwag het nie.

Toe Bryan gebore is, was hy in Pretoria. Sofia het saans in die studeerkamer kom slaap; elke aand ewe opgedaag in 'n wit rok en wit kopdoek. Kastig verpleegster. Inmengerig soos altyd.

"Man se plek is by die huis as dit die vrou se tyd is."

"Tye het verander, Sofia. As meneer Karel nie betyds is nie, neem miss Cecelia of meneer Rolph my hospitaal toe. Ek wil in elk geval nie my man té naby hê nie."

"Ek sê nie hy moet staan aangaap nie. Sy plek is in die deur waar hy elke pyn kan hóór. Sodat sy lus kan afsak en jy kans kry om te rus voor hy weer kans sien vir opklim."

"Sofia!" Linette en Karel Junior het op hoorafstand gespeel. "Moenie so voor die kinders praat nie!"

"Kinders moet van kleins af leer wat's reg en verkeerd."

Rolph het haar die nag ingeneem dorp toe.

Toe Jessie se baba gebore is, het sy in haar motor geklim en spesiaal dorp toe gery om te gaan babakleertjies koop. Weens die buitengewone omstandighede het sy vir Sofia gevra om dit vir haar te neem.

Toe stuur Jessie dit terug. Die kos en die goed wat Cecelia gestuur het ook. Jalia voel sleg, sy sê hulle moet almal saam Kliprug toe gaan.

Jessie sit op die bed, haar bloes is oopgeknoop, haar een bors kaal. Sy druk die melk uit, dan drup dit in die aaklige mondjie in; die tongetjie slurp dit met sulke snorkgeluidjies in nes 'n diertjie.

Sy't amper flou geword. Jalia het aan Cecelia geklou en kliphard gehuil.

Cecelia is nie kleinserig nie, sy's gewoond met lammers en goed werk. Sy sê vir Jessie sy kan nie só sit en sukkel nie, die kind moet in 'n hospitaal kom. In die Kaap.

Jessie kyk nie een keer op nie. Haar hare is deurmekaar, die bed is deurmekaar; vuil luiers lê in die hoek. Sinkbadjie met ou

188

water. Handdoek. Seep. Die hele kamer is vol verlatenheid en Jessie sit binne-in dit.

Dieselfde eensaamheid wat oor jou kom as jy verlos en skoon aangetrek tussen hospitaalmure lê en wag dat Karel moet kom sodat hulle vir hom die baba kan gaan wys en die kamer loop vol van blomme en gelukwensings en mense . . .

Niemand hou jou vas nie.

Sy ry huis toe. Kort duskant Uilkraal se afdraai kry sy Henrik se ma, ou Johanna. Sukkel aan op die kierie. Sy hou stil en raas met die ouvrou omdat sy in die pad loop met haar bene wat so sleg is.

"Waar op aarde wil jy hierdie tyd van die dag heen, Johanna?"

"Ek en Souf maak beurte om saans op Kliprug te gaan slaap. Moet vroeg begin, ek loop stadig. Vat my in jou kar en gaan bring my weg."

As sy nie geweet het Johanna is al kinds nie, sou sy gedink het sy's vermetel. "Klim in."

Sy draai om en ry terug. "Ek dink dis wonderlik dat julle haar so bystaan, sy is so verskriklik alleen."

"Sy's nie alleen nie. Ses is daar."

"Ekskuus?"

"Sit by haar op die kooi."

Ongelooflike verbeelding wat dié mense het.

Jalia sê Rolph sê Jessie gaan self van die berg af kom. Dis net 'n kwessie van tyd.

Sy't nie haar kinders gevoed nie. Karel het 'n ding oor mooi borste. Vandag is sy spyt sy het nie, plastiese snykunde kon die skade herstel het. Hulle sê daar's meer binding tussen moeder en kind as jy borsvoed.

Sy't probeer om vir Linette nie net 'n ma te wees nie, maar ook 'n goeie vriendin. Hoe harder sy egter probeer het, hoe meer afsydig was die kind. Gedurig haar hand bly losruk.

Dit moet vreeslik wees om alleen in die donker op die berg te wees.

Sy, Louise, was een keer vir drie weke alleen oorsee. Sy't vir almal gesê dit was wonderlik, maar dit was hel. Die dokter het voorgestel dat sy 'n bietjie wegkom uit die Kloof. Die spanning van die langdurige droogte daardie tyd was besig om haar gesondheid aan te tas.

Altyd die vrees dat hulle Karel se skape kan kom tel en uitvind hy kul met sy getalle. Om droogtehulp te kry moes die boere hulle skape verminder; Karel hét verminder, maar twee van die 'verminderde' troppe in een van die klowe weggesteek. Regeringsamptenare kom tel met 'n helikopter as hulle jou verdink; bo en behalwe die skande konfiskeer hulle jou skape en lê jou 'n groot boete ook nog op.

Sy's Londen toe.

Waar die alleenheid 'n onbeskryflike angs oor haar gebring het. Jy loop tussen hordes mense op die sypaadjies, jy's bang jy val dood neer en niemand tel jou op nie. Jy probeer vir jou klere koop, jy pas aan, jy staan voor die spieël, dis nie jy nie. Praat jy met mense en hulle hoor jy kom van Suid-Afrika af, kyk hulle jou met haat-oë aan, al sê jy vir hulle jy's teen apartheid. Die enigste plek waar jy veilig voel, is jou hotelkamer solank die TV speel om jou aandag af te lei.

Karel sê een van die dinge wat hy in sy verkiesingsveldtog gaan beloof, is 'n toring wat sal sorg dat meer mense in die distrik televisie-ontvangs geniet. Die Kloof ook.

Dit sal wonderlik wees.

Cecelia is vir niks bang nie. Sy was een keer vir drie maande alleen Australië toe.

Hulle sê die bobbejane het Jessie so gewoond geraak op die berg, sy kon tussen hulle loop. Karel sê dis twak, dis een van Henrik se stories.

Sy't regtig probeer om vir Jessie ook 'n vriendin te wees. Dis net dat sy nooit werklik bereikbaar was nie. Kon nie die sosiale afstand oorbrug nie, al was daar 'n tyd dat sy probeer het om haar beter te versorg en te gedra.

Verveeld is 'n aaklige woord. Klink soos leeg. Sy's nie leeg nie, net alleen.

40

Die sterre dryf in die water. Sy skep hande vol en drink. Was haar gesig, haar arms, haar bene, haar lyf.

Sy's koud, sy's skoon.

Die donker is vol vredigheid en veiligheid; hulle sal haar nie vannag kom soek nie, die witklip se water is ver van mensplekke af.

Daar is nog baie heel plekke op die berge om die Kloof. Plekke waar net voëls en klipspringers en ribbokke en wildekatte woon . . .

Die heelste is die Groot Vlakte anderkant die berge na die suide toe. Waar niks woon nie.

Ses het haar een maal in die jaar saamgeneem Kaap toe om vir 'n dag en 'n nag by haar ma-hulle te gaan kuier. Langpad is teerpad langs. Kortpad is deur die Vlakte as hy in die Onder-Karoo moes bokke laai: tweehonderd kilometer is grondpad waarvan die helfte deur nêrens loop. Net klippers en son en blou lug en stilte as jy stop en uitklim.

Jy fluister as jy praat, trap sag as jy loop. Jy oortree op iets se plek wat jou heeltyd dophou.

"Laai my op as jy terugkom, Ses, ek wil hier bly."

"Ek kom nie hierlangs terug nie."

Jy rol die vlakte op en bêre dit in jou vir wanneer die volmaan oor die Kloof hang en jy jou oë toemaak, jou skoene uitskop, vir jou 'n gewaad van dun silwer lap toor en jou eie dans oor 'n klipvloer so groot soos nimmereinde dans.

"Wáár is jy, Jes?"

"Ek sit op die stoep by jou."

"Jy's nie hier nie."

"Ek dans oor die vlakte agter die berg."

"Kom terug, dis die maan wat jou aantas."

As elke dag 'n letter is en jy ryg hulle aan die einde agter mekaar in, is dit die woorde van jou lewe. Baie is verstaanbaar, die meeste nie.

Soos die woorde op Ses se gesig die middag in die kombuis, wat vir haar geskree het: *Ek vrees jou, Jessie!* Wat 'n gat uit haar hart geruk het, al het sy vir haarself gesê dis nie waar nie, dis maar net die ou woorde wat altyd in sy oë is. Wat sê sy's 'n hoer en 'n leuenaar en 'n skelm. Woorde waarteen sy kon opstaan.

Dan loop jy die berge in en kry 'n bobbejaanwyfie doodgebaklei. Jy skrik, jy draai om en om, jy weet nie watter kant toe nie, jy't iewers die letters deurmekaar laat raak.

Sofia kan nie lees nie. Sy voel die woorde met haar vingerpunte.

"Ses is bang vir my, Sofia," gaan bieg sy onder die peperboom.

"G'n wonder nie, kyk hoe lyk jy, kyk hoe't jy jou mooie hare geverknip!"

"Hy's nie bang vir my hare nie, Sofia, hy's bang vir *my*!" Sy wil dit in haar kop in skree.

"Ses is vir g'n niks bang nie. Dis jy wat nie verstaan hoe 'n man se binnekant werk nie."

"Hoe werk 'n man se binnekant?" Sy gryp daarna. Desperaat.

"Maklik. Daar's net twee soorte mansmense op die aarde: wolwe en jakkalse. Wolf kan *jy* nooit vertrou nie; jakkals vertrou *jou* nooit. Ses is 'n jakkals met 'n dik stert."

"Hoekom is hy vir my bang? Hoekom nie vir jou of Cecelia of Louise nie?"

"Ons trap nie so aanmekaar op sy stert nie."

"Hoekom het hy my gevat as hy my nie vertrou het nie?"

"Jakkals loop nie sonder wyfie nie."

"Hoekom keer jy altyd vir hom?"

"Ek keer vir jou ook. Maar jy's aan die verwilder, Jessie, ek weet nie meer waar om te vat nie."

"Ek ook nie, Sofia. Môre is ek ag-en-dertig. Twintig jaar lank baklei ek om Ses de Waardt te wys dat ek nie so sleg is soos wat hy dink nie. Nou lyk dit vir my ek het die hele tyd aan die verkeerde kant van die draad gebaklei."

"Miskien het jy. Miskien neuk ons maar almal verkeerde kant toe in onse moere in."

192

Reëntyd is tussen Maart en Augustus.

Dit het die Augustusmaand goed gereën, maar die somer was fel. Teen die tyd dat dit weer Maart was, was dit reeds droog.

En Maart gaan sonder 'n druppel verby. Henrik sê as die wolke nie Maart se maand 'n bietjie kom uitskud nie, beteken dit die water sit vas. "Ga' neuk, Jessie, jou blomme gaat oorlê vanjaar."

April. Cecelia se dam is leeg, sy pomp van vroeg tot laat om die hawer in haar stoetvee se kampe aan die lewe te hou. Nie sy of Ses laat dek hulle tweetandooie nie. Dis te droog.

Teen Mei moet Cecelia sowel as Karel hulle skure oopmaak en spaarvoer uithaal. Ses voer in elk geval sy dorpers, hy reken hy't nog vir vier maande kos. Hy's meer bekommerd oor die ondergrondse water, die eerste windpompe het begin wind sluk.

Junie. Die veld is swart. Nege windpompe staan droog. Die distrik word tot droogtegeteisterde gebied verklaar, 'n biddag vir reën word gehou. Niks.

Cecelia en Karel begin hulle kuddes verminder om in aanmerking te kom vir regeringshulp. Ses hou uit.

Jy ook. Dit voel of die droogte jóú skuld is.

Vroeg in Julie begin Cecelia se beste boorgat, die een onderkant haar gronddam, te hik. Elke druppel wat sy pomp, moet in haar skape se suipkrippe kom; sy kan dit nie waag om 'n enkele land meer nat te lei nie. Vyf van haar windpompe teen die hange staan reeds droog.

Aan die einde van Julie moet Karel en Cecelia begin om voer te kóóp. Hawerhooi. Koringkaf. Mielies. Elke pit en gerf kos geld.

Augustus. Hier en daar blom 'n moedige vyg of botterblom. Sofia sê God straf van bo tot onder almal in die Kloof; sy en Tarrie dra water vir die huis van Uilkraal af aan.

Louise is oorsee.

September begin Ses ook voer koop.

Droogte beteken die aarde trek sy lewe diep in hom in en raak aan die slaap. Steur hom nie aan die nood van mens of dier nie, sien nie die kommer wat ophoop en op die huise se dakke gaan lê nie; wat by die kraalhekke staan, deur die kampe loop, die windpompe dophou, die gevrektes optel en dié wat val en te swak is om op te kom, keelaf sny nie.

Krismis.

Daar is boere in die distrik wat nie kos vir hulself of hulle werksmense het nie. Die landdros op die dorp moet verlof gee dat hulle die nodigste op skuld kan koop – die regering sal betaal.

In die Kloof het almal darem nog kos. Henrik sê die bobbejane is maer, maar hulle leef. Jy gaan nie meer berg toe nie.

Januarie het Ses nog een windpomp oor. Cecelia begin water aanry van Uilkraal af vir haar kudde teen die hange. Louise is in 'n toestand, dis uit háár tuin se boorgatdam. Cecelia sê: pis hom nat.

Die somer is bloedig. Af en toe kom sak 'n donderbui uit, dis net genoeg om die aarde nat te maak, niks om in te drink nie.

En skape blêr anders as hulle dors is.

Cecelia ook.

"Jy sal moet help om vir Jalia iets te maak vir universiteit, maar ek kan jou nie onmiddellik betaal nie. Elke sent gaan op die oomblik in voer in. Ek kry subsidie vir my kudde, maar niks vir my stoet nie omdat die stupid regering dit nie as essensiële oorlewingsboerdery beskou nie."

"Ek kan niks sonder materiaal maak nie."

"Jalia sal jou kom oplaai. Ek het gereël vir krediet op die dorp, kyk wat jy vir die minimum kan doen."

"Sê sy moet môreoggend kom."

Cecelia sit by die kombuistafel, sy kyk op. "Jy weet nie hoe gelukkig jy is nie, Jessie," sê sy.

"Hoekom?"

"As jy nie geklim het tot bo nie, is daar nie ver om te val nie. Die droogte is besig om alles waarvoor ek gewerk het, onder my uit te kalwer."

"Dit was tog al tevore droog."

"Hierdie een maak my bang. Die dag as 'n vrou voor 'n man moet staan om vir haarself 'n sent te vra, is sy verlaag tot niks."

"Almal het nie plase nie. Almal kan nie gaan werk nie."

194

"Ek weet. En almal is nie Louise de Waardts wat kan weg-hardloop nie. Met kanthandskoentjies alles uit 'n man kry wat sy wil hê, en gaan lê as sy menstrueer nie. Vroue met selfrespek behoort saam te staan en 'n wet te eis wat bepaal dat ons nooit tot bedelaars verlaag sal word nie! Vir niks en voor niemand nie."

Jou mond wil oopgaan, jy wil sê: Maar jou eie broer gee my niks. 'n Panty hier, paar skoene daar – maar nie voor die oues van jou afval nie, en die kleingeld moet terug in sy hand. Jy sê dit nie. Trots hou jou tong vas. "Dit sal weer reën," sê jy. Soos vir iemand 'n leë koppie gee om uit te drink.

Cecelia sê sy was die vorige dag by 'n boer agter in die distrik. Voor die droogte 'n ryk man. Sy wou gaan verneem of daar iets is wat sy vir hom kan doen, gehoor dit gaan baie sleg. Al sy krediet is gestop, sy vee is aan die uitvrek. Sy kom op die plaas aan, die deure en die vensters staan oop, musiek peul oral uit; die rook trek, 'n skaap is op die spit. "Nou vreet ek op wat oor is en fok die res!" sê die man.

'n Berg het sy hoogste punt. Teenspoed en kommer ook.

Die droogte is in jou ook.

Jy staan voor die spieël, die spieël sê jy lyk sleg. Die geelge-sig-muurhorlosie in die gang staan op elfuur, dit voel soos jóú uur. Sofia sê jy's aan die verwilder. Jy hoor dit. Jy sien dit. Dis net dat die aarde jou lewe saam met syne ingetrek het om iewers te gaan skuil sodat jy die skuld nie so moet vóél nie!

Jy sê vir Karel de Waardt as hy weer sy voete op Kliprug sit as Ses nie daar is nie, gaan jy sê. Nie net vir Louise en Cecelia en Ses nie, vir almal wat wil hoor.

"Jy sal dit nie waag nie."

"Ek sal."

"Jy vergeet nie dalk met wie jy praat nie? Ek is die invloed-rykste man in die omgewing, ek laat my nie van jóú soort af-pers nie!"

"Ek gaan jou nie afpers nie, af-*skil*. Jou wys hoe dun in-vloedryk se vel is."

Skop waar dit maklik is om te skop.

Dis koud. Sy vou die baadjie stywer om haar lyf. Die rewolwer maak 'n bult in die sak, sy haal dit uit en sit dit langs haar op 'n klip.

'n Groot geel ster kom op die horison uit.

Môre is Dinsdag.

Sy moet by die bobbejaanwyfie in die hok uitkom, 'n bossie blomme vir haar gaan neersit, maar die droogte moet eers breek.

Ses kom by die huis, hy sê veertien van Cecelia se kudde-ooie kon nie die oggend op nie. Moes hulle slag waar hulle lê. As die droogte nie breek nie, gaan Cecelia onder.

Jy weet *jy* ook.

Dan is dit weer Maart.

Ses ry almal se voer van die Koöperasie op die dorp af aan. Dag na dag. Twee trekkers met sleepwaens ry water in petroldromme van Uilkraal af om suipkrippe vol te hou; water vir Kliprug en Arendsnes se wonings. Cecelia is meestal self op een van die trekkers.

Ses se laaste windpomp spoeg nog net 'n sukkelstraaltjie.

April.

Mei.

'n Tweede biddag vir reën word vir die Vrydagoggend uitgeroep. Louise bel om te sê sy en Ses kan saam met haar en Karel kerk toe ry. Cecelia bel en sê *sy* en Rolph sal hulle kom oplaai.

Sy maak die huis aan die kant en trek haar aan. Ses kom van die krale af, hy gaan sit op die stoep en rook sy pyp.

"Jy moet gaan was en aantrek, Ses!"

"Vir wat?"

"Gaan jy nie biduur toe nie?" Hy was in die Kaap met die eerste een.

"Om wat te maak?"

"Te bid vir reën!"

"Ek het nie reën gevra nie."

Kom staan die ander Ses voor jou.

Die man met die sterkste manheid in hom wat jou laat grom soos 'n kat, laat pleit met jou hande, jou lyf; wat jou stroop van alles behalwe die honger wat nog steeds iewers in jou bly kerm: Wees goed vir my, al is dit net met 'n druppel van jou hart!

"Hoe kan jy sê jy het nie reën gevra nie? Dis dan so verskriklik droog." Sy hare was besig om vinnig grys te raak.

"Mens staan nie teen droogte op nie, Jessie. Dis die natuur se sekel om dít wat swak is, af te maai."

"Sofia sê dis God se straf wat oor ons kom vir al ons sondes."

"Sofia se God sal so sê, ja."

"Van wanneer af het Sofia 'n ander God?" Jy wou jou nie vererg het nie.

"Elkeen maak sy eie God. Bring vir my koffie."

Jy gaan haal die koffie.

"Waaroor het jy en Cecelia gister gestry?" Jy kon nie alles uit die kombuis hoor nie.

"Sy het haar kudde verminder om te kwalifiseer vir regeringshulp, maar sy bly hardnekkig aan elke stoetskaap klou. Dit vreet haar kapitaal, en intussen loop haar koöperasierekening oor sy walle."

"Hoekom sê sy dis nie die droogte wat jóú gaan breek nie, maar jou koppigheid om nie te wil hand uitsteek vir hulp nie?"

"Elkeen oorleef op sy eie manier. Die ou mense het weggetrek met die vee as die droogte kom, die plase het kans gekry om te rus. Ek kan onthou dat my pa met sy skape tot in die Vrystaat getrek het. Per trein of met vragmotors."

"Hoekom trek julle nie meer nie?"

"Ons het uitgevind jy kan 'n skaap onderhou op soveel mielies, soveel droë voer, soveel regeringshulp, soveel skuld."

"Gaan die droogte jou breek?"

"Nee."

Sy's alleen saam met Cecelia en Rolph kerk toe.

Niks kon Ses de Waardt breek nie.

Toe kom die reën.

Tien dae aanmekaar.

Wat die aarde nie kon drink nie, stort oor die kranse; elke skeur word 'n waterval, elke spruit 'n rivier. Niemand kan op die dorp kom nie. Cecelia se dam loop oor, haar perd val tot by sy pens onder haar vas in die modder.

Toe die son deurkom, staan die lewe in die aarde op en alles word groen.

Die skape vreet.

Dit ploeg. Dit saai.

Dit groei.

Dit juig.

Sy plant 'n rytjie malvas voor die deur.

En wonder wat sal gebeur as sy ook sou opstaan en haar weer mooimaak – haar naels verf, haar hare 'n tikkie ligter kleur. 'n Jakkals wys sy's skadeloos, hom gerus maak sodat hy kan ophou wegswem van haar af . . .

Ophou weet van Rolph en Karel, al het hy nie geweet nie.

Sodat *jy* kan ophou weet en die woorde wegskop wat kom spot as jy nie keer nie: Jy *is* 'n hoer.

Jy is nie, maar jy is.

Louise het 'n koffer vol materiaal van oorsee af gebring, sy wil mooi goed gemaak hê. Jy sê vir haar jou maakloon is soveel vir 'n rok, soveel vir 'n baadjiepak. As sy nie betaal nie, maak jy nie.

"En vir al die jare wat ek verniet vir jou gewerk het, laai jy my op as ek wil dorp toe gaan. Ek loop nie langer in hierdie warmte nie."

Sy laat knip haar hare ordentlik. Van haar wegsteekgeld maak sy vir haarself sewe nuwe rokke: een vir elke dag van die week. Koop 'n onderrok. Bra's. Rooi skoene. Groen skoene. Swart skoene. Geel trui. Blou trui. Langbroek.

Dis of sy 'n ou myn herontdek en van nuuts af ontgin; 'n voet waarop sy lank nie getrap het nie, van voor af leer loop.

Ses sê niks. Maar sy weet hy sien.

Oorbelle. Armbande. Pakkie wat jy toedraai in mooi papier. Iets van jou wat dood was, leef weer; iets van jou wat geleef het, gaan dood. Uit jou eie puinhoop bou jy 'n nuwe jy en begin beter voel, al wil die droogte in jou nie heeltemal breek nie.

Louise verjaar en gee die Sondag 'n groot onthaal. Cecelia sê Louise onthaal net om vir die mans te wys wat 'n fantastiese vrou hulle *nie* getrou het nie, en om vir die vroue te wys hoe wonderlik Louise de Waardt is.

Sy trek die mooiste van haar sewe rokke aan.

"Ek hoop dis *my* goeie invloed wat jou die laaste tyd aanmoedig om beter aan te trek," sê Louise en lag met onrustige oë.

"Nee. Jou goeie naaimasjien en die feit dat ek nie meer verniet werk nie." Plus wat oor is van jou simpele man se kykgeld.

Cecelia sê sy lyk mooi. Karel. Rolph. Hulle kom by die huis, Ses wil weet vir wat en vir wie sy skielik so tof.

"Sommer."

"Vir wat het jy jou hare afgeknip?"

"Hoekom het jy nie maande gelede, toe ek dit gedoen het, gevra nie?"

"Ek vra jou nou."

"Kort hare is koeler. Jy moet verf koop, ek wil die huis binne uitverf. Materiaal vir gordyne, die sitkamer s'n is voos."

"Dit het nie geld gereën nie."

Jy gaan koop self die verf en begin verf elke vuil kol teen die mure dood. Saans stook jy die koper-geiser en was jou skoon in warm water, die spatsels van jou af.

Jy eet jou eie boosheid stadig op terwyl jy in die rondte swem, jy bly nog aan hom vasklou.

Maar jakkals vertrou jou steeds nie.

Gee hom kans, sê jy in jou hart, hy sal.

Rolph kom by die agterdeur in.

"Hoekom sien ek jou nooit meer op die berg nie?" Sy stem is sag, sy oë slap.

"Daar's nie tyd nie. Hoe gaan dit met die bobbejane?"

"Ek sien hulle so af en toe op 'n afstand. Hulle is vet."

"Ek is bly."

Hy kom staan agter haar. "Ek soek jou, Jessie. Ek kry jou nie."

"Moenie aan my vat nie, Rolph." Sy's nie bang vir hom nie.

"Hoekom nie? Weet jy dan nie daar is geen groter sonde as om die heilige vuur in jou dood te slaan nie?"

Hy is in een van sy goedheidsbuie. "Jy moet loop, Rolph."

Hy draai haar na hom toe en vat haar skouers vas. "Dis God se gawe aan die mens, Jessie! Ons oomblikke van verheerliking waarin ons toegelaat word om self gode te wees. Wanneer laas was ons alleen?"

Sy soek, sy kry nie 'n druppel heuning vir hom in haar lyf nie. "Ek kan nie. Ek is jammer."

"Hoekom het jy so koud geword, warm vrou?"

"Dis beter so. Jy moenie weer hier kom nie."

"Vuur wat in jou opdam, word onstuimig en saai verwoesting. Ek en jy moet vir ons 'n plek op die berg maak en ons van ons eie verwoesting red!"

"Ek kan nie."

Salf wat jy van woorde maak vir ou sere.

Sy hoor die oggend skote op die berg. Eers een. Toe baie.

Ses is vroeg weg Arendsnes toe.

Sy wag.

Sy bakkie kom deur die hek en hou voor die deur stil. Stefaans klim ook uit. Daar's 'n donker kol voor sy bors – dis 'n klein bobbejaantjie wat aan hom vasklou soos aan 'n ma!

Hulle het 'n geluk gehad, sê Ses. Sommer onder die trop in geskiet op die land, en toe hulle laat spaander, bly een lê. 'n Wyfie. Dood. Die kleintjie leef. Stefaans vat hom en hou hom in die lug sodat hy kan skree; solank die kleintjie skree, bly die grotes uit die bosse peul om hom te red. Drie groot mannetjies geskiet voor hulle ophou terugkom het.

Hoekom het julle nie die kleintjie gelos nie?

Om te gaan groot raak en te help kwaad doen?

Stefaans loop om na die agterdeur toe. Sy sien hy tel 'n stuk hout op. Sy gil en tel 'n klip op om hom te gooi, maar Ses gryp haar arm. Stefaans trek die kleintjie van hom af en slaan een harde hou.

Sy tel die dingetjie op, maar hy's té dood.

Verdrink is sag.

Die geel ster word 'n silwer ster hoe hoër hy klim. Kleiner. Dit moet al middernag wees. Sy wens sy hoef nie terug te gaan grot toe nie, dit behoort nie te moeilik te wees om in die donker in Geelboskloof af te kom nie.

Nee.

Dis nog nie tyd nie.

Sy het daardie jaar geleer niks wat 'n mens doen, kan iemand vir jou lief máák nie. Nie nuwe klere nie, nie verf nie, niks.

Sy het vir haarself gevra of dit nie tyd was om te loop nie. Of dit nog saak gemaak het of sy omdraai voor sy wen?

Dit het nie.

Maar sy was bang sy sink as sy hom los, sy het gewoond geraak om aan hom vas te hou.

41

Die wyfie.

Eers die hok. Dan kan sy teruggaan na haar slaapplek toe.

Sy sit die dag voor die venster, sy werk aan 'n onmoontlike moeilike uitrusting vir Louise. Die een of ander hoë geleentheid in Pretoria. Fancy moue, skouerplooie, breë kraag, omgeboorde knoopsgate.

Sy kyk op en sien Henrik aangestap kom met 'n geweer oor die skouer.

Sy loop uit op die stoep. "Ek dog jy skiet lankal nie meer nie?" Dis een van Ses se gewere.

"Is nou 'n ander besigheid."

As hy sy hande só saamwring, kwel iets hom. "Watse besigheid?"

"Jy moet loop kyk, miss Jessie."

"Waarna?"

"Die hok."

"Watse hok?"

"Die een wat meneer Rolph en Ses onder in miss Cecelia se skuur gemaak het om die bobbejane in te vang."

"Jy's seker laf. Van wanneer af laat hierdie bobbejane hulle in 'n hok vang?" Sy glo dit nie.

"Bobbejaan laat hom van 'n hand vol mielies in enige plek in lok."

"En dan?"

"Sit lekker die mielies en vreet. Kyk rond, sien daar's nog 'n klip ook in die hok. Waar klip is, is skerpioen. Keer die klip om, weet nie klip hou valdeur se tou vas nie. Bobbejaan sit getrêp in die hok."

Haar bene voel skielik lam. "En dan?" Hy staan net. "Wat dan, Henrik?"

"As Ses of meneer Rolph nie kan gaan nie, is dit my werk om agtermiddag te gaan doodskiet."

Sy het 'n paar keer middae skote op die berg gehoor. Ses sê die koring is aan die ryp word, dis die gaskanonne wat Rolph laat kom het, wat afgaan. Gewaarborg om bobbejane en kolganse en goed van die lande af te hou.

"Ek dog dis die gaskanonne."

"Bobbejane lag vir die goed. Klim bo-op hulle."

"Hoeveel bobbejane op een slag in die hok?"

"Meeste was nog drie."

"Waar's die ander?"

"Gaan te kere. As hulle sien jy kom met die geweer, vlug hulle."

"Hoeveel het julle al geskiet?" Hy wil nie sê nie. *"Hoeveel, Henrik?"*

"Ek het ag geskiet en Ses twee. Almal mannetjies." Hy kyk op en steek sy hande uit: "God, miss Jessie, dis verskriklik! As ek nader kom met die geweer, pleit hulle, want hulle wéét. Draai die koppe weg as hulle sien die loop kom op. Gister se een het sy hande oor sy oë gesit soos laaste bid."

"Nee."

"Bok se oog is soos bok se oog. Bobbejaan se oog is soos mens – in elkeen woon 'n ander een. Miss Cecelia sê ek's vol kak. Ek sê vir haar oorle' Oubaas het altyd gesê hy ga' help nie anderman se bobbejane skiet nie, mens skiet net bobbejaan vir wie jy kwaad is. Issie my koring wat hulle opvreet nie, ek's nie kwaad vir hulle nie. Dit spook op my in die nag, ek kan nie slaap nie, jy moet met Ses praat."

"Gee vir my die geweer."

"Hoe nou?" Die ou man skrik.

"Ek wil dit in die huis sit."

"Dan?"

"Ek sal vir Ses sê. Waar's die hok?"

"Op die kant van die ronde land. Jy loop skiet nie vir Ses nie!"

Sy't die geweer in die huis gaan sit, 'n ou rok en skoene aange-trek en haar kortpad tot bo geklim.

Sy sê vir haarself: Moenie vooruit probeer dink nie, loop net.

Sy kom nog ver aan, toe hoor sy al die bobbejane raas. Sy's skrikkerig; weet nie of hulle haar nog sal ken nie, wat sy gaan maak nie. Hulle wag haar in met gesigte vol angs en hoop, almal praat en beduie gelyk. Hulle is om haar, sy ruik hulle.

Die hok is 'n stewige, vierkantige raamwerk van staal, oorge-trek met jakkalsdraad. Valdeur aan die agterkant, en daar's 'n yslike mannetjie in die hok. Sy onthou hom. Sit luiters met kieste vol pitte asof hy weet iemand sal kom om die deur oop te maak. Die ander gaan te kere, spring op die hok, om die hok, praat, pleit.

Sy was nie lank terug by die huis nie, toe kom Ses.

"Hoekom is hier nie kos nie?" vra hy.

Sy antwoord hom nie. Maak 'n blikkie vis oop en sny brood.

"Ek praat met jou, Jessie!"

"Ek moes uit berg toe."

"Vir wat?"

"Ek het die geweer by Henrik afgevat." Dit was soos die krag wat die dag in haar was toe sy teruggekom het en bo op die nek gestaan het. "Daar was 'n mannetjie in die hok, ek het hom laat uitkom."

Toe die woede hom vat, toe sy vuiste langs sy sye bal, toe hy die stoel uit sy pad skop, draai sy haar rug op hom soos die bobbejane maak as hulle 'n geveg wil afweer.

Die silwer ster sit hoog.

Sy's moeg, sy staan op en gaan maak die blikkies vol water.

Dikwels, wanneer die bobbejane almal klaar gedrink het en die oumense dut, het van die groter kleintjies hulle in die poeletjie kom spieël en hulle verkyk aan die watergesiggies.

'n Mens is veronderstel om 'n laaste wens te kry. Hare sal 'n bietjie soet swart koffie wees.

Ses het nie sy hand teen haar gelig nie. Al wat hy gesê het toe hy opstaan van die tafel af, was dat hy haar nooit weer op die berg wil sien nie.

"Hoor jy wat ek sê?"

"Ja, Ses."

"Jy bly weg daar. En jy bly weg van die hok af!"

"Jy het dit gesê, Ses."

Sy is vroeg uit hok toe die volgende middag.

Dit moes weer gestel gewees het, want 'n wyfie met 'n kleintjie was in die hok, die ander gaan soos mal goed te kere.

"Luister hier!" skree sy vir hulle. "Ek kan nie blêrriewil elke dag my werk los om te kom bobbejane red nie! Kry dit in julle koppe dat julle moet wegbly van hierdie ding af!" Sy hoor die waarskuwingsblaf, sy sien die bobbejane voor haar in die bosse in verdwyn. Sy sien die wyfie gryp die kleintjie en druk hom voor haar bors vas . . .

Sy kyk om. Hy moes van vroeg af gewag het. Ses. In die kol renosterbos 'n ent suid van die hok. Kom na die hok toe aan, geweer reg om te skiet. Kyk na die wyfie, nie na haar nie.

"Ses, moenie, asseblief." Sy vra mooi. "Jy kan nie, dis 'n wyfie met 'n kleintjie." Hy kom, hy gaan staan aan die valdeur se kant. Sy aan die ander kant. Die wyfie is tussen hulle, haar gesig is na Ses gedraai. Sit doodstil, albei arms om die kleintjie geslaan. "Ses, asseblief."

"Gee pad daar, Jessie!"

"Moenie."

Die wyfie draai om. Vat die kleintjie en druk hom teen die draad vas asof sy hom vir háár wil aangee. Kyk haar in die oë, pleit sonder om 'n geluid te maak, smeek haar om die kind te vat. Daar's iemand in die bobbejaan se oë binne-in die grys-swart lyf.

'n Wyfiemens.

Sy sien Ses stadig om die hok begin beweeg. Sit stil, sê sy vir die wyfie, gee hom kans om tot by my te kom, ek sal die geweer uit sy hand stamp . . .

Ses skiet die wyfie van die kant af deur die kop. Die kleintjie val uit haar hande.

Sy was al 'n hele ent weg toe *sy* skoot klap.

As jy nie meer kan hardloop nie, loop jy.

Weg. Maak nie saak waarheen nie.

As jy 'n ent geloop het, hardloop jy weer. Noordwaarts. Of sommer oor die dwarsberg na die oostekant toe. Maak nie saak nie. Jy loop net. Hardloop. Loop. Jy kom by die klipskeur waar Henrik sê hy afklim om in Geelboskloof te kom.

Bly weg daar, dis nie mensplek nie. Dis weerlig se looplê-plek. Stinkkruidnes. In die blomtyd sit geel knoppies aan jou vas so ver jy loop. Stink. Onder is die kuil waar die waterding woon. Rok van slyk, hare van slyk. Vra die ouvrou, sy't haar met die oë gesien toe sy jongmeid was.

Ouma Johanna, Henrik sê jy't 'n waterding in Geelboskloof gesien.

Uit die kuil uit geverrys, so waar as God, net die voete het onder die water gebly.

Om daar te kom klouter jy in 'n droë waterval af tot onder op die rotsbank wat in die kuil wegraak. Dis nie slykwater nie, dis skoon bruin bergwater – eers vlak, dan diep. Riete om die kante.

Die waterding slaap.

Die kloof self is 'n groot holte wat weggesteek lê tussen die

berge. 'n Reus met 'n graaf het die knokkelberg daar uitge-
steek en aan die ander kant van die dwarsberg gaan vas-
maak.

Sy sit op die platklip by die kuil se kant. Dit voel vir haar sy
het ver weggegaan en by 'n plek gekom waarheen sy lank op
pad was. Oor berge, deur doringdrade. Verstrengel in ruigtes,
geploeter deur modder, oor afgronde getuimel. Asof van altyd
af. Om by 'n wyfie uit te kom wat binne-in 'n hok binne-in 'n
bobbejaanlyf was sodat *sy* binne-in 'n menslyf kon ingaan: leë
huis waarin daar skielik iemand woon. Sy. Veilig. Nie buite
waar die storm woed nie.

En sy is ook 'n wyfie.

'n *Vrou* vrou.

Sy het oë waardeur sy na buite kyk om aan blou naaldeko-
kers te raak; gladde natlyfpaddatjie; windswael wat oor die
water duik; spierwit gepluisde skaapwol-wolke hoog in die
lug.

Maar sy woon nie in die lug nie. Sy woon in haarself soos die
naaldekoker in homself – die paddatjie, die klip, die riet, die
swael, die waterding.

As sy haar oë toemaak, is alles ook binne-in haar. Sy kan
vlieg. Sy ruik die water, die klip, die bossies. Sy kan swem.
Alleen. Dis diep. 'n Bietjie bang, 'n bietjie wonderlik. Sy weet
vanself sy moenie te ver afduik nie – iewers is 'n waterding wat
te diep is vir haar oë.

Sy moet net eers rus. Gewoond raak aan haar eie lyf.

Voor sy huis toe gaan.

'n Man sit by 'n tafel in 'n ou kliphuis. 'n Mooi man. 'n Vreemde
man. Sy ken hom nie. Daar's plooitjies om sy oë. Hy woon in 'n
lyf wat bruin gebrand is van baie son, en uit hom kom 'n krag
soos dié wat in berge en gevaarlike plekke woon.

"Ek was bekommerd oor jou, Jessie, dis al donker."

"Naand, Ses."

Hy is hy.

Sy is sy.

42

"Jy kan dit nie doen nie, Souf!"

"Stil, Henrik."

"Laat my dan liewerster Arendsnes toe gaan."

"Jy't vir Louise gesê jy kom vandag die swemdam skoon-maak. Steek op die kers, Johannes is voor die deur."

Eers net die kombers en die kussing en die brood en konfyt en die flessie koffie. Altyd so lief gewees vir haar bietjie koffie. Die twee frikkadelle wat sy die vorige dag van Arendsnes se tafel afgeknyp het.

"Sê vir haar sy moet oppas, hulle het haar gister geloop soek."

"Ma het al honderd keer gesê wat ek moet sê."

"Moenie dat sy skrik nie, wag 'n entjie weg totdat jy reken sy's goed wakker. Moenie dat jy gesien word nie, Rolph is op die lande."

"Miss Cecelia se leidam is leeg. Sy't hom aangesê om vanoggend die enjin te tjek, sy moet begin pomp."

"Waak maar liewerster. Sê Ma stuur Sondag vir haar 'n bord lekker kookkos."

"Ek kan nie die res van my lewe op en af berg toe nie, Ma!"

"Ek het jou dit nie gevra nie. Loop. Jy moet bo wees voor daar oë is wat kan sien."

"Ma moet self ook maar vroeg begin. Stefaans-hulle vang al ligdag die ooie uit, miss Cecelia kom vroeg kamp toe."

Sy kan nie vandag haar overall uittrek nie, daar moet skaap gewerk word.

Dinsdag is eintlik Kliprug se dag. Sy wou die stoep gaan vee het, die malvatjies natgemaak het. Maar Henrik is te treurig, hy kan nie vir Johannes gaan instaan nie. Sy moet.

Cecelia gaan haar beskyt.

Toe die son sy eerste strale op die skuur se dak gooi, kom sy om die ramstal waar Stefaans besig is om die twee groot draai-

207

horing-ramme met die nekplooie wat soos wolbranders voor die bors afhang, te laat uitkom.

"Toe, toe, toe!" raas sy en begin help om hulle aan te jaag na die dekkingskamp toe. "Slaap onderdak soos uitgevrete lords, knaters sleep amper op die grond! Moes lankal aan die werk gewees het."

"Ant Souf, wat gaan aan? Waar's Johannes?" vra Stefaans verskrik.

"Johannes is waar hy is. Keer daar!" Sy spring vooruit om die hek oop te maak waar die troppie rooigatooie staan en wag.

"Los, ant Souf!" skree Stefaans. "Die ramme kom nie dáár nie, hulle kom in hulle eie kraaltjies in!"

"Ekskuus, ek dog hulle moet by die ooie in."

"Wat maak ant Souf hier? Waar's Johannes?"

"Ek staan vir hom in."

"Miss Cecelia kom vandag iets oor. Ek en Willem moet gaan hamels uitkeer, hy's klaar weg boontoe!"

"Kyk dat jy ook daar kom. Moenie so staan en rondtrap nie! Klim op jou perd en ry. Ek het skaap gewerk voor jy of Cecelia skaap gesien het!"

"Ek wil nie vandag hierdie bom sien bars nie."

"Jy sal nie."

Nie 'n ding wat sy nie van 'n skaap af weet nie. Henrik was skaapwagter agter in die Hantam toe hulle getroud is. Op oorle' Lambert de Waardt se grond. Ses se eie pa, getroud met die duiwel se antie, Filippina. Ses se eie ma.

Swaar dae gewees. Nie spanne skeerders soos vandag wat ry van plaas tot plaas nie; elkeen wat 'n skêr kon vashou, moes kromstaan en help. Lamtyd, Augus'maand, gaan tel jy al wat weggooilam is op en maak met die bottel groot. Nie soos Grootberg-se-Kloof waar daar nie met hansgoed gesukkel word nie. Ses het 'n drom gevat, gate onderlangs al om die kant gemaak, tiete ingeprop, dit speenhoogte in die koelte opgehang en melk bo ingegooi. Dan staan die lammers en suip in die rondte. Moes vir Karel en Cecelia ook elkeen een maak.

Sy sê vir Ses 'n lam is maar net 'n dier, het ook 'n hand se warmte nodig. Laat ek en Jessie die hansgoed vat.

Nee.

Baie nagte, as Jessie nie meer kon sukkel nie, het sy haar 'n bietjie van haar melk laat uitmelk in 'n koppie sodat sy kon slaap. Dan vat sy wat Sofia is sommer 'n Eye-gene-droppertjie en drup van die melk in die bekkie in.

Toe oorle' Lambert uitboer, toe trek sy en Henrik saam hier na oorle' Oubaas se plek toe met die klompie kinders en die huisgoed en die hoenders.

Ses nog in die doeke.

Sy sien Cecelia van die huis af aankom. Swart broek, swart waterboots, rooi-en-blou blokkieshemp. Skryfboek in die hand.

"Môre, miss Cecelia, jy't wragtig 'n mooier lyf as jou meisiekind." Sal haar praat moet reg praat.

"Waar is Johannes?"

"Moes hom voordag gaan opklop en dorp toe stuur om vir die ouvrou medisyne te haal."

"Moenie vir my 'n strontstorie vertel nie. Waar's Johannes?"

"Ek sê dan. Ek kom werk in sy plek, ek ken skaap." Sy sien die vlamme in Cecelia se nek uitslaan. "Johannes sal vroeg terug wees, ek help net tot hy kom."

"Ek glo nie jou storie nie! Julle het nog nooit die middel van die nag ontsien om te kom klop as daar siekte is nie. Hoekom nou skielik?"

"Gedink die ding van Jessie laat ons almal so sleg slaap . . ."

"*Niemand* lê oor Jessie wakker nie! Hier staan die ooie, alles is reg, Johannes weet presies wat om te doen. Hy weet goed hoeveel ongerief sy afwesigheid gaan veroorsaak, maar van verantwoordelikheid en lojaliteit het julle mense nog nooit gehoor nie!"

Laat sak jou kop, Sofia, laat sak. "As ek geweet het dit gaan sóveel moeilikheid maak, het ek die ouvrou maar laat dood."

"Waar gaan haal hy in elk geval so vroeg in die môre medisyne?"

"By die dokter se huis. Vir die benoudheid oor die bors."

"Wie gaan die ooie uitbring en vashou?"

"Ek."

Teen die vierde ooi voel sy Cecelia begin afkoel. Sy moet net in haar kraal bly inpraat.

"Ses het altyd gesê daar's nie skaapboer in die land wat vir *sy* suster iets kan leer nie."

"Hou op met klets en laat kom uit die ram. Ek sal die ooi vashou."

"Ek bring die ram."

"Roer jou! Ek het nie meer lus vir sukkel nie!"

Ooi vashou is nie sukkel nie. Sukkel is die gestoot en getrek om die ooie uit die kraal te kry. Die ramme het immers horings vir handvatsels en die ou ram laat hom nie eens nooi nie. Kan maar net sy hek oopmaak.

"Kom!" skel sy op die nuwe ram. Johannes sê Cecelia is baie ontevrede met die dier. "Staan gevrek, jy wil net vreet! As ek miss Cecelia is, stuur ek jou slagpale toe!"

"As ek 'n ram gehad het om hom mee te vervang wás hy al daar."

Sy wag tot die ram die ooi klim voor sy die volgende suikertjie aanmaak. "Nee wat, miss Cecelia, mens kan sommer sien sy lus is nie reg nie. Steek soos 'n ding met 'n af peester."

"Duisende rande vir hom betaal."

"Hoekom vat ons nie een van die ramme uit die boonste kampe in sy plek nie?"

"Dis *kudde*ramme daardie. Hulle dek die kudde-ooie."

"Hoekom word kudderamme by die kudde-ooie ingejaag, hoekom nie hierdie twee ook nie?"

"Omdat 'n mens nie toelaat dat jou stoetramme hulle moeg jaag agter ooie aan om die bronstiges uit te ruik nie. Daarvoor is die koggelramme daar."

"So wragtig."

Die ramme rus.

Johannes moet roer, hy moet kom oorvat vir die agtermiddag-sessie. Haar rug is af en daar's nog twaalf ooie oor.

"Ek wil Kliprug se stoep gaan vee. Haar malvatjies bietjie water gee."

"Sofia . . . waar is Jessie?"

Soos 'n magistraat. "Hoe vra miss Cecelia dan nou vir my?"

"As daar een is wat sal weet, is dit jy."

"Sy't gesê sy gaan by haar suster kuier."

"Dis te laat om haar nou nog te probeer beskerm. Sy't voor-bedagte moord gepleeg, hulle gaan haar kry. Sy gaan betaal. So jy beter oppas dat hulle jou nie as medepligtige aankla nie."

"Wat's dit?"

"Een wat die moordenaar se hand vasgehou het."

Sal my nie bangmaak nie. "My hand was nie naby nie, en julle moenie daardie woord om haar nek hang nie."

"Waar's Johannes?"

Cecelia gaan nie los nie. Sy vermoed iets. "Dorp toe, miss Cecelia." Erger as 'n poliesman as sy besluit sy gaan die waar-heid uit jou trek soos 'n tand. "Die ouvrou kon nie asem kry nie. Hy sal nou-nou terug wees, miss Cecelia sal sien."

"Het jy geweet dat Jessie die kind verdrink het?"

Jy wil my deurmekaar vra. "Nee. Ek sweer."

"Wie's die pa van die kind?"

Karel en jou Rolph. "Ek het nie onder die kooi gelê nie."

"Ek het gedink jy sou haar gevra het."

"Ek het. Sy't my nooit antwoord gegee nie."

"Sy't nie dalk vir jou iets omtrent haar testament gesê nie?"

"Nee. Ek kan mos nie lees en skryf nie."

"Hoe het dit gebeur dat Ses aan die einde alles aan haar bemaak het?"

"Ek weet nie." Jy's nog altyd suur omdat jou Carljan nie die grond gekry het nie. "Jessie was darem die laaste jare nie so wild nie. Aan die begin baie langs die huis gesit en huil, dan leer ek haar. Sê ek vir haar sy moet ophou haar tande stomp knaag aan hom. Man sê jou nooit sy volle evangelie nie."

"Hoe bedoel jy?" Agterdogtig.

"Ek sê maar." Sommer vir jou ook.

"My broer het niks gehad om weg te steek nie."

"Dit glo ek. Maar dis 'n vrou se lot om in duisternis te wandel, nie alewig in 'n man se sakke te wil krap nie, nie alewig dwars te wees nie, maar onderdanig!" Lekker hap ek jou nou aan die hakskeensening. Ken jou safplek.

"Onderdanigheid beteken niks anders as lamsakkigheid nie."

"Die Bybel sê die vrou staan onder die man."

"Die Bybel sê ook jy mag nie steel nie. Toe steel iemand 'n bottel wyn uit my kelder."

O moer. "Uit die kelder uit?"

"Ja. 'n Baie duur en spesiale bottel Franse wyn. Die laaste van ses bottels wat ek en Rolph in Frankryk gekoop het."

O donner. Henrik sê dan dit was die slegste wat hy in sy lewe gedrink het. Pure rooipis. "Is die kelder dan nie gesluit nie?"

"Ja. En net Fya en Jalia was in die huis – en jy."

"Ek drink nie."

"Ek is nie so seker nie. Miskien moet ek die polisie vra om te kom vingerafdrukke neem."

Jirre! "Maar as die bottel dan weg is . . ."

"Dis nie al plek waar vingermerke sal wees nie. Daar is nog die deurknoppe, die plaatjie waaraan die sleutels hang – ek het opdrag gegee dat niemand daaraan raak nie."

43

Nog een dag – een nag.

Moet sy omdraai en haar straf gaan uitdien?

Straf vir wat?

Hoe gaan sê sy vir 'n regter: Dit was 'n dogtertjie, Edelagbare. Kind van 'n dier. Afbekvoëltjie waarna hulle kom kyk het om te staan en gril, goddank bly dis nie hulle s'n nie.

Hoe sê sy vir 'n regter: Edelagbare, ek staan voor jou oor iets waarmee jy niks te doen het nie, want dis nie uit jóú lyf dat sy gekom het nie. Nie in jóú dat sy so seergekry het nie. Dis nie jóú melk wat haar aan die lewe gehou het, 'n stukkie van jóú siel wat in die dowwe ogies geslaap het nie. Nie jý wat diep in jou geweet het dis beter dat sy nie wakker word nie.

Jy sal nie verstaan nie. Jy's 'n man.

Hoe gaan verduidelik sy dat 'n wyfiebobbejaan haar eendag gewys het sy swem in die verkeerde rigting? Dat 'n mes gekom het asof uit die hemel om haar van Ses los te sny, sodat sy kon leer om self te swem, haar eie spinsels draad vir draad te ontrafel. Om in water te beland waarin sy elke dag 'n bietjie makliker kon asemhaal.

Langs haar, in 'n ander stroom, het Ses geswem. Nie die mannetjiesmot wat sy vir haarself geskep het uit droomklei nie; wat sy altyd wou paai om vir haar lief te wees; wat sy op die knieë probeer dwing het om haar boosheid te ontken. Nee, nie hy nie. 'n Ander Ses – uit 'n ander paap. Vreemdeling waarin daar 'n gegriefdheid gewoon het. Baie diep. Syne. Nie hare nie.

Jy weet skielik jy moenie uit jou lyf klim en dit gaan aanraak nie, want dan vlam dit op en skroei jou. Jy mag alleen jou eie huis verken en saam met hom tussen die berge woon om hom te haat *en* lief te hê.

"Wat kyk jy my so, Jessie?"

"Ek wonder sommer hoe dit voel om jy te wees." Dis makliker om met 'n vreemde te praat.

"Net jy sal so 'n simpel ding wonder."

"Wil jy nooit weet hoe dit voel om ek te wees nie?"

"Nee." Kortaf. Klap die deur toe.

Jy gaan klop nie. Jy gaan skop nie. Jy duik net stilletjies terug onder die koel water in.

Hoe sê jy vir 'n regter: En toe was ek 'n vrou, Edelagbare. Wat dans as die maan vol is; sing as die dag breek; huil as die uil roep; lag as die blomme blom. Wat struikel oor 'n klip en in twee vroue breek: een goed en een sleg, en saam is dit 'n mens. Die goed-een het die kind in die water gaan neerlê met die krag wat uit die ander een gekom het.

Hoe moet hy verstaan? Hy's nie 'n vrou nie.

Dat dit die sleg-een is wat die goed-een uitgedaag het om te klim tot waar die arende broei op die kranse aan die suidekant van die Kloof. Waar jy elke tree vooruit moet bedink, jou moet keer om nie af te kyk en bang te word nie.

Dis nie een dag se klim nie. Baie omdraaie. Onder gaan wag tot die weer opklaar. Jy nuwe moed het. Ses gaan skape wegbring.

Maar op 'n dag is jy bo. Hoër as die voorste berge waar die bobbejane woon. Die goed-jy sê: ek gaan val; die sleg-jy sê: stáán! Kyk. Jy huil en jy lag, die Kloof lyk anders van daar af, en wanneer jy omdraai en die vlakte van die Groot Verlatenheid sien ooprol na die suide toe, weet jy skielik daar woon nie niks nie. Dis die plek waar vrede gebêre word vir die wind om te kom haal en uit te deel aan almal wat daarvoor vra.

Jy dryf nie meer handel vir vrede nie. Jy kap nie meer hout nie.

"Hoekom is die vuur nie opgemaak nie, Jessie?"

"Die hout is nie gekap nie."

"Hoekom nie?"

"Ek kap nie meer hout nie."

"Ekskuus?"

"Dis nie 'n vrou se werk nie. Betaal Appools om die hout te kap, of kap dit self." Bly doodstil binne-in jou lyf staan as hy om die tafel kom.

"Jy sal die hout kap solank *ek* vir jou sê om dit te doen!"

"Jy kan my slaan nes jy wil, ek sal nie die hout kap nie." Sê die sterk-jy. Die sag-jy kyk hom in sy oë en sien hy weet jy staan te ver, hy kan jou nie bykom nie.

Jy's vry. Jy hoef nie langer al die skuld te dra nie, al Eva se bose susters, Calvyne se verdoemenisse nie.

En Appools kom kap die hout.

Toe sy nie meer kon swem nie, het 'n engel gekom en haar in sy groot blink vlerke toegevou en uit die water gelig. Die mooiste tuintjie.

Hoe vertel jy vir 'n regter die diepste geheim wat jy gesien het?

Hoe verduidelik jy die pyn van jou goed en jou sleg? Dat jy albei móét wees. Heks en engel. Sodat die heks van die engel kán eet, die engel van die heks. Die engel nie kan wegvlieg en in die wolke gaan woon nie; die heks nie 'n man tussen haar bene innooi terwyl haar hande sy kake oopbeur sodat sy in hom kan klim om sy bloed te steel nie. Om soos hy te wees.

Eers wanneer jy weet hoe lyk die hemel *en* die hel, herken jy die engel met die groot blink vlerke as hy kom.

En die dier.

Nee, sy kan nie omdraai nie.

Die bobbejane wei rustig. Die mannetjies hou haar en die wyfies soos gewoonlik in die middel van die uitgespreide trop waar hulle veilig is.

44

"Moeder . . ."

"Jalia, ek het gesê ek wil 'n halfuur ná ete rus. Ek moet my perd gaan opsaal en die kudde gaan deurkyk."

"Ek is jammer, ek wou net gesê het tannie Louise het gebel. Sy vra of ek nie lus het om vanaand saam met haar na die Vroueklub se funksie op die dorp te gaan nie."

"Dis gaaf." Sy't Louise gevra om dit te doen. Enigiets om Jalia uit die greep van haar Jessie-fiksasie te probeer lok. "Wat het jy besluit?"

"Ek is bang ek is weg as Jessie kom. Sy gáán kom. Ons moet dit net glo."

Sy het nie meer krag hiervoor nie. Elke keer as sy Volschenk bel, verseker hy haar hulle gee aandag aan die saak. Probeer haar oortuig hulle weet wat hulle doen, dat mense wat sulke dinge aanvang taamlik voorspelbaar is. Sy sê vir hom 'taamlik' beteken niks, Jessie is nie die voorspelbare soort nie.

"Jy kan met 'n geruste hart saam met tannie Louise gaan. Sy sal nie vanaand kom nie."

"Hoe weet Ma?"

"Ek weet. Loop nou, ek wil rus."

Baie interessant dat Sofia vanoggend vir Johannes kom instaan het. Asof dinge soms tóg met 'n doel gebeur – al glo sy onwrikbaar dat elke mens sy eie lot bepaal, selfs dié wat met hul inherente luiheid agter elke verskoning inspring!

Of moorde pleeg.

Sy twyfel nie dat dit Sofia is wat die wyn gevat het nie. Haar vaal geskrik toe sy die woord vingerafdrukke hoor.

Maar Sofia het gemaak dat 'n uitstekende plan besig is om in haar pos te vat: oorskakeling na vrouewerkers. Vir die stoet sowel as die kudde.

Kan baie probleme uitskakel. Dronkenskap. Die gedurige uittarting en kansvattery van werkers soos Stefaans en Johannes en Willem wat dink omdat jy vrouboer is, sal jy nie hulle truuks agterkom nie. Kan selfs skaapstelery bekamp.

Vrouewerkers. Hoekom het sy dit nie lankal gedoen nie? Daar sit ten minste 'n halfdosyn leeglêvroue soos Tarrie by die huise rond. Kry hulle bymekaar, begin met 'n deeglike opleidingsprogram, beskou dit terselfdertyd as 'n opvoedingstaak, en betaal hulle 'n man se loon.

Sy was eers woedend omdat Johannes nie opgedaag het vir werk nie.

Toe kom sy agter Sofia het 'n besondere aanvoeling vir die skape. Elke keer, nog voor die ooi behoorlik deurgekyk en die woltipe bepaal was, het Sofia haar eie 'match' gemaak: "Ordentlike ooi, goed geaard, sy wil die ou ram hê."

"*Ek* besluit met die oog en die hand en jare se kennis en ondervinding, Sofia." Mens moet haar gedurig op haar plek sit.

"Sal sien ek is reg."

Sy was. Leef skynbaar nog só nou verbind met die barre natuur, doen dit met 'n soort dierlike instink.

Een van die laaste ooie was 'n ietwat problematiese besluit: sterkwol, maar tog na die fyn kant toe; bouvorm goed, maar tog iets by die voorbene wat hinder. "Vir wie sal jy háár gee, Sofia?" vra sy sommer om haar te toets.

"Ramme sal nie van haar laaik nie. Ek sal haar slag."

"Ek kan nie met jou saamstem nie. Laat kom die nuwe ram uit." Sy sal die lam dophou.

Vrouewerkers.

Briljante idee.

Sy was Uilkraal toe om Karel te vra om deur sy kontakte vir haar die beste advokaat in die land te kry. Sy wil Kliprug hê.

Uilkraal ook – as Karel nie oppas nie. Hy skuld die Landbank hoeveel, die Koöperasie te veel; nou wil hy Parlement toe hardloop in die hoop dat die vet salaris hom sal red.

Karel was nie by die huis nie. Adam het kom sê een van sy ramme lê vrek tussen die ooie. Sy't hom al hoeveel keer gesê om nie twee ramme per honderd ooie in te jaag nie, maar drie. Jy waag nie kanse met jou kudde nie.

Louise was by die huis. Besig om een van haar dramatiese rolle op te voer en 'n toespraak te leer.

"Ek is op die punt om van my kop af te gaan, Cecelia."

"Jy sal nie van jou kop af gaan nie." Change of life.

"Asseblief, iemand moet my glo!"

Louise hét nogal sleg gelyk. Bleek. Minder grimering as gewoonlik. "Wat makeer?"

"Karel praat nie met my nie, Karel bespreek niks met my nie, ek bestaan nie meer vir hom nie. En iets pla hom, hy't laasnag amper niks geslaap nie."

"Konfronteer hom. Broer of nie, ek is sat van mans se verskuilde agendas en onderduimshede."

"Ek het al my moed bymekaargehad om hom vanmôre te sê ek sien nie kans om verder so aan te gaan nie, toe kom sê Adam van die ram."

"En toe's jy maar te bly vir die uitkoms."

"Miskien was dit nie die regte tyd nie."

"Máák dan die regte tyd."

"Ek sal. Ek moet. So baie dinge is in my opgekrop, ek weet nie eens meer wie ek self is nie."

"Twak."

"Dis waar!"

"Dalk is dit tyd dat jy voor die spieël gaan staan en kyk of jy nie te veel maskers die een oor die ander op het nie!" Wou dit lankal vir haar gesê het. "Kyk na die motiewe *agter* die maskers!"

"Karel ken net my maskers, Cecelia."

Dít was 'n vreemde erkenning vir Louise om te maak. "Dan het dit tyd geword dat jy hom wys hoe jy regtig lyk. Loop hom tromp-op, sê hom jy's moeg van iets wees wat jy nie is nie om *hom* tevrede te stel!"

"Ek het geweet jy sal begrip hê. Karel staan op die vooraand van die hoogtepunt van sy lewe, hy het my nodiger as ooit tevore, en ek is besig om in 'n toestand van verwardheid te verval! Besef jy wat dit beteken?"

"Ja. Jy wil hê Karel moet *erken* dat hy nie sonder jou kan klaarkom nie."

"Is dit dan nie my reg nie?"

"'n Dom een, ja. Wys hom liewer dat *jy* sonder *hom* kan klaarkom!"

"Ek kan nie. Dis die ergste van alles."

Doodloopstraat, spaar jou asem. "Ek het eintlik vir jou kom vra om vir Jalia te bel en haar saam te nooi vanaand. Ek is bekommerd oor haar."

"Hoekom gaan jy nie ook saam nie? Die onderwerp is die rol van die vrou in 'n veranderende Suid-Afrika. Daar gaan tyd gegee word vir bespreking, jy sal wonderlike insette kan lewer."

Kielie 'n duiweltjie haar. "Wie't jou toespraak geskryf?" Sy goed geweet wie.

"Karel."

"Hoekom het jy dit nie self gedoen nie? Hoekom moet jy as *sy* mondstuk daar gaan staan om vir *sy* doelwitte en idees voorspraak te maak?"

"Hy het die kennis. Jy weet tog hy skryf altyd my toesprake."

218

"Presies. Doen dan die onderwerp gestand en gaan praat namens jouself!"

"Ek weet nie hoe nie."

"Dan is dit tyd dat jy blêrrie vinnig leer en ophou om jou soos 'n pop aan 'n tou te gedra!"

"Enigeen wat met 'n De Waardt getroud is, ís 'n pop aan 'n tou! Die enigste een wat die durf gehad het om aan haar tou te pluk, is Jessie."

"En kyk waar het dit háár laat beland, nè?"

"Dis nie nodig om sarkasties te wees nie!"

Amper op 'n geveg uitgeloop. Maar immers verblydend om Louise vir 'n verandering met 'n bietjie vuur in haar te sien.

Karel kan dalk verras word.

Sy moet gaan kyk hoe ver Rolph met die boorgatpomp se enjin is. Die leidam is leeg.

Sofia sê die reën is op pad, sy't 'n bloukopkoggelmander op 'n draadpaal sien sit en noordwaarts kyk.

Sofia weet iets. Johannes was nie dorp toe nie. Sy't albei dokters gebel en gevra.

Is dit moontlik dat Jessie in Sofia se huis wegkruip?

Waar pas Johannes dan in?

Maak nie saak nie. Volschenk behoort iemand uit te stuur om die moontlikheid te kom ondersoek.

45

Nog die res van hierdie dag en een nag.

Niemand het haar skynbaar vandag kom soek nie. Die bobbejane het die hele pad water toe ongestoord gewei. Nou rus hulle. Gesels, vroetel in mekaar se hare; kleintjies speel, oues dut.

Solank sy naby die wyfies sit, is die trop gerus. Almal behalwe Susie. Sy weet.

Hoekom kyk jy so na ons?

Ek groet. Dis die laaste keer dat ek saam met julle water toe gekom het. Sê vir Jakob ek sê dankie vir alles. Sê vir hom julle moenie môreoggend vir my wag nie. Ek sal al weg wees.

Waarheen?

Geelboskloof toe.

Is jy bang?

Nee. Sê vir Bitterbek ek sê dankie vir die ekstra tyd om te kon uitsoek wat ek wil saamneem – te begraaf wat moet agterbly.

As dit waar is wat Rolph gesê het – iemand gesê het – dat 'n vrou haar swaarkry moet aanvaar as sy wil goed word, is wyfie-bobbejane lankal goed.

Kla nie. Altyd onderdanig aan die mannetjies, staan gedwee om geklim te word, kry die kleintjies, maak hulle groot – staan maar weer om geklim te word. Wanneer 'n wyfie oud is en hulle gryp haar kos en gee haar die laaste beurt by die water, kla sy nog steeds nie.

Mannetjies keer die drake weg.

Henrik sê voor Arendsnes se grensdrade lektriek was, het hy eendag Oubaas De Waardt in die veld op sy knieë sien bid vir die bobbejane.

Kom Oubaas van die Kaap af met 'n vrag lemoene, hy sê hy's tot niet vertoorn deur die bliksemse kese, hy gaan hulle afmaai met gif.

Die eerste oggend gaan sit hy 'n stapeltjie in die klofie waar Cecelia se leidam vandag is; was vroeër een van die bobbejane se afkompaaie ondertoe. Omdat die trop nie lemoene geken het nie, moes hulle eers geleer word. Gerus gemaak word. Bobbejaan vreet nie sommer enige ding nie.

Henrik en Oubaas hou hulle met die verkyker dop, sien die trop nader aan die lemoene wei; hoor die hoofman blaf en sê: Stop, ek sien 'n vreemde ding! Wyfies en kleintjies val terug, mannetjies neem stelling in tussen hulle en die oranje draak. Loop manhaftig heen en weer, kyk hom onder oogbanke uit, wys vir hom slagtande, tart hom, daag hom om te roer.

Toe niks gebeur nie, loop die hoofman vorentoe. Steek versigtig 'n hand na die naaste lemoen uit en skrik hom byna vrek, want die ding leef, dit het gerol! Gaan wag op 'n veilige afstand, kyk of hy dit weer doen. Nee. Loop nader. Vat, vat aan een. Ruik aan sy hand. Weer. Tel een op. Breek oop, proe. Kom agter dis 'n lekker besigheid, en hy maak vir hom arms vol bymekaar voor hy die teken gee dat die ander maar kan kom inval. Vrate wat uit hulle beurt kom gryp, word uit die pad gebyt.

Die volgende oggend sit Oubaas bietjie meer lemoene uit, verder uit mekaar. Kom vreet lekker.

Die derde oggend nóg verder uit mekaar. "Die veld is gevversier met oranje bolle so ver jy kyk, die trop kom aangegalop oor al wat 'n veldkos is. Hoef nie te soek nie, hoef nie te graaf nie. Kan net vreet."

Die vierde oggend spuit Oubaas die gif met inspuitingnaalde in. Henrik was elke giflemoen sorgvuldig af. Die fees was nie 'n halfuur aan die gang nie, toe rol die eerstes van die pyn. Skree, kerm, vloek. Party hol weg, die kranse galm van die krete. Ander slaan neer, sukkel op, slaan weer neer. Oubaas val op sy knieë neer, hy bid die Here moet die bobbejane uit hulle hel verlos.

Amper die helfte van die trop was uitgeroei.

Oumatjie, die oudste van die wyfies, is nie vanmôre in die trop nie.

Net haar dogters en húlle dogters is daar. Haar seuns by die mans.

Miskien is sy dood.

Bobbejane sterf soos mense, vrek nie soos diere nie.

Die kind het nie gesterf nie. Net 'n paar keer met die armpies op die water geslaan asof sy bang was en wou keer.

Jy maak jou oë toe, jy bid: Here, vat haar vinnig, maak haar heel, sit vir haar vlerkies aan.

As jy jou oë oopmaak, het die waterding haar kom haal.

Die jaar voor Ses siek geword het, is haar eie ma dood.

Van die vier dogters was net sy en haar suster Christine by

die begrafnis om saam met Cherrystraat se vroue te treur oor een wat altyd geweet het wanneer dit tyd was om te troos, te skel, te gee, te neem, te huil.

Sy loop deur die huis en kry die gevoel dat hulle oor 'n vrou huil wat nie dood is nie. Dat iets van Maggie Meyer in háár en Christine en Christine se opgeskote dogter leef. In Sally en Angeline se groot, duur kranse. Elkeen is 'n ander knoop in 'n onsigbare string wat van ver af kom: ma-dogter-ma-dogter . . .

Iewers woon in jou 'n siel. Iets ewigs. Waarvan by elke knoop 'n stukkie afbreek om nuut te word in nuwe knope. Fyn knope, growwe knope. Baie té styf geknoop – ander te los.

Sy was bly haar knoop was in haar ma se string gemaak. En bly toe sy terugkom en Ses wag vir haar by die bushalte, want dit was al skemer toe sy afklim.

By die huis het sy haar begrafnisklere uitgetrek, kos gemaak, druppeltjie heuning op haar tong gesit, dit vir hom gegee. En die heuning in haar was soeter. Sy het dit geweet aan die manier waarop hy sy dors in haar les: vreemdeling wat diep teue van haar siel kom drink en agterna rustig langs haar aan die slaap raak.

Hy wás minder waaksaam. Meer ontspanne, asof hy ook makliker swem. Vryer was. Selfs oor 'n ou verbodenheid kon lag.

Hy staan hom die aand en aantrek vir Cecelia se jaarlikse onthaal as Rolph verjaar. Sy maak sy kraag reg, borsel sy baadjie af. Sy's nie genooi nie. Ná die nagrok-episode het Cecelia gesê sy sal nie weer 'n voet op 'n onthaal van háár sit nie. Cecelia is 'n vrou van haar woord.

"Sê vir Rolph ek sê geluk."

"As ek onthou."

"Sê vir Louise sy kan môre kom aanpas."

"As ek onthou."

"Sê vir Ses de Waardt hy bly nog steeds die mooiste man wat ek ken, al ken ek hom nie."

"As ek onthou." Hy lag en trek haar rok se band los.

"As jy wil, kan ek saamgaan – die nagrok is nou wel al 'n bietjie oud, maar ek kan dit gou stryk . . ."

222

"Jy sal dit nie waag nie," sê hy. Skielik weer 'n tikkie waak. Sy sou.

Toe hy weg is, het sy haar baadjie aangetrek en op die stoep vir hom gaan wag, die hele aand. Sy en die uil en die jakkals en die sterre en die krieke en die paddas by die windpompdam. Soms, as jy doodstil sit, is jy nie goed óf sleg nie – net heel. Net jy.

Toe die gaste begin huis toe gaan, die eerste motors se ligte anderkant die grensdraad uitslaan, het sy vir hom die hek gaan oopmaak en gewag.

"Oppas by jou voete," sê hy toe sy inklim, "Sofia het vir jou iets ingepak."

Dit elke jaar skelmpies gedoen.

Hulle kom by die huis, sy sien hy is 'n bietjie dronk. Hy sê hy wil nie koffie hê nie, hy wil gaan lê. Hy's moeg.

Sy steek vir haar 'n kers op, gaan sit op die vloer voor die bed, en hou haar eie fees uit Sofia se koekblik.

"Jessie?"

"Ja?"

"Die dag toe ek die wyfie daar bo in die hok geskiet het . . ." Hy sê niks verder nie.

Sy roer nie. Hulle het nooit daaroor gepraat nie. Gemaak of dit nie gebeur het nie. "Wat daarvan?"

"Jy's anders van toe af."

"Ek weet."

"Hoekom?"

"Omdat ek jou daardie dag geskei het."

Hy lag. "Ek het so iets vermoed."

"Dis beter so."

"Gaan maak vir ons koffie."

"Nee. Ek kry koud, ek gaan nou lê."

"Ek sal jou warm maak."

Dit wás beter tussen hulle.

Sy't die koffie gaan maak. Hom nie gesê van die wye draai wat sy leer loop het om verby die vanghok op die berg te kom nie. Dat Henrik sê daar word amper nooit 'n wyfie gevang nie, net mannetjies – die hoofbobbejaan die week tevore. Sy sê nie sy het agtergekom die beste mannetjies verdwyn uit die trop nie, dat die jonges te kere gaan soos hulle wil met al wat 'n geswelde wyfie is.

Toe sy die koffie kamer toe neem, sit hy met sy voete van die bed af. Inmekaar soos een wat pyn het.

Die begin van sy einde.

En sy oorlog.

46

"Spit, Tarrie!"

"Die grond is hard, Ma."

"Spit!"

"Ek weet nie hoekom Ma nie die verdomde bottel in 'n bos kan gaan smyt nie."

"Omdat Cecelia hom sal uitruik." Hoe moes sy geweet het dis dure vreemdelingswyn? "Nie dat ek dink sy sal regtig die polieste laat kom nie."

"Sal die polieste vir haar eie ma laat kom."

Johannes sê Jessie was nie by haar skuilte nie. Amper nie meer kos oor nie. Bietjie suiker. Kondensmelk. Waarvan dink sy gaan sy leef? Bobbejaankos?

Die Here weet, sy't 'n nare gevoel op haar maag. Elke ding het 'n pad wat vir hom uitgekap is om te loop; pad wat iewers uitkom. Maar dit voel vir haar hierdie pad van Jessie gaan nêrens heen nie. As haar bene nie so afgekap was nie, het sy haar jare daar bo aan die lewe gehou. Nou sê Johannes hy gaan nie weer nie. Henrik sê hy gaan nie weer nie. Daar bly net Tarrie oor.

"Tarrie . . ."

"Pas 'n slag die bottel, Ma."

"Dis nog nie diep genoeg nie. Spit." Probleem gaan wees om

224

haar mond toegebind te kry sodat sy nie iewers iets laat val nie. "Cecelia sê weer vanoggend die dag is aan die kom dat onse vroue by mekaar sal moet staan as ons nie in die grond in getrap wil word nie."

"Wat weet sy? Maklik om met 'n witbek te praat."

"Sy's slim in haar kop."

"Maar nie slim genoeg om die dag te keer wat vir *hulle* wag nie."

"Mens praat nie so nie."

"Moenie my mond toedruk nie, Ma! Dis 'n verongelykte besigheid en ek sal praat soos dit in my staan. Kyk wat het hulle, kyk wat het ons. En waar kry hulle dit? Gesteel van *ons*. Daarom sê ek smyt die bottel in die bos, Ma het dit van Ma self gesteel."

"Wat het hulle van ons gesteel?"

"Alles. Hele land. Die dag as Mandela kom, bly ons in die palaces en hulle in die krotte. Ek sê julle nou al: Uilkraal se huis is myne."

"Wat jy waar gaan kry?"

"Terugsteel."

"En Karel en Louise en al hulle se goed?"

"Goed bly in die huis, hulle moet uit."

"Waarheen nogal?"

"Traak my nie."

Waar kom sy aan dié kind? "God sit hoog, maar Hy hoor vir jou, Tarrie! Sy orders is uitdruklik lat ons nie ander se goed mag steel of begeer nie – die wyn was vir 'n noodsaak, sal my nie toegereken word nie."

"Sal *ons* ook nie toegereken word nie, Ma."

Hoe gaan sy by hierdie kind se hart uitkom? "Jy verstaan nie van witmense nie, Tarrie."

"Ek verstaan beter as Ma. Pas in die bottel, ek wil by die huis kom."

"Nog 'n bietjie dieper. Help nie jy loop kef agter die swartgoed aan nie, ons is nie hulle nie. Ons is eintlik ook wit."

"Van wanneer af?" Sy los die graaf en sit haar hande in haar sye. "Van wanneer af?"

"Spit." Hoe gaan sy haar by Jessie kry? "Alles wat jy aan jou lyf het, kom uit 'n wit hand. Meeste uit Jessie s'n."

"Goed wat sy te trots was om te dra omdat dit Louise se ou goed was! Maar ek is goed daarvoor. Ek het mos nie trots nie, ek het mos nie verstand nie, ek is mos nie 'n mens nie. Gee aan die bottel."

Sy gooi die bottel in die gat.

"Ma weet wat jy sê, Tarrie. Jalia sê sy bid vir die dag dat almal saam in God se huis sal sit, want dan sal alles regkom."

"Daardie dag kry die hingste vullens."

"Kan dalk gouer wees as wat jy dink. Die witmense raak al slimmer. Cecelia sê hulle sit nou proppies in die ooie se gatte in op om almal gelyk reg te kry vir die ramme – maar g'n ram kom naby hulle nie. Word net in die gatte in opgespuit, dan's hulle dragtig."

"Hoe nou?"

"Ek sê vir haar julle vat darem nou God se werk te veel uit sy hande uit."

"G'n wonder al meer witmense raak self ook gatvol vir witmense nie."

"En bruines gatvol van bruinwees. Trap goed vas die grond, vee die spore met 'n bossie dood. Gooi bietjie klippers oor."

Tarrie kom orent om 'n bietjie te rus. "Wie draai daar in na onse huis toe?" vra sy.

"My oë wil nie meer so ver kyk nie."

"Lyk my dis die polieste."

Jirre, hou vas my hart! "Moenie kak praat nie, om wat te maak? Val plat!" Tarrie vat die naaste spekbos, sy die renosterbos. "Is die bottel toegegooi?"

"Ja, Ma."

"Is Cecelia dan bebliksem om die polieste te staan stuur?"

"Ma wil mos niks van hulle weet nie."

"Loer, kyk waar hulle is!"

"Voor die huis stilgehou, ek kan nie sien nie."

Here, asseblief, ek lê voor u voete, ek smeek, sit u hand oor die ouvrou se mond, sy't gesien ons loop die veld in met die bottel en die graaf. "As ek moet tronk toe vir die bottel wyn, moet jy vir my 'n ding doen, Tarrie."

"Wat?"

"Na Jessie kyk."

"Wat sê Ma daar?"

"Lê plat!"

"Waar's Jessie?"

"Op die berg. Waar's die polieste? Loer."

"Sien niks. Hoe weet Ma sy's op die berg?"

"Ek het 'n gesig gehad. 'n Stem het vir my gesê Tarrie moet vir haar gaan kos wegbring." Ekskuus, Here, moenie luister nie. "'n Heldere stem uit die hemel uit."

"Wanneer?"

"Laasnag. Gesê Johannes moet vandag gaan. Jy oormôre en dan weer Sondag."

"Ek gaan nie, ek is te bang vir die bobbejane."

"As jou naam geroep is, is jou naam geroep, Tarrie!"

"Netnou sit ons almal met ons gatte in die tronk vir háár gemors? Nee dankie. Geroep of te not."

"Jy móét."

"Skuld haar niks. Hoeveel keer het Ses nie vir Ma weggejaag nie?"

"Ses het my nie weggejaag nie, hy't homself gedurig weggejaag. Mos die skrik gehad toe hy klein was, nooit weer uit hom gekom nie."

"Watse skrik?"

"Kyk waar die polieste is."

"Ek sien niks. Watse skrik?"

"Los, dis andermansgoed. As daar iets met my gebeur, moet jy na Jessie kyk. Jou pa sal jou sê waar sy is."

"Ek sê Ma dan."

"Ek sal jou goed betaal."

"Hoeveel?"

Die ouvrou sit onder die peperboom. Die son is onder.

"Wat het die polieste hier kom maak?"

"Huis deurgesoek. Was jy in die grond gewees, Souf? Kyk hoe lyk jou rok."

"Wat het Ma vir hulle gesê?"

"Gesê hulle moet my inlaai en dokter toe vat."

"Wat nog?"

"Gesê sy's nie hier nie. Tot onder die kooiens gekrap."

"Wie's nie hier nie?"

"Jessie. Hulle soek haar. Glo 'n kleintjie in die water gesmyt en versuip. Gaan haar die swartrok gee."

"Het hulle nie die wyn kom soek nie?"

"Watse wyn? Ses sit daar binne, hy sê hy wag vir jou."

Jirre, hoe kry sy dan nou so hoendervel?

47

Sy troetel die beker met die soet swart koffie tussen haar hande. Dis net Sofia wat haar laaste wens sou gehoor het.

Kombers, kussing, kos. Het Henrik dit gebring? Sy's bly hy't nie gewag nie, sy wil met niemand meer praat nie.

Die reënpadda roep. Dit gaan reën, dit gaan blom.

As sy kon wens waarheen haar siel moet gaan, sal dit wees dat daar blomme moet wees. Veldblomme. En skoenlappers.

Iemand moet net asseblief my hand vashou sodat dit nie mis is nie. Nie gekwes nie.

Soos Ses was toe hy van die Kaap teruggekom het die week ná Cecelia se partytjie – om stadig dood te gaan, ag maande lank.

Dit het hom gewoonlik tussen sewe en ag uur geneem om met 'n vrag skape in die Kaap te kom; aflaaityd het afgehang van hoeveel vragte vóór hom in die tou was. Maitland se slag-pale. Dan bly hy oor en kom die volgende dag terug.

Toe sê hy sy moet vir hom ekstra klere insit, hy sal 'n paar dae langer wegbly.

Hoekom?

Besigheid.
Hoe lank langer?
Hang af.

Vyf dae.

Toe klim 'n jakkals die middag uit die lorrie en skop met elke poot in 'n ander rigting. Wil nie hê sy moet vra waar hy was nie. Hoekom hy nie gebel het nie, sy padkos geëet het nie. Hy sê net sy moet haar goed vat en loop, hy wil haar nie langer om hom hê nie.

Sy pak sy tas uit. Daar's 'n reuk aan sy klere wat sy ken – die reuk van hospitaal. Sy storm uit haar lyf en kry hom beet, hy keer verwoed en stamp haar van hom weg. Die hele donker nag lê sy met die weet: Ses is siek. Hy wil nie hê sy moet daaraan raak nie.

Dis syne.

Sy kwaad.

Etter kom by sy mond en sy oë uit. Hy skel op Cecelia, Appools, Henrik, Karel, Sofia. Enigeen wat dit in sy pad waag, al is dit net om te vra hoekom hy hierdie tyd van die jaar sy dorpers teen brandsiek dip, dis Meimaand. Hy't Februarie gedip. Hoekom hy al weer teen al wat 'n wurm is, doseer. Nóg bosse uitkap op die berg om nóg nuwe saaiplek te maak – in 'n drif wat alles uitmekaar wil breek.

Week ná week.

Saans en Sondae is dit haar beurt.

"Het ek nie gesê jy moet loop nie?"

"Dis Sondag, Ses. Rus." Jakkals met sy stert in 'n slagyster: as sy naby hom kom, wil hy haar doodbyt. Dan beweeg sy sagvoet in die skaduwees langs sodat hy haar nie so moet *sien* nie. Iets was iewers verskriklik verkeerd, sy moes net in haar lyf bly tot dit weggaan.

Maar dit wil nie weggaan nie.

Moenie om my neul nie. Moenie aan my torring nie. Moenie aan my raak nie. Jy was van die begin af 'n slegding!

Sofia sê hy's aan 't baklei met God.

Waaroor?

Alles. Los hom uit.

Sofia het lank voor almal geweet.

Hy kom die dag van die krale af, hy peusel aan die kos en stoot sy bord weg. "Ek eet nie varkkos nie," skel hy.

"Dis kos wat jy nog altyd geëet het."

"Moenie my teëpraat nie!"

Sy oë is 'n dieper grysblou as Cecelia s'n. In die bobbejaanwyfie was 'n diermens – in hom is 'n manmens. Is hy ook twee? Sy kyk. In sy een oog woon 'n manjifieke wese gemaak van innertrots, in die ander 'n mens wat haar wil vernietig sodat *hy* kan leef. Sy kon hom nie peil nie.

Sy staan langs die huis; die dink is nie in haar kop nie, dit kom diep uit die aarde onder haar voete. Sy vra vir haarself: Is dit sy goed-kant wat my sleg-kant so haat? My goed-kant wat sy sleg-kant aanhou vertoorn? Of andersom? Dit maak haar deurmekaar. Sy loop terug in die huis in, hy sit op die ou rottangrug-baliestoel in die voorkamer, maat van die stoel wat sy aan die smous verkoop het.

"Jy't my belieg en besteel!"

"Ek is jammer."

"Jy lieg!" skree hy.

Sy bly in haar lyf. "Jy's reg, ek lieg," sê sy. "Ek het jou stoel verkoop omdat ek kwaad was omdat jy nie vir my wou goed raak nie. Ek sou my siel saam met die stoel verkoop het as dit jou lief sou gemaak het vir my. Ek sou God vir jou verloën het, Ses de Waardt. Omdat ek 'n vrou is. Omdat ek die helfte is van iets waarvan jy die ander helfte moes gewees het, maar nooit wou wees nie omdat jy te blind was om te sien my goed is groter as my sleg."

"Ek het vir jou gesê jy moet trap uit my huis!"

"Ek het nêrens om heen te gaan nie."

"Klim op die bus, neuk terug Kaap toe."

"Pa het die huis verkoop, hy woon by Christine." Woorde om agter te skuil sodat sy kon verbykom kamer toe. Maar hy keer haar.

"Loop trek dan saam met hulle in, dis waar jy hoort!"

"Jy's nie net meer blind nie, Ses, jy's nou siek ook."

"Trap!"

"Moenie my wegjaag nie. Ek is nie jou fout nie."

"Jy's die boosheid wat onder my dak woon!"

"Jy woon onder jou eie dak."

"'n Hoer is 'n hoer."

Hy klim jou op asof hy jou moet doodsteek. Die sweet tap hom af, maar hy bedaar en jy spoeg 'n bietjie heuning op die waslap waarmee jy hom afvee.

"Gaan dokter toe, Ses."

"Nee."

Die lorrie staan nie meer in die skuur nie, dit staan langs die huis; hy bêre sy pille in die lorrie.

Dis syne.

Iewers in Julie het hy vir Cecelia gaan sê. Dat hy kanker het.

Cecelia het vir haar kom sê. "Dit gaan nie vir jou maklik wees nie, Jessie. Hy wou nooit eens my ma toelaat om 'n stukkie hegpleister om 'n vinger van hom te draai nie."

Jy swem weg en gaan huil onder 'n klip. Hy kom by die huis, hy weet jy weet. Binne hom brand 'n vuur wat 'n vlam na jou uitskiet: "Vir wat huil jy? Hoekom juig jy nie?"

"Ek wil nie hê jy moet doodgaan nie."

"Praat die waarheid, sê jy kan nie wag nie!"

"As jy doodgaan, gaan ek ook dood."

Iets sit dit in haar mond om te sê, sy weet nie wie nie. Dit maak haar bang, dit voel te waar. Sy loop die donker veld in, die nag is sonder maan. Sonder sterre en geluide. Net die uil wat roep soos die onrus in haar. Spoke wat saam kom loop en met ander tonge praat: As Ses doodgaan, is jy vry, is die pyn verby. Spook wat bo jou kop fluister: Dan is daar niemand wat tussen jou en die bodem swem nie, wat keer dat jy nie te diep in jouself in duik en kom by die plek waar die waterding woon, waar dooie palings krioel en hekse uitbroei nie!

Sy gaan terug na waar die lig brand en Ses vir haar wag. Die monster wat in hom is, rank die hele huis vol; sy wil hom oop-

231

breek, dit uit hom graaf. Hom heelmaak. Sy weet nie hoe nie.

"Ses . . ."

"Hou jou hande van my af! Ek sal self doodgaan."

Hy treiter jou uit jou lyf tot jy jou naels in sy pyn inslaan. "Gaan lê dan agter 'n bos en vrek alleen waar honde hoort!" Jy sien sy seer. Jy sien hom orent kom asof hy jou wil wys dat hy nie voor jou sal steier nie.

"Liewer agter 'n bos as om kragteloos gebloei te word deur 'n feeks! Gedink jy kan slu ompaaie loop en jou spore doodvee, ek sal nie jou planne agterkom nie!"

"Watse planne, Ses?" Vra suutjies. Kruip terug in jou lyf; dis voor *sy* waarheid dat jy staan. "Watse planne?"

"Om my lam te steek met die gif wat in jou skuil – wat in elke vrou op hierdie aarde skuil."

"Watse gif?"

"Julle kastige besorgdheid, alewige gekloek, julle vertroetelende leiding, valsheid, verraderlike metodes om te kry wat julle wil hê."

Slaan na jou met 'n bondel stokke.

"Ek kan nie almal se skuld dra nie, Ses. Net my eie."

Hy's moeg. Sy wil haar hand na hom uitsteek, maar hy dryf te ver van haar af.

Hy kon nie haar waarheid peil nie, sy nie sy pyn nie.

Die water om hulle bly maal en maal . . .

Terwyl Sofia bossiegoed trek en kyk dat hy dit drink. Sy sê ou Johanna mag mank wees in die kop, maar leef nog iedere dag; jare gelede mos die grootsiek in die moer gehad.

Louise kom pink gereeld 'n traan uit elke mooigeverfde oog. Lag en gesels met Ses asof dit tog nie regtig is nie. Net 'n ou grappie. Bring handdoeke, nuwe lakens, sypajamas, naskeermiddel, goeie tyding: 'n vriend van 'n vriend van Karel – een van die beste interniste in die land, mense wag maande om by hom in te kom – het aangebied om Ses onmiddellik te sien. Sy en Karel sal hom Johannesburg toe neem. Niks om oor bekommerd te wees nie.

232

Cecelia sê as dit jou tyd is, is dit jou tyd. Maar sy sal hom mis. Sy't met die dokter op die dorp gereël: hy sal help om Ses se lyding so lig as moontlik te maak, hom in die hospitaal opneem wanneer dit einde toe staan.

"Jy weet natuurlik dat Carljan Kliprug erf." 'n Vriendelike waarskuwing.

"Ja."

"Ek neem aan dat Ses vir jou voorsiening gemaak het?"

"Ek weet nie." Sy sê nie dat hy in een van sy woedeoomblikke gesê het hy sal reël dat die bank vir haar 'n buskaartjie se geld terug Kaap toe gee as hy klaar begraaf is nie. Dat sy vir hom gesê het hy hoef nie die moeite te doen nie, sy sal sommer stap. Immers het dit hom laat lag. Die aggressie 'n oomblik laat bedaar sodat sy suutjies onder hom kon inswem en haar hande onder hom sit en hy 'n rukkie ophou spartel.

"Die lewe, Jes, is 'n genadelose strik waarin jy gebore word om stadig doodgemaak te word. Vir wat?"

"Ek weet nie."

"*Vir wat, Jessie?*" Asof hy háár wou oopbreek vir die antwoord.

"Daar moet 'n God wees wat weet. Die God wat die berge gemaak en die veldgoed geplant het; wie se son en maan en sterre dit is."

"En toe gemaak het dat Hy wegkom. Mens aan mens uitgelewer het, mens martel terwyl jy nog leef."

"Ek dink nie die God wat 'n beetle daisy só fyn kan verf, kan martel ook nie, Ses."

Môre klim hy in sy bakkie en gaan skel die arme Appools van die trekker af en ploeg self verder. Kom by die huis. Pyn vreet hom tot hy op sy hurke voor die bad sit, daar's nie krag in hom oor om haar hande weg te keer wat hom ophelp en was nie.

Vuur wat stadig uitbrand.

Dis koud. Sy voel waar die frikkadelle is en probeer 'n happie eet. Stukkie van die brood. Sy kan nie sluk nie, die huil wil nie ophou nie.

"Geen man behoort só dood te gaan nie!" Sy sê dit vir Cecelia. Sy gaan sê dit vir God langs die huis. Vir die bobbejane. Sy keer Jalia voor, vra vir haar hoeveel keer Ses nog vir haar moet sê om nie saans vir hom te kom biduur hou nie! Sy skel Sofia uit, sê vir haar: Jou ou simpel bossies stink net die huis vol, dit *doen* niks! Ses word net al sieker. Sy sê vir Louise: Jy kom sit hier pretty, plastic en gepaint, hoekom vat jy nie liewer die besem en vee die werf nie? Kan jy dan nie sien hy wil nie gekyk wees nie!

Háár opstand.

Háár dae wanneer die skuld vir sy pyn haar rug kom breek, sy weet nie hoekom nie. Dat sy botstil staan as sy tong haar kasty vir iets wat sy nie verstaan nie.

Wanneer die maalwater hulle vat en tol en tol tot in die oog waar dit weer kalm is.

"Praat met my, Ses."

"Wat is daar om te praat?"

"Enigiets. Net wat jy wil."

"Ek en Karel en my oorlede pa gaan skiet eendag bobbejane. Versteek ons voordag in die bosse by die land. Ons hoor die trop kom, ons wag tot hulle in die koring is voor ons skiet. Hoeveel raak is, weet ons nie, die trop vlug. Ons loop nader, ons sien daar kom 'n wyfie terug. Ons skiet. Sy duik in die koring in, ons skiet. Sy kom uit. Sy roep, ons sien sy soek iets. In die warboel moes sy haar kleintjie verloor het. Sy's slim. Sy spring op die stapel klippe aan die onderpunt van die koring om te kyk of sy nie die are sien roer waar hy is nie. Ons skiet. Dan is sy terug in die koring, dan is sy weer op die klip. Ons skiet drie gewere op haar leeg sonder om 'n haar op haar lyf te skroei voor sy die kleintjie kry. Karel vra: Pa, hoe de hel is dit moontlik? Pa sê: Dit was nie haar tyd nie.

"Dis nog nie my tyd nie, Jessie."

Cecelia kom sit by hom aan die tafel, praat asof sy, Jessie, nie in die kombuis is nie.

"Help nie om die onderwerp te vermy nie, Ses. Is jou sake in orde?"

234

"Moenie jou oor my sake bekommer nie."

"Wat van Jessie?"

"Wat van haar?"

"Ek stel voor jy koop vir haar 'n kleinerige huisie op die dorp. Sy kan gaan werk."

"Luister hier!" Sy slaan Cecelia oor haar kop met die afdroogdoek. "Moenie vir my kom sit en herberg en werk soek nie! Dis nog glad nie te sê Ses gaan dood nie!"

"Jessie . . ." Ses maak haar stil.

Buite sê Cecelia sy hoop Ses se verlossing kom gou – verlossing nie net van sy pyn nie. Die son skyn in haar oë, mens kon nie sien wie in haar woon nie.

"Kom sit, ek wil met jou praat," sê Ses die aand. "Daar is 'n ou spreuk wat sê as 'n vrou nog 'n kind is, moet sy onder die reëls van haar pa staan. As sy jonk is, onder die reëls van haar man. As haar man dood is, onder die reëls van haar seuns, anders vergeet sy dat sy 'n onderdanige wese op aarde moet bly."

Sy sien die glinstering in sy oë. "Jy sal nie waag om dit vir jou suster te sê nie."

"Omdat jy nie seuns het nie, sal ek reël dat jy maandeliks 'n bedrag geld kry tot jy weer trou. Dit behoort nie lank te wees nie."

"Sê hulle moet die geld elke maand vir my op die rooiklip onder die knokkelberg kom neersit. Ek sal by die bobbejane gaan woon."

"Dis waarvoor ek bang is." Sê die goed-Ses. Asof hy dit bedoel.

Toe die veld daardie jaar begin blom, begin Ses sy skape verkoop. Sy trekker. Sy vragmotor. Soos klere wat hy stuk vir stuk uittrek.

Maar nie sy trots nie. "Kyk na my veld, Jessie. Gaan kyk na Cecelia en Karel se veld. As ek my kop neerlê, sal hulle hulle skape kom injaag, wie gaan hulle keer?"

Hy eet al slegter. Cecelia bel gereeld die dokter en kom staan self langs die bed as hy kom. Hulle wil Ses in die hospitaal sit om hom aarvoeding te gee sodat hy 'n bietjie sterker kan word.

Hy jaag die dokter *en* Cecelia weg.

Aasvoëls begin toesak. Bankbestuurder. Man van die versekering. Karel om te kom vra of hy nie sy gewere kan koop nie. Rolph om hom 'n aanbod vir Kliprug te kom maak – met lewensreg op die huis vir haar, Jessie.

Sy staan in die kombuis, sy hoor hom dit sê. Sy loop binnetoe, sy sê vir hom sy bly nie onder 'n dak waar hy die reëls maak nie, en sy hoop Cecelia draai sy nek om as dit uitkom hy wou Carljan se erfgrond onder hom uitgekoop het.

Toe Rolph loop, sê Ses Carljan erf nie die grond nie. *Sy* erf dit. Die geld wat daar is. Alles. Sonder voorwaardes. Asof dit 'n vanselfsprekendheid is.

"Jy gee Kliprug vir my?"

"Ja."

"Hoekom?"

"Sodat jy nie hoef te swerf nie."

Sy staan voor hom, sy bewe van skok. Yl Ses? Nee. Sy kyk, sy sien daar is 'n man in die middel van Ses se lyf wat dieper woon as goed of kwaad; man sonder vrees, sonder haat, sonder pyn. Sy maak haar oë toe, sy maak haar oë oop: hy's nog daar. Soos een wat uit 'n skuilplek gekom het, wat nie wou gehad het jy moet weet hy's daar nie. Wat jou die hele tyd dopgehou het . . .

"Ek kan nie Kliprug vat nie, Ses. Dis joune." Sy wil haar hande voor haar gesig sit sodat hy haar nie so moet sien nie.

"Gaan maak vir my 'n bietjie koffie."

Kom 'n groot sterk engel en tel haar in sy vlerke op; dit voel soos nakend staan voor God. Twee halwes word 'n hele vir 'n oomblik in die ewigheid. Twee vreemde siele, twee vreemde harte, liggame ontmoet mekaar en daar skyn 'n lig in 'n kamer waar verf nooit heeltemal aan plakpapier wou sit nie. Lig wat op hulle neerstryk, deur alles gloei en vir een onvergeetlike oomblik mens en mens een maak, en die lig se naam is liefde.

Miskien God.

Sy weet nie. Dit was die laaste keer dat hy met haar liefde gemaak het.

236

Die volgende môre het sy die berg uitgeklim en 'n bottel van die witklip se water vir hom gaan haal. Om iets te hê om vir hom te gee.

"Jy't al die jare van die water geweet en my nie gesê nie?"

"Dis die bobbejane se heilige geheim."

"Ek ken jou nie, Jessie."

"Ek ken jou nie, Ses."

Sy gaan haal vir hom 'n hand vol klippies. Spoel hulle af. Oranje beetle daisy. 'n Aandblom. Dit help hom deur sy pyn. 'n Gousblom. Bietjie sop. Bietjie water. Snags trek sy hulle klere uit en lê by hom en gee hom van haar warmte. Dan slaap hy 'n rukkie. 'n Blougrys veer. Was hom. Speel met hom. Jaag Cecelia en Louise weg. Gerfie haasgras. Sit by hom.

Tot Sofia kom.

Weet nie hoe sy geweet het wanneer sy moes kom nie.

Stil en waardig soos by 'n bed waarop 'n koning sterf. Vee sy gesig af, trek die beddegoed reg, sit die lig af, steek 'n kers op, vee sy gesig af, trek die beddegoed reg . . .

"Dis tyd." Dis middernag. "Ons moet sing, Jessie."

"Hoekom?"

"Hy kry te swaar."

Sy ken nie die woorde nie. Sofia ken die woorde.

Nader, my God, by U –
Steeds naderby!
Al is daar ook 'n kruis
Nodig vir my.

"Sing, Jessie!"

Dan sal my lied nog bly:
Nader, my God, by U –
Nader, my God, by U –
Nog naderby!

"Weer."

Nader, my God, by U . . .

48

"Wie's by die deur?"

"Sjuut, dis ek, Ma."

"Waar gaat jy heen, Souf? Dis dan nog nag."

"Bietjie buitentoe. Slaap."

Loop sommer die donker in om oopte te soek vir haar troewel gemoed.

Hele Kloof word omgedolwe. Hele wêreld. Hoe kon Cecelia agtermiddag hier kom staan sê sy't gebesluit om van nou af meeste met vroumenswerkers saam te boer? Die mansmense moet maar kyk wat Rolph en Karel vir hulle het om te doen. Of ander werk vat.

Watse werk?

Hulle saak, sê sy. Tarrie lag kliphard ongeskik. Sy sê vir Cecelia: Luister hierso, ek's nie 'n skaap nie, ek werk ook nie met skape nie. Sy, Sofia, sê vir Tarrie: Hoe kan jy so staan praat met miss Cecelia saam? Cecelia sê: Los haar, ons het vroue met vuur soos Tarrie s'n nodig in hierdie land om die toue waarmee ons vasgemaak is, los te *brand*! Gooi Tarrie met net die regte skoot petrol.

"Woede moet gebruik word, Tarrie. Nie opgedam word nie. Geen politieke bevryding kan geskied as die *vrou* nie eers bevry is nie."

"Jy's wit, miss Cecelia, jy's vry gebore."

"Geen vrou, Tarrie, is vry gebore nie. Glo my. Die vrou moet haarself bevry. Bruin, wit, swart. Ek gaan jou voorman maak van my span. Meer betaal as die ander. Ons sal van hierdie Kloof 'n voorbeeld maak vir die hele land. Wys wat vroue kan doen as hulle saamstaan."

Skoon gebefok. Sy sê vir haar: Miss Cecelia, maar jy's mos nou oordwars. Stook mos nou oorlog. Wat van Henrik en Johannes en Stefaans en Willem en Appools en die ander? Man wat op sy gat in die son sit, kry die lamte en broei net onheil uit.

"Hoekom moet die vrou haar lewe omsit in die son?" vra Cecelia en knipoog vir Tarrie. "Ek gaan my boerdery uitbou met vrouewerkers. Ek gaan 'n opleidingsprogram begin, ons gaan die beste merino-stoetooi in die land teel. Die moontlikheid is groot dat ek Kliprug sowel as Uilkraal kan koop."

"Kliprug is Jessie s'n."

"En Jessie het haar eie gat gegrawe. Die wiel draai, Sofia. Jy sal óf moet saamdraai óf agterbly."

Die nag voel soos die nag toe Ses dood is. Behalwe dat daar in hierdie nag niks is om teen te gaan skop om jou beter te laat voel nie.

Loop sy ook die donker in toe dit verby is. Rosyntjie wat onder in die bier lê en swel en skielik boontoe skiet. Prop in sy moer. Skiet haar tot op Arendsnes in die familiekerkhof. Ou Filippina, Ses se eie ma, lê in die hoek. Sementblad oor, kopsteen ook van sement. Die De Waardts lê onder marmer. Sy staan by ou Filippina se koppenent, sy sê vir haar: Jou ou satansantie! Sy skop Filippina se grafsteen dat hy vooroor val en nog sywaarts ook kantel. Seker maar afgebars gewees.

Toe voel sy beter.

En voor die son vir middag sit, spook Filippina die hele Kloof vol sonder dat sy 'n vinger gerittel het. Tot by Louise ook.

"Sofia . . ." Sit opgetof in lanfer. "Ek glo nie aan spoke en sulke goed nie, maar hoe is dit moontlik? Sy eie ma. Dieselfde nag."

"Seker uitgeklim. Benoud gekry."

"Moenie ligsinnig wees nie, asseblief nie. My hart is stukkend. Daar móét 'n verklaring voor wees, dis net dat dit so verskriklik toevallig is."

Cecelia hoor van die besigheid, sy sê as sy nie die gesonde verstand gehad het nie, het háár verbeelding ook oorgeloop. Gelukkig lankal opgemerk die graf is gesak.

Fya sê sy't die gees gesien. Spierrewit. Net so hier en daar grond geraak. Seker die lyk gaan kyk. Kinders luister met groot oë. Jalia staan geverheerlik, sy sê dis 'n moeder se siel wat uitgegaan het om haar seun te ontmoet.

"Jy weet nie waarvan jy praat nie," sê sy vir haar.

"Hoe bedoel jy, Sofia?"

"Wat ek gesê het." Skuld haar nie die waarheid nie.

Filippina de Waardt was nie 'n ooi wat omgekyk het of 'n lam val of staan as sy hom eers van die speen afgehaal het nie. Sewe op 'n ry. Maak hulle met die sambok en 'n skelbek groot.

Een van die groter kinders het met die kat by die huis aangekom – op Kliprug in die skuur onder die wyfie uitgesteel. Filippina sê vat terug die ding. Kinders steek die kat weg.

Mooi kat geword. Groot. Mannetjie. Oorle' Oubaas sê daar's wildekat in hom, kyk die klossies op die ore. Honderd maal op 'n dag skree Filippina: Ses, sit neer die verdomde kat! Kat loop soos 'n hond agter hom aan. Mooi dier. Grou. Langste stert wat sy ooit aan 'n kat gesien het. Pote soos 'n leeu.

Sy sien dit soos gister.

Gooi Filippina die sewe bekers melk die oggend in, sewe stukke brood. Ses was vyf. Hy wil nie sy melk drink nie, van die ander ook nie. Kla die melk is suur. Filippina sê: Drink! Melk is suur, Ma. Sy vat die bekers, sy smyt die melk in die kat se bak, die hele vloer ook vol. Sy roep die kat, die kat wil nie die melk drink nie.

"Kat sê ook die melk is suur," sê Ses. Hy staan by die tafel, stuk brood in die hand. Filippina vat die kat aan die nek en druk sy kop in die melk in. Suip! sê sy. Kat kan nie drink nie, sy gevreet is onder die melk. Suip! skree sy. Staan hol omhoog, bloed loop in haar kop in, gesig raak al rooier. Kat spartel, maar sy hou.

Maaaaaaa!

God, mies, wat maak jy nou?

Bly stil, Sofia!

Ma-ma-ma-ma. Dis al wat hy uitkry. Hy's onder haar in, hy wil die kat aan die agterbene beetkry, maar die ding skop te sterk. Ma-ma-ma-ma. Slaan haar met die vuiste. Skop haar bene. Die ander staan vasgespyker om die tafel van verskrik.

Mies, jy gaan die kat versuip!

Vir my sê die melk is suur!

Mies, hou op, Ses gaan die stuipe kry!

Dit stroom by sy oë uit, sy mond, sy neus. Snot, trane, kwyl. Hy skree net ma-ma-ma-ma. Soos hakkel en snik gelyk.

Here God, hoe werk 'n draadloos?

Versuip die kat in die bak melk. Kop is papnat, tong hang uit. Ses hardloop by die agterdeur uit die veld in oor die klippe, deur die drade. Sy hardloop agterna, sy roep, hy wil nie hoor nie.

Vang hom onder in die kloof. Skop haar. Vloek haar uit. Spoeg haar. Asof *sy* die kat geversuip het. Stofstrepe lê oor sy gesig waar die snot en trane drooggewaai het; die haat in sy oë is te groot vir 'n kind se lyf.

Bietjie meer as 'n jaar later, toe hulle Filippina die dag inspit, toe staan hy met droë oë.

Hy't nooit vir Oumies De Waardt kom sê as hy goed gedoen het in die skool nie. Altyd vir haar, Sofia. Nooit vergeet wie hom daardie dag in die veld gaan haal en gevertroos het nie.

Sy't nie die hart gehad om Jessie van die kat te vertel nie. Dis te aardig.

49

Sy wag tot Karel slaap, staan op, maak die kamerdeur saggies agter haar toe en loop voel-voel deur die donker tot in sy kantoor. Maak die deur toe. Skakel die lig aan.

Sy gaan vir hom 'n brief skryf. Nou. Vannag. Die woorde *skryf* wat sy wil sê. Hom dit laat sien sodat hy dit kan *hoor*.

Sy haat dit om alleen in die donker van die dorp af te ry. Altyd bang sy kyk in die truspieëltjie en daar sit iemand op die agterste sitplek. Help nie sy draai die spieëltjie weg nie, die een bly agter haar sit.

Was weer so vanaand. Jalia het op die ou end besluit om nie saam te gaan nie; sy sê Jessie gaan vannag van die berg af kom.

Sy't vir haar nuus: iemand het Jessie op Clanwilliam in 'n winkel gesien. Kopdoek om, donker bril op. Kos gekoop. Hulle reken sy't kortpad oor die Pakhuispas geloop; natuurlik op pad Kaap toe met die agterpaaie langs.

Sy gaan nie ver kom nie. Helena Volschenk sê die polisie is oral op die uitkyk vir haar.

Tikpapier.

Karel hou haar dop van die mure af. Gradedagfoto. Studenteraadsfoto. Troufoto. Kinders se foto's. 'n Hele ry groepfoto's met hom altyd iewers in die middel. Karel belangriker en belangriker.

Dit het goed gegaan met die toespraak. Die bespreking agterna was egter maar flou. Belangstelling in Jessie was baie groter as in die rol van die vrou in 'n veranderende Suid-Afrika. Wou van háár weet of dit waar is dat dit een van die bruin werkers op die plaas se kind was. Cecelia kry 'n aap as sy dit hoor. Of dit waar is dat sy die kind eers Kaap toe geneem het en weer gaan terughaal het om te kom verdrink.

Jessie, Jessie, Jessie.

Sy wens dis al verby.

Liewe Karel. Jy moet asseblief hierdie brief met al jou aandag lees. Dit mag dalk jou hele lewe verander.

Sy gaan dit môreoggend vir hom aan die ontbyttafel gee.

Ek staan op die drumpel van 'n ineenstorting. Al wat my kan red, is die waarheid. Ek het nog altyd gedoen wat ek gedink het die beste vir jou en die kinders is.

Dit voel goed.

Ek het julle belange dag en nag bevorder, veral joune. In die proses het ek só hard probeer om aan jóú vereistes en standaarde te voldoen dat ek my eie behoeftes en begeertes opgesê het. Nou weet ek nie meer wat hulle is nie.

Wat wás my behoeftes en begeertes?

Miskien moet sy eers vir haar 'n whisky gaan haal, krag kry vir wat sy moet sê. Eers ontspan.

Versigtig. Sit af die lig. Moenie raas nie. Sleep hand teen die gangmuur langs – dit moet verskriklik wees om blind te wees – die gang is langer in die donker, die huis groter . . . bank se leuning . . . stoel . . . oppas vir die tafeltjie. Drankkabinet. Bottel. Glas. Sjuut – inbrekers moet senuwees van staal hê . . . kombuis . . . ysblokkies . . . los die water.

Veilig terug in die kantoor. Skink. Gesondheid!

Ek het my eie behoeftes en begeertes vergeet omdat ek alles gedoen het om jou en die kinders se goedkeuring te behou. Hoofsaaklik joune. Nou soek ek nie meer jou goedkeuring nie. Jy kan dit hou. Jy kan dit in jou gat steek.

Tippex! Wis uit.

Na deeglike oorpeinsing het ek tot die slotsom gekom dat ons huwelik niks anders as 'n blinkgepoleerde klugspel is nie. Ek poleer sodat jy kan blink.

Uitstekend. Dis 'n stadige ontlading wat die ontploffing sal keer. Karel de Waardt sal sy eie woorde opeet, hy sal nie weer sê sy kan nie vir haarself dink nie. Gesondheid!

Daarom gee ek hiermee kennis dat jy sonder my sal moet sien en kom klaar hoe jy in die Parlement gaan uitkom. Ek stel voor jy kry Cecelia om die nodige onthale te gee en jou toesprake te tik. Laat sy saam met jou deur die distrik ry om jou te help stemme werf, haar liberale tong sal sorg dat jy weinig kry.

Ek sal by die huis sit en my afvra: Wat het ek om te wys vir die ag-en-twintig jaar wat ek geswoeg het om Karel de Waardt se belange te bevorder? Boggerall.

Sy staan op en skink vir haar nog 'n whisky in.

Ek het geword soos jy wou gehad het ek moet wees. Nou's ek een van hierdie plaas se besittings. Besitting wat jy gebruik soos

243

en wanneer dit jou pas om jou vername vriende en kennisse mee te beïndruk. Besitting wat jy die skuld kan gee as dinge nie na jou sin verloop nie. Slag vir hulle skape. Duur bottels drank. Sal jou eie vrou se broek vir hulle uittrek as jy kon!

Tippex. Nee. Los dit.

Ek haat jou, Karel. Ek haat myself omdat ek my hele hart en siel en liggaam aan 'n illusie van 'n huwelik gewy het en nie die guts gehad het om jou dit eerder te sê nie!

Skok hom.

Daarom was ek jare lank op 'n ander man verlief – ek sal jou nie sê wie nie. Omdat my lyf so vol liefde was dat dit wou bars. Jy het dit nie agtergekom nie. Omdat die romanse wat daar eens tussen my en jou was, in hierdie aaklige Kloof onder die stof kom lê en versmoor het! Maar jy't nie getraak nie. Ek kon nie sonder romanse leef nie, daarom het ek op hom verlief geraak. Aan hom vasgeklou. Om jou te kon verduur.

Bluf hom.

Jy dink ek weet nie van Jessie nie. Ek weet.

Aarde, dit voel goed. Nog.

Ek kyk na jou portrette wat hier om my teen die mure hang. Ek sien hoe oud en lelik jy geword het. Nie soos sommige ander mans wat mooier word as hulle ouer word nie. Maar ek moet mooi en jonk bly om jou tevrede te hou. Jy weet nie eens dat ek 'n face-lift gehad het nie. Jy weet nie eens dat ek die vreeslikste vlek op my maag het nie. Jy weet nie eens dat ek die meeste van die tyd máák of ek lekkerkry nie! Sodat jy kan lekkerkry.
    Jy weet nie eens Bryan is homoseksueel nie. Linette 'n hoer. Karel Junior 'n parasiet. Ek het my voete vir hulle deurgeloop; as ek omkyk, is daar nie 'n spoor nie.

*Ek is moeg, Karel. Van goed wees. Van maak of ek lag. Maak of
ek vrolik is. Van lieg. Van bang wees. Van maak of ek nie seerkry
nie. Daar is in my die onbeskryflikste verlange . . .*

Onbeskryflikste verlange. Haar vingers het vanself die regte let-
ters getik. Die waarheid binne-in haar gaan uithaal. Die hon-
ger. Wat altyd iewers is. Wat haar laat soek en soek na sy weet
nie wat nie. Soms God. Maar die woorde wil nie by haar ore in
as sy in die kerk sit nie. Jaag terug huis toe. Dorp toe. Oorsee.
Huis toe. Mooier klere, mooier goed. Die verlange wil nie weg-
gaan nie.

Sy staan op ẹn skink vir haar nog 'n whisky in. Trek die gordyne
oop. Die vertrek weerkaats in die ruit, sy kan nie buite sien nie.
Sy weet net die swembad is daar.

Van die seerste in haar kan sy nie vir Karel skryf nie. Vir
niemand nie.

Jessie het haar en Cecelia weggejaag van Ses af. Toe gaan sy
huis toe en sê vir haarself: sy *sal* hom sien. Sy *moes* hom sien.
Net een keer haar arms om hom sit, al was dit om totsiens te sê.
'n Stukkie van hom gaan steel om teen haar hart te druk vir
altyd. Om van te leef as hy dood is.

Drie dae ná mekaar gaan hou sy onderkant Arendsnes se
skuur stil van waar sy Kliprug se huis kon dophou. Ure lank.
Cecelia was in Bloemfontein. Sofia het gesê Jessie gaan party
oggende berg toe.

"Los sy hom *alleen?*"

"Bly darem nie te lank weg nie."

Die derde oggend.

Sy ry nie tot by die huis nie, sy's bang Jessie hoor en draai
om. Sy loop. Die agterdeur staan oop.

Hy lê met sy oë toe. 'n Goudbruin beeld onder 'n spierwit
deken. Hy weet nie sy staan in die deur nie. Hy's maer, maar
nie vergaan soos Oubaas De Waardt was voor hy dood is nie.
Hy's nog Ses. Nog man. Nog net so mooi. Haar hart klop met
dowwe slae, sy haal skaars asem. Nog nooit was sy só alleen by
hom nie. Net sy en hy. Hulle. So stil. So vreedsaam. 'n Vloer-

plank kraak onder haar voete toe sy nader gaan en laat hom wakker word. Nie skrik nie. Lê net daar en kyk haar aan met sy mooi blou oë.

"Ses . . ." Sy kniel langs hom en vat sy hande. Dis 'n droom, maar sy droom nie meer nie. "Ses . . ."

"Gaan huis toe, Louise."

"Moenie my wegstuur nie, ek wil by jou wees omdat ek jou liefhet. So lank reeds liefhet." Dit borrel uit haar soos 'n bruisende stroom. "Sê jy't my ook lief. Asseblief, sê dit net een keer voor Jessie terugkom."

"Gaan huis toe, Louise."

Sy oë was so koud en hard.

Nie soos in die droom nie.

Sy draai om en gaan sit weer voor die tikmasjien.

Ek is so verskriklik alleen, Karel. So vol niksheid. Voel so onveilig. Hou my vas en sê jy's lief vir my, al is dit nie meer waar nie. Dalk word dit weer waar. Laat dit net nie so dood wees tussen ons nie. Sê jy kan nie sonder my leef nie. Asseblief. Enigiets. Vat net hierdie honger uit my.

Sy was bly toe Ses dood is.

Verlossing van 'n spook wat sy vir haarself gemaak het. Iemand om haar te ken. Oor haar te kommer. Haar te kom haal en weg te vat. Maar wat haar kragte verslind het.

Toe gaan hy dood en sy bly agter. Opgeëet.

Deur 'n spook.

Sy wou nie so geleef het nie.

Die sielkundige het voorgestel dat sy gereeld vir sessies kom, maar sy kon nie teruggaan nie, dis 400 kilometer ver en sy het hom nie die waarheid gesê nie.

Sodat ek nie langer hierdie leuen is nie.

50

Jessie voel waar die kussing is en sit dit onder haar kop. Sy wil nie slaap nie, net 'n bietjie lê. Haar oë toemaak en 'n rukkie langer in die kliphuis saam met die groot blink engel woon. Die geluid van sy vlerke onthou. Sy lig. Toe dit tyd was dat hy moes wegvlieg, het sy alleen in die koelte agtergebly en haarself saggies aan die slaap gesus.

Halfdroom. Halfwerklik.

Lewend *en* dood.

As jy baie suutjies leef, hoef jy nie weer wakker te word nie. Nie verder te loop nie. Maak net jou vensters toe, sluit jou deure. Rus.

Tot die droom, soos alle drome, begin vervaag, al koester jy dit hóé. Die droom, nie die essensie nie. Nie jasmyn se geur nie. Dit bly.

Daar woon 'n stem in 'n mens wat sê: pas op! Of: moenie. Doen dit, doen dat.

Die stem sê: maak net eers een venster op 'n skrefie oop, asem jou vryheid stadig in. Die man van die bank het kom sê jy het iets soos R300 000. Jy weet as jy dit sou tel, sal paniek jou inhaal. Proe net eers. Terwyl jy een voet by die deur uit sit. Versigtig.

Nog een. Vryheid beteken sweef oor die aarde. Jou arms uitstrek – bergkrans, kliprant en bossieveld; die son en die maan en al die sterre omhels. Afbuk en 'n hand vol gruisklippers optel. Te weet dis joune.

Deur die leë skaapkrale. Jy sal vir jou dorpers koop. Cecelia wys. Krag wat eens gebruik was vir oorlewing, word nuut en gaan heul met ou wrewel. Nee, Cecelia, ek wil nie Kliprug verkoop nie.

Sal 'n motor koop. Eers klein entjies ry, dan verder en verder. Die wêreld groter as die Kloof maak. Mooi klere koop. Nee, Louise, ek doen nie meer naaldwerk nie.

Vryheid is 'n granaat wat oopbars, die bloedrooi pitte is soet en goed. Eet hulle stadig, sê die stem. Moenie mors nie.

Daar woon 'n stem in 'n mens wat sê: pas op! Soms luister jy, soms nie. Soms stuur dit vir jou 'n boodskap, 'n waarskuwing. Jy hoor dit nie.

Dit was Maart. Die dae moordend warm, die nagte benoud.

Sy's vroeg die oggend die berg uit om lafenis te soek. Kry die bobbejane ver van die witklip se water af, uitgesprei en tydsaam aan die wei. Bitterbek is nog baas.

Goeiemôre, ons het jou lanklaas gesien.

Ja. Ses is dood.

Ons het gehoor. Hoe gaan dit?

Goed. Kliprug is nou ons s'n – julle s'n en myne.

Ons het gehoor.

Sy val tussen hulle in en al weiende maak sy 'n bossie mooigoed bymekaar vir haar tuintjiehuis. Takkies, grashalms, geel sand-astertjies. Plukseltjie hier, 'n kleurtjie daar. Jasmyn se geur is in haar hart en die bergspook loop in die renosterbosse langs.

Henrik het dit eendag vir haar gewys: "Kyk daar, miss Jessie. Dis die berg se spook. Hy loop, hy maak nie spoor nie."

"Waar?"

"Op die bosse langs."

Sy kyk. Al wat sy sien, is die plaat renosterbosse wat soos koringare in die wind liggies heen en weer beweeg. "Dis die wind."

"Watse wind? Wat jy waar voel?"

Toe kom sy agter daar trek nie 'n luggie nie. Maar die renosterbosse wieg en wieg . . .

Dis vreemd.

Sy loop tussen die bobbejane, sorgeloos soos hulle. Die lug is blou, die son genadig. Sy wil die son op haar lyf voel. Daarmee speel. Sy trek haar klere uit en hang dit oor 'n klip. Dis heerlik. Die son is 'n engel se hande wat saggies aan haar raak; die bosse se takkies is sy stekelbaard wat haar arms, haar bene, haar borste kielie . . .

Een van die wyfies het haar met 'n kort, dringende bôgom-blaf gewaarsku.

Toe sy omkyk, sit 'n uitgegroeide mannetjie 'n stuk of twintig tree van haar af, sy lang pienk pielietjie hang met 'n boog tussen sy bene, sy oë kyk.

Sy skrik. Val plat en rol agter 'n spekbos in om iets tussen hom en haar naaktheid te kry. Sy moet by haar klere kom. Tussen haar en die klip is 'n stuk oopte, sy loer waar die bobbejaan is. Hy sit. Sy lyf mik heen en weer, hy loer na die bos waar sy skuil. Hardloop! sê sy vir haarself. *Moenie roer nie!* skree die stem. Haar hele lyf is nat van angs.

Anderkant die mannetjie sit twee wyfies met kleintjies luiters en vreet. Steur hulle nie. Iewers in die bosse moet die ander wees. Help my! skree sy. Die mannetjie loer, hy loer. Daar's die verskriklikste dier in sy oë . . .

Help my!

Bitterbek blaf die blaf wat sê daar moet van koers verander word. As die hoofbobbejaan praat, luister almal. Die mannetjie ook.

As sy daardie dag gehardloop het, sou sy in iets afskuweliks beland het. Sy wil nie weet wat nie.

'n Week later is daar die aand 'n klop aan haar deur.

Toe sy oopmaak, staan Carljan daar. In sy oë is 'n wrede dier.

"Hallo, Jessie."

Hy ruik na drank. "Wat maak jy hier?" Hy was besig met sy diensplig.

"Pas. Hoe's dit? Nooi jy my nie in nie?" Spierwit slagtande.

"Nee."

"Dan moet ek seker maar self inkom . . ."

Dier luister nie na smeek nie. Na skop en skree en huil nie. Dier is te sterk vir jou. Dier tel jou op en gooi jou in die diepste, vuilste water in.

51

Die vroegoggendlug is wolkloos en helder. Die reën is op pad. Goddank.

Sy loop deur die kamp waar haar klaargedekte stoetooie met dounat bene wei. Honderd vier-en-veertig reeds gedek; ses-en-vyftig oor by die koggelramme. Verlede jaar 'n rekord-lam-persentasie van byna negentig gehad – almal met die eerste dekking gevat. Kudde-ooie iets oor die tagtig persent. Net vier stoetooie en honderd-en-drie kudde-ooie wat met die tweede dekking nog nie wou vat nie en slagpale toe moes gaan.

Dit laat haar onwillekeurig aan Jessie dink. Kan nie onthou wanneer presies dit was nie, maar sy en Ses was al 'n hele klompie jaar getroud toe hy haar die oggend stuur om iets te kom wegbring. Dink dit was medisyne vir 'n ram. Dit was dektyd. Jessie kom staan by die dekkingskamp se hek.

"Dis verskriklik," sê sy toe sy agterkom hoe dinge gedoen word.

"Hoekom? Dink net hoe wonderlik dit vir jou sou gewees het om 'n stoetooi te wees."

"Jy's simpel en jy weet dit nie."

"Oppas, ooi wat nie wil vat nie, se kop word afgesny."

In daardie stadium het sy nog gehoop Jessie sou ten minste vir Ses 'n seun in die wêreld bring. Goed gebou vir teling.

Vandag kan sy nie help om te wonder of Ses opsetlik nie met haar wou geteel het nie. 'n Onvrugbare De Waardt klink net so onmoontlik soos 'n koggelram wat skielik staan lam maak.

En net so onmoontlik het dit gevoel toe Sofia die Sondagog-gend voor die agterdeur staan en sê daar's 'n ding wat besig is om haar hart plat te druk.

"As jy kom sê Henrik lê gesuip, kan jy maar omdraai. Ek wil niks weet nie."

"Is Jessie."

"Lê sy gesuip?"

"Sy's in die annertyd."

"Wat?" So goed jy hoor dooi-ooi is besig om te lam.

Sy moes 'n paar keer om die huis loop dat die skok eers

bedaar. Voor sy kwaad geword het. Toe klim sy in haar jeep en ry Kliprug toe.

Jessie moes haar sien kom het, want toe sy stilhou, kom sy uit en wag haar op die boonste trap van die stoep in. Arms gevou. Uitdagend. Minagtend.

"Ek hoef nie te vra nie, ek kan sien dis waar." Nie aan die lyf nie, maar aan die twee kaal tiete wat soos stokstyf uiers bult onder die los rok wat tot op haar enkels hang.

Ná Ses se dood was Jessie geen faktor meer in die Kloof nie. Slegs 'n lastigheid wat gewag het vir erfgeld voor dit verdwyn. Die hofuitspraak oor Kliprug. Jy mors nie meer asem op haar nie.

Toe sy egter by haar staan, sien sy dis 'n ander Jessie. Verwaarloos. Daar's 'n wanhopigheid aan haar. Selfs vrees.

"Hoe kon jy jou in hierdie gemors laat beland het?" Gee nie antwoord nie. "Jy's mos nie 'n verdomde tiener nie, Jessie. Wat gaan jy maak?" Staan net. Sy kon nie help om haar jammer te kry nie. "Ek weet van iemand in Johannesburg wat 'n ordentlike aborsie kan doen, nie 'n backyard job nie. Ek sal jou solank die geld voorskiet."

"Dis te laat."

"Hoe ver is jy?"

"Vyf maande."

"Hoekom het jy nie eerder gepraat nie?" Staan net. "Wie's die pa?"

"Ek wil nie my mond vuil maak met sy naam nie."

"Jammer jy't nie so gevoel voor jy vir hom jou bene oopgemaak het nie!" Waarheid is waarheid.

Toe stamp die teef haar die trappe af. Vir háár, Cecelia de Waardt. Die grootste godweet belediging van haar lewe, want toe verloor sy haar balans en val plat op haar gesig in die stof. Voorarms nerfaf. Knieë. En Jessie staan op die stoep, sy gluur haar aan en sis soos 'n adder: "Sit weer jou pote op my werf en ek skiet jou vrek! Jou en jou hele gespuis!"

Kos haar elke grein selfbeheersing om waardig in haar jeep te klim en weg te ry.

Sy loop na die kamp waar die klompie ongedekte ooie wei. Johannes en Stefaans is besig om uit te keer.

Sy weet nie wat gisteraand in Rolph Hurter gevaar het nie. In haar bed kom klim en soos 'n jong ram gesteek – vir 'n verandering. Die tyd kom nader dat sy hom op rampille sal moet sit.

Karel reken haar kanse om Kliprug te bekom, is goed. Gisteraand op Arendsnes kom kuier terwyl Louise dorp toe was vir die Vroueklub se byeenkoms. Jalia wou nie saam nie. Rolph sal vandag die sielkundige bel.

En sy die Kommissaris van Polisie.

Karel wil hê hulle moet 'n soekgeselskap op die been bring en die berge laat fynkam. "Dis môre Woensdag – sewe dae van sy verdwyn het."

"Ek twyfel of sy in die berge is."

"Waar anders?"

"In die hel. Hoop ek."

Sy't weer die droom gehad.

Maak haar kriewelrig omdat dit soos 'n betreding van haar persoon voel. 'n Ander soort belediging. Altyd 'n variasie van dieselfde tema: sy bevind haar kaal, of halfkaal met stukkende onderklere aan, tussen mense. Laasnag was dit op een van Uilkraal se onthale. 'n Gemaal van vreemdes en bekendes. Iewers Fritz Liebenberg. En sy is reeds tussen hulle voor sy agterkom sy't nie klere aan nie. Met haar boarms probeer sy haar borste toekry, met haar hande haar mik. Sy moet aanhou gebukkend beweeg. Met toenemende angs, want sy kan nie 'n deur vind om by uit te kom nie!

"Die ooie is reg, die ramme wag, miss Cecelia!" roep Johannes.

"Ek's op pad."

Tarrie sal vandag die leeglêer-vroue bymekaarroep. Dit voel vir haar sy't ver paaie geloop om kennis te versamel, sukses te behaal, om uiteindelik by die hoofdoel van haar lewe uit te kom: daadwerklike opheffing van die vrou. Al is dit aan die begin op 'n kolletjie van die aarde. Kan altyd later uitkring.

Die slimste skuif wat sy gemaak het, was om Tarrie in die

voorry te plaas. Agter sou sy net moeilikheid gestook het. Baie antagonisties. Tyd dat sy leiding kry, geleer word hoe om haar geregverdigde frustrasies behoorlik te kanaliseer – onderskeid te maak tussen vriend en vyand voordat sy enigsins polities betrokke kan raak.

Help nie jy moedig Sofia aan tot opstand teen haar lot as bruin vrou nie, sy's te oud en te diepgewortel in bestaande toestande.

Tarrie is 'n doener.

52

"Waar gaat jy dan nou, Souf?"

"Dis Woensdag, Ma, ek gaan Arendsnes toe."

"Ek dog dis miss Louise se dag?"

"Al om die ander Woensdag, Ma."

Sy loop uit haar overall en kopdoek, uit die plat bruin skoene, en trek haar blou rok en beige hoëhak-sandals aan. Kam haar hare, sit lipstiek en oorbelle aan. Vat van g'n niemand kak vandag nie.

Tarrie het twee kinders om te versorg en moet na die ouvrou help kyk. Jessie se kos gaan wegbring. Cecelia se hingsheid sal oorwaai.

Rolph moet kom, hulle moet gesels. Arendsnes se huis moet geverf word, die muur tussen die eetkamer en die sitkamer moet uitgebreek word dat die plek minder bekneld kan wees. Henrik moet afgepension word.

Dit gaan reën; die skilpad wat sy duskant Uilkraal in die pad kry, loop opdraand.

'n Vrou se huis moet mooi wees. Help nie jy't die mooiste blinkste kar in die garage en jou huis lyk na niks nie. Jalia moet gaan krinkelpapier koop en dit uitpunt met die skêr vir die spensrakke. By Louise gaan ou tydskrifte vra en prente uitknip om teen die kombuismure op te plak. Mooi gekleurdes. Nuwe gordyne vir die sitkamer maak. Bybel 'n slag toemaak. Tuinmaak dat daar blomme in die huis en op die grafte kom. Kan nie net so kaal daar lê nie.

Baie werk.

"Hier gaan change kom, Ma. Groot change. Cecelia is aan ons kant."

Ons kant. Hulle kant. "Vee af die kind se neus dat sy gesig liewerster vir 'n change skoon kom."

Tarrie se begeestering sal ook oorwaai.

Help nie jy kom verander alles in sy moer in nie. Die twee single beddens moet terugkom in die spaarkamer, die spaarkamer se dubbelbed waar hy hoort. Nuwe bedsprei. Safter mat. Van die orige prente teen die mure. Mooi fyn nagklere.

Sal oorwaai.

53

"Ek moet ingaan dorp toe vir my hare, as daar iets is wat ek vir jou kan doen, Karel." Ek wil nie hier wees as jy die brief lees nie.

"Nie vandag nie. Visser kom die hamels laai."

"Visser?"

"Van agter die berg. Rolph het hom aanbeveel. Gaan glo in die vervolg Cecelia se vervoerwerk ook doen."

"Waaroor het Cecelia netnou gebel?"

"Appools het kom sê daar staan 'n vreemde motor agter Kliprug se huis. Het jy dalk vannag 'n ryding gehoor?"

"Nee." Ek dink ek het . . .

"Cecelia sê dis 'n Worcester-registrasienommer. Die speurder was van Worcester. Hy't glo gesê hy kom terug. Rolph is weg om te gaan kyk."

"Dalk die suster by wie sy veronderstel was om te gaan kuier. Dit kan Jessie wees, Karel!"

"Ek dog jy't gesê hulle het haar op Clanwilliam gesien?"

"Miskien moet jy die polisie bel."

"Ons wag maar om te hoor wat Rolph uitgevind het. Intussen dink ek jy moet die afspraak vir jou hare kanselleer. Jy kan dit in die Kaap laat kap."

"In die Kaap?"

"Ja. Ek dink ons moet 'n paar dae weggaan."

Sy kan dit nie glo nie. "Dit sal lekker wees." Die brief.

"Hierdie hele besigheid van Jessie het meer op ons almal se senuwees gewerk as wat elkeen van ons wou erken."

"Dis waar." Die brief.

"As ons terugkom, lê daar natuurlik die verkiesingsorganisasie voor. Verkiesingskantoor moet op die dorp ingerig word – sub-kantore op die buurdorpe. Vergaderings moet gereël word. Onthale. Daar lê vir my en jou 'n berg van bedrywighede voor."

"Karel . . ."

"Ek sal 'n nuwe motor moet kry. Jy sal seker nuwe klere wil hê."

"Ek weet nie of ek kans sien om ses maande van die jaar alleen op die plaas te bly nie. Ek wil nie soos 'n hondjie klink wat huil om agterna te draf nie, dis net . . ."

"Ons kan na woonstelle in die Kaap gaan kyk."

Woorde wat uit die hemel val. Nuwe lewe wat by vensters en deure inbars, vashouplek vir hande om uit 'n donker put te klim, goudgeel sonlig wat deur wolke breek . . .

Sy wag tot hy by die deur uit is voor sy die brief flenters skeur, die stukkies sorgvuldig buite onder die vullis in die drom gaan wegsteek. Kan nie dink wat haar besiel het nie.

Kon onberekenbare skade aangerig het!

54

Vou komberse op. Sit netjies op reënjas neer. Kussing. Orige kos. Beker, lepel, waterblikkies. Maak gou. Voor die bobbejane kom.

Die dag is al aan die breek, sy't per ongeluk aan die slaap

geraak. Trek baadjie aan. Sit rewolwer in kussingsloop.

Groet grot. Bokke, olifant teen die rotswande. Pyl-en-boog-mannetjies. Weet hulle is daar, al kan sy hulle nie in die skemer sien nie.

Loop.

Groet klippe, rotse, vlakte, wolke wat die reën sal bring wat haar spore sal kom wegwas.

Vinniger. Voor die bobbejane kom.

Hoe vergewe jy 'n mensdier?

Sy kan nie.

Groet bosse. Klipplate. Koringlande. Voëls. Dassies. Slange.

Sy saad het in haar bly sweer. Dae lank.

Duisend keer het sy na Cecelia toe geloop. Omgedraai. Vir haarself gesê: Moenie dat hulle jou vernedering sien nie. Die pyn wat nie weggaan nie.

Huil alleen.

Haat alleen.

God, toe roer iets in haar maag!

"Ma, ek raak dan nie so nie?"

"Miskien net 'n tube. Laat die dokter kyk."

Op die oog af niks met jou verkeerd nie, mevrou De Waardt. Stuur jou man om my te kom sien.

Ses sê hy't nie vir kinders gevra nie.

"Sofia, laat dit weggaan, asseblief."

"Jissus, Jessie."

Die bossiegoed wil nie help nie.

"*Doen iets, Sofia!*"

"Ek doen wat ek weet, maar ek weet nie meer nie. Gaan dokter toe. Voor dit te laat is. Sê hy moet jou help."

"Dis teen die wet."

"Wie se wet?"

"Die land se wet."

"Van wanneer af kan 'n land oor jóú lyf 'n wet staan maak?"

Jy wil nie aan jou lyf raak nie, dit voel skop nie.

Jy stamp Cecelia van jou stoep af. Loop agterna, tel klippe op en slinger hulle oor die grensdraad tot jy weet jy's besig om van jou kop af te raak! Jou keel is rou van die huil wat nie wil ophou nie. Jou voete sleep jou terug huis toe waar jy diep in jouself in kruip en gaan lê sodat jy kan doodgaan. *Dit* ook.

Maar handjies klou aan jou wande tot 'n wyfiebobbejaan wakker word wat eens gepleit het dat jy haar kind moes vat. Dan staan jy op. En wag. Dat 'n nuwe mens van jou bloed voltooi word, terwyl jy oerdieptes induik en jou hande om jou buik slaan. Kleertjies maak.

Dier se gesig dowwer word. Die haat.

Groet son. Dankie vir duisende nuwe môres. Ook toe ek nie die voëls kon hoor sing nie. Toe ek in donker gate gelê en jy jou warmte oor my kom sprei het.

Groet blouvalk en sy maat.

Jou lyf is 'n tronk waaruit 'n lewe breek met pyn wat galm deur mure, teen kranse uit, totdat jy voor God om genade kruip en Sofia by die agterdeur inkom.

Jy wou haar net 'n rukkie gehou het.

Maar sy was té stukkend.

Drie maande.

Toe klim jy by die bushalte met haar af op die kant van die dorp.

Mense loop verby. Kyk. Wonder seker wat kerm in jou arms. Die kind moet melk kry; die enigste sitplek is vol van ander wat ook vir die bus wag.

Oorkant die straat, anderkant die draad, begin die veld. In die verte verrys die dwarsberg blou waar bobbejane woon en kelkiewyne in die sand skrop. Waarheen 'n ou voetpad lei . . .

Tel tas op, loop oor straat, kruip deur draad.

Jy doen dit omdat jou hele wese sê jy moet. Omdat jy haar nie teen 'n hok se draad wil gaan vasdruk en vreemdes vra om haar te vat en te probeer heelmaak nie. Dis nie net die mondjie nie, sy's binne-in ook stukkend. Jy weet dit in jou hart.

Dis soos loop in 'n wolk in. 'n Wit wolk. Jy en die kind en die tas. Veilig en behoed in 'n wêreld waar niemand jou kan sien nie. Waar nie ure of dae is nie – begin of einde nie. Die berg steek sy arms na jou uit en help jou teen hom op, lei jou die diepste van sy klowe in tot jy binne-in die berg in die wolk is.

Jy maak haar droog. Laat jou melk vir oulaas in die skeurtjie drup en lê haar saggies in die water neer.

Die wolk loop saam met jou huis toe. Jou arms is leeg, jou borste pyn, maar iewers vlieg 'n engeltjie met 'n heel gesiggie en maak jou bly.

Dieselfde nag het dit begin reën. Stortreën. Jy bid: Here, moenie dat sy uitspoel nie.

Groet witklip se water. Sy drink en was haar gesig. Dankie. Moenie omkyk nie, moenie die bobbejane sien nie. Loop.

In 'n wolk in, net soos daardie dag. Behalwe dat iemand saam met haar loop. Dit voel soos Ses. Die mooi blink engel. Want dieper as goed en kwaad . . .

Gaan staan botstil toe die vraag in haar opkom: Woon daar in háár ook 'n engel? Dieper as goed en kwaad? Sy maak haar oë toe en sien haar. Voel haar. *Is* haar. Naam in blink letters geskryf: Ek-Jessie. Engel wat loef en asemhaal, hande en voete en 'n lyf het. Wyfie-engel wat die hele tyd stilletjies *in* haar gewoon het? Wat ligvoet oor die aarde loop tot by die skeur waar sy moet afklim na die kuil toe wat lê soos 'n spieël. Rewolwer in die kussingsloop kap teen 'n klip. Blinklyfpaddatjie kruip weg. Naaldekoker is rooi. Waterding slaap, maar daar's 'n ritsel in die riete. 'n Bok wat skrik . . .

"Mevrou De Waardt?"

Dis 'n man. *Maak knoop los in kussingsloop, maak gou!*

"Gooi neer die sak, mevrou De Waardt." 'n Tweede man, nader as die eerste een, wat deur die riete kom. Daar's pikswart ronde ogies in hulle hande. "Gooi neer die sak of ek skiet! Hande in die lug!"

Steek engel weg. Moenie dat hulle haar sien nie.

Haar hande bewe, maar sy kry die knoop los. Steek haar hand in die sloop. Die man ruk dit uit haar hande, sy hoor haarself skree die kranse uit.

*

Mev. Jessie de Waardt (43) is na 'n uitgebreide soektog op 23 Maart in die berge bokant Grootberg-se-Kloof in hegtenis geneem. Sy sal teregstaan op 'n aanklag van moord.

Hilary – my dogter wat vir baie dinge sorg.

Gert Nel – skaap-en-wol-deskundige wat my met baie geduld moes leer om te boer.

Amanda – my dogter wat van berge verstaan.

Larius – my man wat administrasie verstaan.

Toni – dogter wat in diep kuile ingeduik het.

Bobbejaankenners:

Hannes (Vark) van Wyk

Tromp Nel

Piet Vermaak

Gert Nel

Gert van Wyk

Bibliografie:

Patricia Berry (red.), Robert Bly, James Hillman, C.G. Jung, Ursula K. le Guin, Erich Neumann, Jackie Schectman, Augusto Vitale, Mary Watkins, Marion Woodman: *Fathers and Mothers*; Spring Publications, Inc., Dallas, Texas 1990.

Irene Claremont de Castillejo: *Knowing Woman*; Shambhala, Boston & Shaftesbury 1990.

Barbara Hannah: *Striving Towards Wholeness*; Sigo Press, Boston 1988.

M. Esther Harding: *The Way of all Women*; Rider & Company, Londen 1970.

Murry Hope: *Essential Woman*; Mandala, Londen 1991.

Barbara Black Koltuv: *Weaving Woman*; Nicolas-Hays, York Beach, Maine 1990.

David H.J. Morgan: *Discovering Men*; Routledge, Londen en New York 1992.

Maureen Murdock: *Heroine's Journey*; Shambhala, Boston & Londen 1990.

J.R. & P.H. Napier: *The Natural History of the Primates*; Cambridge University Press 1985.

Gerald Schoenewolf: *Sexual Animosity between Men and Women*; Jason Aronson Inc. Northvale, New Jersey/Londen 1988.

Videoband

Baboons Rule OK. Geskryf en vervaardig deur Caroline Weaver; BBC Bristol.